A Story of Wuai Market

五爱街往事

三胖子 著

新 星 出 版 社　NEW STAR PRESS

新经典文化股份有限公司
www.readinglife.com
出　品

目
录

序

1

我年轻时，老想一飞冲天。

极其迫切想成为有钱人。

我到处寻找机会成为有钱人。

当时我刚毕业没多久，有固定的工作单位，但一个月几百块钱，每天还虚度时光。当然，主要还是钱太少，我感觉凭那工资我猴年马月也翻不了身，于是目光盯上了在沈阳颇负盛名的五爱市场。

一进五爱街①我就喜欢上了那里，热闹得像盆沸水，暄腾得跟个刚出锅的白馒头一样。人与钱都像是刚从生产线上下来，新鲜的，冒着热乎气儿，最重要的是刺激。

"大款"很多。拎个黑包，剃个平头，身穿梦特娇，足蹬老人头，戴黄金镶绿宝石或红宝石的戒指。肚子一般都大，以至于

---

① 五爱人对五爱市场的口语化称呼。五爱市场最初位于沈阳市五爱街，因而得名，后于1990年迁至新址。（本书所有注释均为编者注）

裤子像条面口袋。包儿都手拎，晃荡得仿佛秋千，有时也夹在腋下。肥手一拉，里面硬匝匝儿摞崭新的人民币，牛皮纸的封条"哗"一扯，声音格外悦耳动人。花钱不眨眼，脸色儿不变，走哪儿身前身后都围一堆人，目之所及都是笑脸，见谁都自动长三辈儿……

不只这些，还有白花花的美女。露膀子露肉，腿像骏马一样又挺又直又健美。透亮的小伙子是一水儿的西裤，裤线绷直，腿窝儿一条硬褶儿没有。黑皮鞋，擦得能照进去人。白汗衫，头发立整。胡子天天刮，下巴有青青的胡茬儿，走近一闻一股甜。嘴儿更甜，一口一个姐呀妹的叫，叫得大姑娘、小媳妇儿走不动道儿。

且不像打工，月底才发一袋薪，在五爱街，人们的手和眼睛天天都跟人民币打交道。除此外，行里每天都流传着某某一把货卖红门①挣了几百万，或是某个服务员成功搭上某老板，对方给买了一层楼的故事。

这种确切信息的刺激使得五爱像个巨大的赌场，每个人都盼命运的骰盅再一次被揭开时，自己会成为那个最幸运的人。

2

在五爱待的时间长了，我渐渐发现我对它有误解。

---

① 指进的货全部高价售出，利润可观。

如同凡事都有两面性，五爱这里也一个样。

这里有一夜暴富，就有人赔得裤衩子都不剩，只能光腔回家；有利欲熏心、无所不用其极，就有姐妹情深，在对方陷入困境时毫无保留地伸出援手；有年轻姑娘为了钱出卖自己，就有人为了另一半的薄情寡幸而选择从楼上一跃而下；有人不甘现状、不肯妥协，一败涂地也要倔强出走，也有人一念执着、抱残守缺，情愿活死人一般了此残生；有人拼了命地想维持与保住些什么，也有人到手的东西却不知道珍惜；有人在建立，有人想打破；有人见风使舵、到处钻营，也有人一条道跑到黑，不撞南墙不回头……

所以那时的五爱于我来说，是名利场，也是修罗场；是人间天堂，也是人间炼狱；是苦乐参半的命运，也是悲喜交集的生活；是善恶两分的人性，也是立地成佛的娑婆。

而五爱里面形形色色的人，于我来说，每个人都是一本难忘的大书。

3

可是自步入社会以后我却不大看书了。

我一心搞钱，总觉得钱可以解决掉我生活中的所有问题。

那时我仍旧是个坚定的金钱至上主义者，同时信奉富贵险中求。我喜欢冒险与刺激，喜欢打擦边球，喜欢耍小聪明，我功利、虚伪、矫饰，而且庸俗得要命。我不喜欢一成不变的生活，平静与安稳会使我恐惧。我总想要搞出点儿事情来，总在红线的边缘疯狂试探。

这看起来像很勇敢是吧？

后来我知道不是。

我只是脆弱、自卑、敏感。

我不是倔强。其实我相当固执。我很一根筋，所以很多人、很多事我都看不清，想不开又放不下。又当又立使我痛苦不堪，一段时间以来我开始自己跟自己往死了较劲，这种十分认真且投入的左右互搏，摧毁了我的健康与意志，而缠绵病榻才使我有机会重新审视我的生活。

那时我内心最高的呼声仍旧是：老天为啥对我一直不公平？

我生出与其斗争的信念来。斗争的手段之一就是不使自己闲着，我怕闲着，闲下来心就慌。所以我通过工作与挣钱完成对自我的确认，我通过别人羡慕的目光或褒奖的声音确定自己的价值。

可疫情来了，这使我彻底闲下来。闲来无事玩手机，我看到一个公众号，真是特别意外地发现了它。看到有人写自己的故事，我心想，这我好像也能写。于是我摆开阵势写起来。

4

要写，先要回忆。

我最先回忆起来的是丹丹，之后，志勇，慧姐，楚涵，淘淘，海城那小两口儿，五爱街花痴，凤儿，五月，小罗……

我回忆着，沿着记忆的河往回走。我搂不住闸了。我想我一定是想要寻找些什么，但我不知道我究竟要找些什么。

我开始动笔，当指尖敲打键盘，我内心像潮水一样激动与汹涌。我仿佛看到了我，一点点，影影绰绰的，模糊的，但仿佛又是清晰的。我那时还不知道我笔下是否会有答案，像被命运这只无形的大手沉默地推动着，也像做一道代数的推理证明题一样，一步一步，写着写着，每个人都到达了他原本应该到达的地方，而不是他想要到达的地方。

5

写故人与往事时，我会选个安静的空间，不被打扰。坐在桌前，像块石头，不动。人是一点一点进去的，脑子里先是从前的声与影、光与尘，细微的枝节由模糊而至于清晰，一点点被放大、被还原。当时的话语，当时的表情，当时的动作，当时的场景，当时的爱与恨、愤怒乃至无奈与悲伤，时隔多年，竟还是能在我心里掀起不小的波澜。激动处我会不能自已，会站起来，像困兽一样在屋子里一圈一圈来回地走。直到自己情绪稍微平复，再坐下，打开电脑，一个字一个字敲出这人的生命历程中被我截取的一章。每写完，我竟像走了很长的路一样地疲倦，有时不免对自己也生出怜惜之心，先要大哭一场。

当它们被发表出来，我内心当然是有欣喜的。我觉得我干这事儿多少有点儿伟大，要不是我，这帮牛鬼蛇神一辈子也不会被这么多人看到、感受到，我等于给他们立传哩，我是有点儿沾沾自喜的，自我获得了极大的满足。

然而随着写作战线的拉长，我却变得忐忑与不安。我的笔由从前的迫不及待转而变得犹豫谨慎。在写时，我常常会审判、质问我自己：写这个人，你究竟想说些什么？你写的是你眼中的他还是真实的他？你这样说对他是否公平？你是否能做到客观？他不为人知的一面你永远不会知道，凭什么对他生活的一个片段去下如此坚定的注脚？

所以，有别于写作最初的武断与主观，后来，我对此有了明显的克制。

6

我觉得人一生最难过的是自己那一关。从前我有很多执念，我尝试过许多方法去使自己做出改变，结果都不太成功。驴拉磨一样，戴着个碍眼一直在原地转圈圈。

我从没想过写作会将我这毛病治愈大半。我只是写，只是回忆。回忆却阴差阳错成了复盘的过程，而下笔书写时审慎的思考也居功至伟。这样一来，我从曾经的当事人、局中人变成了旁观者，可以跳出来，理性地翻阅、检视那些过往，可以用平和的心态去回望过去历经的人与风景。

写到后来，从前困扰我的很多问题竟就此有了答案。

某夜，我忽然间有如醍醐灌顶，暗骂自己脸皮厚：原本你以为你是那些故人的知音，你知道、懂得、记录下他们是你的能量与慈悲，殊不知人家用了另外一种方式，多年后教会你更加认清楚你自己。

究竟谁成就了谁？

究竟谁造化了谁？

究竟谁比谁高明？

这是写作的意外收获。

7

不但是对我自己，对五爱市场，对婚姻，对家庭，对事业，对钱财，对感情，我的领悟都与从前不大相同。

比如慧姐，从前的我只会一味怪她懦弱，后来的我才算真正发自内心地对她生出同情。我知道她一定是走投无路了，我知道她内心一定是走过了千山万水，而至于穷途末路的境地，不然，她不会那样决绝地一跃而下。

比如对李名，从前的我只会一味笑她痴，但后来的我知道人生经历皆为师，教会一个人独立与长大就是最好的经历。何必怨叹！

比如楚涵，从前的我只会一味指责这孩子少个心眼儿，但后来的我意识到人成长需要过程与代价，有时做家长的就是等，等花开，也等风来。

比如常五月，从前的我会觉得她离经叛道，但后来的我不那样想。红尘离不开男女，是缘是劫谁也预料不到。但，"想得而不可得，你奈人生何"是常态呀。同样，爱是克制。是小罗教会了常五月像个成年人一般去爱。

8

这样一个一个故事写到后来，我觉得五爱就是人间，五爱就是人生。五爱是生命也是生活。五爱是片段也是整体。

我曾经想过，将五爱系列写成一幅波澜壮阔的改革开放的画卷，但是后来发现我不行。我不是经济学家，不能用专业的目光去打量一个庞大商业体的兴盛与没落。我还特别有局限，那些大起大落干我屁事？

我干吗不承认我平凡渺小、庸常而又碌碌无为呢？我说服了自己。于是我只于中记录我经历的点滴涓流、生活中的蝇营狗苟与悲欢离合。我想，春华秋实，阴晴圆缺，兴盛衰败，乃至于生老病死，都算是自然的规律吧。不变的是身处其中的芸芸众生，是他们，也是我们的生活。

生活是琐碎的堆积，不是宏大的叙事。但琐碎堆积在一起，纵不气势磅礴，亦动人可爱吧。

平凡人很少成为主角。可是谁又不是自己人生的主角呢？

我笔下的小人物们，他们平凡、渺小、卑微且肤浅，经历过创伤与痛苦，内心饱尝了相遇的快乐与分别的悲伤的煎熬。他们争取也妥协，遍体鳞伤却依旧蚁一样努力搭建在他人看起来似乎微不足道的人生。

目的只有一个，如同当初投身这里当个体户一样——他们只是想活着，和，更好地活着。

哪怕有时拼尽全力也无法到达别人的起点，但，不影响他们尽力而为。这就挺好了。

三胖子

二鬼

1

服务员小娜在五爱一些老板眼里是香饽饽，这姑娘人长得透亮，曾经当过模特。腰条也顺，最重要人机灵，很"会"。尤其对付二鬼那样的市场管理人员的扣货行为，很有一套。

如果她所在的档口货被扣，小娜不会通知老板，而是单枪匹马一个人到管理所直接找到头头儿二鬼。二鬼呢借故摸摸手，临走再拍一下屁股，捏一把。这几乎一气呵成的一摸、二拍、三捏具有神奇的功效，被扣的货也就十分顺利地被要了回来。在小娜的手快被二鬼摸秃噜皮时，小娜和二鬼的关系变得奇怪且坚固。一方面二鬼对小娜并没有进一步要求，另一方面二鬼则对外声称："小娜在我这儿说话好使。"

二鬼的声明使小娜在服务员的圈子里拥有了一定的声誉，这种声誉成为一种变相的激励，就有其他没有靠山又想在五爱站稳脚跟的小姑娘步了小娜的后尘。

"被摸一下手，也不会少块肉。"

这包含隐秘意味的需要避讳的小动作逐渐公开化，成为所有人的见怪不怪。如果没有年轻白皙的手可摸？人民币的触感也可以让二鬼高抬贵手。一包货五十块钱形成行市，被扣货的理由无论有多么离奇，五十一张的人民币都可以搞定所有规则。

当然，你也可以选择不破坏任何规则。但忙起来难免有顾及不到的地方，二鬼和二鬼的手下们这时会像幽灵一样出现，抓你个现形。

所以，要想在五爱生存，要么认识人，黑白两道都可以；要么撒泼打滚，舍得一身剐，谁要想动你，他得先合计合计跟你扯得起扯不起。如果以上两项都不成？那恐怕就只有任人宰割的份儿了。

弱肉强食嘛，这是世界通行的潜规则，走到天边也没有净土。人们在潜规则面前望而却步。脑筋活一点儿、转得快一些的很快寻到门路——搭上管理所的或者税收所的，再不然街道办、片区派出所的，最直接有效的竟然是那一片儿的黑势力——几乎没有他们摆不平的事儿。为此，那些财大气粗、脑筋活络的老板们愿意从自己的生意收益中分出一杯羹来。当然，供儿^①不白上，伸手的人也真办实事儿，并且相当有效率。供需双方的一拍即合使这种畸形的市场行为异常繁盛。虽然"不合理、不合法"，但是合乎当时的情况，也就是大环境。大环境促使这样一棵大树在

① 指好处费。

2

五爱市场里扎下根来，由于供需两旺，所以不见风都长，很快便枝繁叶茂，成了势了。

小买卖人都没有多高的觉悟，不管与之打交道的是什么黑道白道，他们只知道背靠大树好乘凉。于是更多的人拥向这样的市场。由于需大于供，所以倒成了卖方市场。如果你买卖做得不够大，钞票花得不够多，你倒是想攀上这棵大树还不好攀呢。

大树攀不上，但有些事儿还得办。怎么办呢？大树下开始有了分枝，这些枝股就是无数个二鬼和二鬼的手下们。二鬼们手握小小的权力，不能咬死人，但是可以硌硬人，可以巧立名目扣你的货。对于小买卖人来说，那哪里是货呢，那是白花花的银两。钱不能没听见个响动就撂在别人的一亩三分地，所以不能不往回要。卖衣服都有个淡旺季，一包衣服要是扣下了两三个月，这包货就再值不下几个钱了。

没有靠山的人们为了能不被这么硌硬，只好学会低头说软和话。男的递根烟，嘴皮子上狗一样哈哈地巴结着，脸笑成干橘子皮，再塞几个钱，哥长哥短地叫着；女的就走另外一条路子，拍拍打打，摸摸索索，抛几个媚眼，抖一抖奶，对方一高兴，手再欠点儿，上了手摸两把，身上一放松，嘴也就放松了。这样一松口，货也就跟着要回来了。

如果实在不想出血、不想被占便宜，还有另外一个招式——撒泼。但你要有本事可以一战成名，让对方下回看见了你绕道走。如果没有这个本事闹也白闹，到时反而交了钱也不一定能拿回来货，并惹得行里人笑话："没有那个金刚钻，揽什么瓷器活儿？"里子面子全都丢掉了。这就叫个自取其辱了。

这种风险不是谁都肯担的，也就是宽姐那样的人能在五爱一战成名。

2

宽姐其人倒不姓宽，大名里也没有一个宽字，但是长得宽。她不是胖，用东北话说那叫奘。横肩膀，人前一站一堵墙，有个厚实劲儿。人说"宰相肚里能撑船，将军额前能跑马"，宽姐肩膀阔得恨不能并排跑两匹大骒马。

黑黑两条卧蚕眉，下面一双豆鼠子小眼睛。眼睛出彩儿，闪着精光，一闭看不见眼睛，一睁全是黑眼仁儿，看不着眼白。柿饼子大脸，生得一脸横生的肉，看起来就不好惹，一瞅就不是什么善茬儿。脸中间一个塌塌鼻子，自山根处开始一直延伸到鼻子头才有起势，于是显得两只鼻孔异常惹人眼。

宽姐家贫立事早，早些年在外头摆过地摊，出过夜市，在小河沿的早市卖过秋刀鱼，干的营生不少，苦和亏都没少吃，见过的人事儿自然也多，所以啥道都会点儿。

宽姐一开始是在一楼卖中老年服装，物业很快摸清楚宽姐没什么背景。宽姐夫那个人又"面"，好说话。于是开始扣货，第一回扣货宽姐给上炮①拿了钱，过些日子又扣了第二次。第三次这些人再来，宽姐坐在档口里像个塔一样的，眼皮没往起抬，看着两个物业的年轻后生往黑袋子里装货。一件、两件、三件……宽姐拿眼睛数着数儿。等装完，袋子口一系，宽姐站了起来，直扑过去，喊声惊得两旁档口的顾客都回头。

宽姐嗓门子大："杀人啦，强奸啦。"

物业的手台②不知道啥时候被掼到了地面上，摔了个稀巴子烂，再不能发出个声。另外一个小子奸，看这架势没敢上前，躲得远远的。事后大家回忆起来，说那小子可能也是被吓傻了。噼里啪啦的嘴巴子声响起来，也分不出是谁打了谁。有人说是宽姐打了物业，也有人说是物业胡噜着了宽姐，有人低声故作神秘地跟大家说，是宽姐自己打自己哩。

等大伙儿都回过神儿来，物业的还愣在当场。衣领子被捯开了，裤鼻子耷拉在腰间，裤门都被薅开了，但是脸上不见伤。宽姐连声喊："没有王法了，没有王法了，不让老百姓活了呀。"坐地上拍巴打掌地就哭，接着又一鼓身地起来回档口打电话报了警。等宽姐在档口里打完电话报完警，大家这才发现宽姐脸面上有伤啊，怎么刚才没注意呢？老长一道子了，血赤糊拉的，趴在脸蛋子上，跟着肉一股子一股子地颤，宽姐龇牙咧嘴地喊着："疼呀，迷糊呀，还要吐。"

---

① 东北话，送礼给好处的意思。
② 指对讲机。

大家就揣测是不是被打成了脑震荡。别看宽姐体格子壮实，男人真出了手，女人又能有多禁打？

警察很快就过来，宽姐却要求去验伤。这套流程这样熟悉，证明宽姐是个中老手。但几乎没人注意到这个细节。两方人马相继离开五爱街。物业那小子身上没有伤，只能乖乖跟着警察回到所里去做笔录。

短暂的停顿后五爱街又"嗡嗡嗡"地炸开了一样地响，卖货声、讨价还价声、骂人声……有些人买了货跟抢着了货一样，四马汗流①地从人窝子里挤出来，一面庆幸自己终于购到心仪的货品，一面咒骂五爱街的地面子是会生人咋的，人就像下雨时的雨点子一样又稠又多，都是从哪里冒出来的呢？人和人呼出的气体在空中交织在一起，产生一种混乱的、模糊不清的味道。

那事情过后宽姐正常卖货，物业的所有人绕着宽姐的档口走。若不小心在趟子里碰见，大老远看着了宽姐也要躲着走。实在躲不过了，就背过身去，假装跟其他档口里的人拉点儿闲话。

没有人敢再去惹宽姐。

宽姐的伤情鉴定出来后每日下了行就直奔派出所，到了也不哭也不闹，就坐。宽姐肥大的屁股蛋子都快被派出所的黑椅子给磨出老茧子来了，但她还是不肯离开。天黑下了也不走，说："不行我就在派出所睡，等到明天上行②还能近便点儿。"派出所

---

① 东北话，指满头大汗。

② 指去市场卖货。

的人到点儿了吃饭她也跟从着，人家打了两个白馒头，她下手就捞走一个，也不说就着点儿菜。

派出所的人就怕了宽姐，宽姐一露头就有人出来挡驾。宽姐可不管这些，肩膀头子一拱，就把来人给拱开了，说："我也不闹事怕啥？我就问问有没有地方说理不行吗？咋？要堵老百姓的嘴，没个给老百姓说理的地方吗？打人能白打？"

那人就说："那哪能啊？"

宽姐就答："我说不能够嘛。到哪儿人都得讲理。"

最后物业的那小子赔了情又赔了钱这事儿才算了，宽姐由此在五爱街扬名立万，头三脚算是踢开了。

3

但如果没有宽姐的能耐这事儿就不好办了，比如陆芳。陆芳和小刚自鞍山海城来，听说五爱街像个老母鸡，能下金蛋，来了遍地都是钱，只要肯哈下腰随随便便就能拾成个百万富翁。

两个人兴高采烈地租了档口，看了版，去西柳上了料，又去服装厂定了版。开业那天半夜就开始下雨，但不大，雾毛子，针一样地密。没过多一会儿雨却下得大起来，陆芳和小刚都被淋得精湿。但小两口却并不介意，还说这是要发财呀，水就是财嘛，是个好兆头。

两人在档口里忙活，从天上下来的雨到了人的身上也是待不住，又要下去。于是两个人走到哪里，哪里不是湿了脚窝子外缘的一圈，就是有水点子落在地面上。小刚说女人不能着凉，去小百给陆芳买了双拖鞋穿着。陆芳嘴上嫌他不会过日子，但也喜滋滋地把鞋接了过去。

　　那天也怪了，左右档口都不卖货，就陆芳家走货，零买批货的都不少，把人看得眼睛馋，就在档口外卖呆儿，拿眼一会儿盯陆芳，一会儿盯陆芳家的货。看陆芳甜脸蛋子鼓屁股，胸脯子一颤一颤的。她一低头找货就露出白花花的后腰，一圈肉也嫩嫩的，就是个白呀，皮肤下面的血管都是青颜色的。

　　货卖得好人就兴奋，2009 年那会儿流通的可全都是现金，满眼珠子里全都是花花绿绿的钞票。眼珠子瞅见了眼睫毛都跟着乐，肚子里的心肝儿都跟着那些票子一起颤。小刚数钱时就对陆芳说："还真是水为财呀，幸亏听你的今天开张。早起下雨我心里还犯嘀咕，寻思咱选这日子不好呢。"

　　陆芳扭过头，给丈夫小刚一个"瞅你那傻样儿"的眼神儿，小刚的身子骨也就更飘了，小手数钱数得更有劲儿了。

　　那一夜回去以后两口子或许会有憧憬，像无数来五爱街淘金那些人做过的、后来一部分人实现了的梦一样：发了财了，在沈阳买了房，把父母接过来。再回老家的时候最好能开上辆小车，进村车速就开始放得缓缓的，叫每一个人都知道他们回来了。车窗须得摇下来，要表现着对自己有了车的不在乎。钱嘛，是个啥？要跟每个人都打招呼，到了家门口一定会有人在大门口跟着攀谈呀，就跟他们说省会城市跟咱这儿哪儿哪儿都不一样，让人听得耳朵也痒痒巴梭的，到最后再啧啧地咂摸着嘴儿，说："人沈阳到底跟咱这儿不一样，还是得大地方呀。"

可惜，美梦未醒，意外先来了。

第二天下半夜，五爱人顶着星星月亮陆续上行。这一天陆芳两口子第一次被扣货。

扣货的是物业的老潘，五爱市场的老人了。他带了一个手下，年轻后生，新来的，脸生嘛。这人红脸膛，五短的身材，奇在身上所有的零部件都短，五根指头齐齐伸出来，除大拇哥能分得清之外，其他都不能让人分得太清究竟都是哪根指头。寸头，着管理所服装，鞋擦得锃亮，能照见人。

这人是小段。

两人的身影朝趟子这边一晃，有人就低声嘀咕："没到七月十四啊，咋又缺钱花了？"

听者除小刚夫妻外都心知肚明，笑而不语。也有人接上一句："兴许家里出大事儿了，得绝症了啥的。"

音量不小，胜在老潘和小段不明就里。两人径直到小刚档口前停下脚步，说："模特摆出了位了，影响顾客走道。再说了，也影响消防。五爱街里头卖的东西都是易燃品，着火了或者这模特绊谁一下子呢？"

高帽子扣得挺大，问得老板小刚的嘴巴哑了火，目瞪口呆地看着人家装货。等货拿走了小两口才回过神来，小刚低下头用无比震惊的语气说："强盗呀！这不明抢吗？他们是哪儿的？咋还有这种事儿？"

大家相视笑笑，觉得自己身负普及规则的重任，该以过来人的身份搭救这迷了途的羔羊。于是如此这般、这般如此，七嘴八舌，好在小刚也是伶俐人，一听就懂，一点就透。他从腰包抽出一张粉钞来，"噔噔噔"地径直往楼上走。没过一大会儿又抹了身回来，一脸茫然地问大家："物业在哪儿？"

敢情连庙门朝哪儿开都还不知道呢！但不妨碍他被扣货，也不妨碍他成功把所谓的没有票据的罚款给交了。

回来的小刚有点儿发蔫，大伙儿嘴上没说，心里笑他没见过世面，这点小事儿至于吗？他还没见过因为追货卸掉对方一条胳膊的呢，这点事儿算啥呀？欺行霸市，吃拿卡要，别说在五爱市场了，哪里没有？大鱼吃小鱼，小鱼吃虾米。适者生存，自然界就是这么个道道嘛。

这样想的每个人其实都完成了将这种思维内化的过程，将之变成一种对社会、生活、市场不合理行为的正常理解。千百年来，杜绝过吗？它一直存在着。"存在的就是合理的。""可能原本就应该是这样的。"人们会以此自洽，并且说服身边其他人心安理得地接受这个局面和环境，毕竟逆来顺受可以换得短暂的安宁。但另外一方面，也使其最终成为一种理所应当，变成一种惯例沿袭下来。

凡事一成惯例便是不容挑战的。

这有点像《西游记》里每年要吃童男童女的灵感大王，是不是妖不重要，重要的是你得有那个能量。凡人膜拜能量，可以人妖神不分，可以跟能量进行交易。与魔鬼打交道的人不一定是魔鬼。本质上，魔鬼还是魔鬼，人还是人，似乎一切都没什么改变。但似乎又一直在改变一些什么。改变了什么呢？至少从某种意义上来说改变了规则，改变了玩儿法，改变了人们的生存空间。人和魔鬼一旦暗通了款曲，势必还是会改变一些什么的。跟魔鬼做交易的人，究竟还是人吗？

可大家又都不愿意怪罪自己。

"咱平头老百姓能怎么办呢？也是没办法嘛。"

一听，似乎说的也没什么错误。

4

小刚很懊恼，陆芳也是。大城市在小地方来的人的眼睛里失去了一部分色彩，灰蒙蒙的，罩了一层尘，看起来令人觉得并不真切了，影影绰绰的。但是来了，不能回头呀，总得要混出个人样儿才能回去。什么是人样儿？有钱！财大气粗！在人前抬得起头来。钱是英雄胆，没钱在人面前就矮半截子，说话都没底气。商品经济社会使人们对成功的评价愈加趋向二元化：有钱有权就是成功，没钱没权就是白混了。老婆孩儿、亲娘老子都瞧你不起，张口闭口都是"你看谁家的谁谁谁"。

谁都想成为"谁家的谁谁谁"，谁也不想成为被指着鼻子骂没出息、窝囊废的那个人。为了这点认可，有的人开始铤而走险，也有的人不择手段，还有的人自甘堕落……

凡人的嘴、凡人的眼、凡人的手指头，塑成了一个世界。

然而当凡人遇到了"灵感大王"，又只有臣服的份儿。这是现实世界的"罗生门"。

小刚在确认这种扣货行为只是偶发事件后还是有些惊魂未定，之后一周，却果然风平浪静。众人的经验得到了验证，在小刚和陆芳那里就起了效果。不就是偶尔低个头吗？在家千日好，出门事事都难。头三脚踢开就好了，凡事都得有一个过程。在这样的自我麻痹与催眠中小刚第二次见到二鬼，在陆芳则是头一次打照面。

那天，二鬼带了个人来小刚的档口买衣服，这也是市场里的潜规则：物业的人和物业带来的人买衣服，给来货价，或者不要钱。这是隐性的、大家心照不宣的职业福利，其他行业怕也是如此。默认是一种态度，承认某种形式是合理行为，如同一种同谋，共同策划了事态发展的走向。

小刚不傻，知道不能收钱。对权力只能顶礼，哪怕只是小小的权力。反抗的代价有时会高昂到平民无法全额支付，所以只能忍气吞声。更何况又有"要想人前显贵，须得人后受罪"这句话的加持。这个"罪"含义太多、太深、太广：肉体上的痛苦，精神上的折磨，都包含在这个范畴内。那时小刚认为"破财就可以消灾"，没想到二鬼的需求会升级。

小刚跟二鬼说着客气的话，陆芳正低头找货。找了货，抬起头，挺胸，直腰，手握成拳，在后背轻轻地敲了几下，回过头来。二鬼跟陆芳正好打了个照面，于二鬼来说，那是使他惊为天人的一张脸。陆芳那样好看，在他贫乏的语言体系中，"好看"代表了吹弹可破的皮肤，颤巍巍的睫毛，漆点成一样的眼珠子。看了，忍不住，手开始蠢蠢欲动，真想要上去摸一把呀。

摸一把，满足自己怪异的生理或者情感上的需求，在他自己，可能也难以理解自己。

回到办公室后二鬼可能坐立不安，可能也经历过天人交战，知道某些做法有些不上道、说不过去，对良心没有交代。但良心缺岗多日，不上班，所以他很快就通过权衡小刚的斤两而做出了某些决定。

"他能把我咋的？"很多人在事前都曾经做出过这样的评估。事实证明，有时这种权衡之后下的决断并不客观与全面。

不管怎样，时隔不久，小刚被二次扣货。小刚捏着粉色大钞，却并不能把货取回来。规则可以更改，但不能明说，靠对方的悟性去领悟其中的精髓，再去达成共识。这种游戏类似猫和老鼠，掌握绝对主动权的猫，可以决定太多：玩法儿，以及，鼠的命运走向。

鼠有没有选择？很难说。

鼠的领悟力和乖巧程度决定了它们可以在猫的地盘上活多久，能活得有多滋润。

二鬼那点心思不难猜透，或者，手握权柄的男人们的心思，并不难猜透。就那么点事儿嘛，就看当事人豁得出去豁不出去了。陆芳在众人的授意下去取了货，果真顺利地把货给要回来了。这是一个信号。事后证明，小刚曾经做出过努力，忽略这个信号背后的意义。但这个信号却像一根扎进他肉里的刺，哪怕不去想，偶然间不小心碰到，还是会"刺"一下扎得他疼。

事情到了那个地步，往往就是考验当事人自欺欺人的功力与对疼痛忍受最大阈值的时候了。

小刚变得沉默了，笑容从两个人的脸上都消退了。往前一步是黄昏，往后一步是人生。进还是退？进的代价？退的代价？小刚常躲到消防通道去抽烟，抽烟时紧锁着眉头，似一个哲学家，在思索人类命运最终走向的大课题。

事儿，却像刀子，可着劲儿、撒着欢儿地剜人的心。左？也不是。右？也不是。怎么办呢？对于陆芳和小刚来说，短期内不再被扣货就是他们最大的诉求。

两口子开始起口角，关注的点变得不一样了。有时忙活起来，模特摆出去一点，小刚像火药桶一样当场就炸了，骂陆芳。陆芳被骂，先是蒙，继而懂得了那骂的含义，货也不卖了，不回嘴，着急忙慌腾出两只手把模特搬进来。也许那时他们不知这世上有句话叫"欲加之罪，何患无辞"。其实对于二鬼来说这是问题吗？没有罪名，可以创造一个罪名加你的脑袋上。说你罪大恶极就罪大恶极，说你其心可诛就其心可诛，说你其情可悯又可以变成其情可悯。

人嘴两层皮，咋说咋有理。

被放大的失去监控的权力，使得相当长一段时间里大家所看重的不是自身能力的增长，因为那是一个"说你行就行，说你不行就不行""不服不行"的世界。在这个世界里，它的游戏规则是只需要你"服"，并不需要你"行"。

要在其中如鱼得水，你只能变得深谙此道。然而深谙此道的人愈多，这个游戏的难度又会升级。

人在这世上之所以活得累，有时可能就是因为看似哪里都有规则，然而实际上哪里也没有规则。这就让很多人感觉无所适从。

没过多久，小刚又被扣货，陆芳再去取。小刚变得困兽一样地焦虑，烟抽得更黏了。他有时默默地看陆芳，眼睛里有问号，嘴却问不出口。没有办法问，出口问了，就不能收回来了。有些话，像泼出去的水一样。再说，也害怕答案。答案会是什么？他应该暗中也揣测过无数回。如果不是自己想要的答案怎么办？这时烟拯救了他的灵魂，但烟却没有办法拯救他的命运。当然，还有陆芳的命运。

陆芳也明显被事件困扰着。作为女性，天生的对某些情况的敏感使她感知到一定的——不能说是危险，更多的是嫌恶。像吞了个苍蝇，但不能往外吐。其实吐不吐出来都无法改变自己被恶心了的事实。她相当清楚这一点，所以有时故意逗小刚想搞搞气氛，但小刚并不配合，意兴阑珊。因为这种行为反而会增加小刚的困扰——站在男人的角度，他认为妻子可能是在补偿他。然而，为什么需要补偿？有些事不能脑补。可人有时贱就贱在心里明明十分清楚，但就是无法控制自己展开联想。人拥有思想干什么呢？不思考，随波逐流，也许就不会那样痛苦。

5

这样煎熬人的日子使小刚寝食难安。退出五爱街？应该也想过，但所有的身家都撂在五爱了，肯定不甘心。再说，回去也无法交代，过不了自己心里那一关。

于是小刚做出了一个决定。

那天物业又来扣货，那新来的叫小段的小个子一个人来的。从容地把货装完、拎起、拿走，动作一气呵成。陆芳和小刚看着自己的货被拿走没有任何反应。

被扣货的原因？他们似乎并不在意了。

小段出了档口，见五爱的人还是潮一样地厚，感觉立不住脚，前胸贴了前一个人的后背，触手处都汗津津的，复杂的味道充斥着每一个空间。小段拿一只闲出来的手轻轻推了一下前面的人，要求"借过"。但是没有人把路借给他，让他"有能耐就挤过去"，而那人则真的"动不了"了。

小段刚要挤，突然感觉一只手搭在他肩膀上。"哥们儿。"有人低声唤他。他一回头，看见了声音的主人——小刚。这是一张太过熟悉的脸。他刚要问他干啥，就听见一声尖利的惊叫声响起，一个女人捂住张大的嘴巴惊恐万分地看着他。

这时小刚将胳膊朝回收，一柄带血的尖刀闪着寒光从小段的身体里抽出来。紧接着，他将刀再一次顺利地送进小段的身体。小段手一松，黑袋子落到地上。人群倏然间分开，辟开很大一片空场。小刚看了一眼在地上抽搐的小段，没说话，面色平静，如同无风无浪、波澜不惊的大海。

他又看了看地上的那个黑袋子，血把装货的口袋给染污了。他似乎是想了想，没有把它重新拎回档口。回身走了几步，小刚回到自己的档口，伸手从门口摘下一件衣服，又把衣服从衣服挂上卸了下来，然后拿那衣服抹了一下刀身，饱饮鲜血的刀身很快恢复光洁、银白，散发出冷芒。他始终未发一言，之后看了看陆芳，说："我听别人说他们摸你了？还有谁？你给我说。"

陆芳没说话，开始流眼泪，后来推他，让他赶紧跑。

小刚也没说话，只朝陆芳笑笑。

听着信儿的二鬼第一时间将管理所的大门从里面反锁，报了警。

派出所离得近，警察很快就过来了。

小刚没反抗，手铐就被铐上了。走之前，他十分平静地对陆芳说："我走了以后回海城吧。我不在你身边，你别一个人搁沈阳待着。你一个女人家，待不了。"

走两步，他又停下回身交代："别等我！"

说完头也不回地走了。

陆芳结束档口没多久，新的业户入驻。很多人以为物业会因此而有所收敛，但实际上并没有。二鬼虽然被清除出五爱管理的队伍，但新的二鬼、新的小段又似乎层出不穷。他们信奉的是另外一条人生的铁律：富贵险中求。而且理直气壮："你们吃肉，还不让我们喝上一口汤？工资太少了嘛。"可是你真觉得少可以不干嘛。

被勒了大脖子、花了冤大头钱的业户恶狠狠地诅咒那群物业"不得好死"，或者期盼能有另外一个小刚出现："早晚让他们再遇见一个小刚，到时候让他们好看。"

他们需要小刚，但自己却不愿意也不可能当小刚。

物业的管理人员不是不知道小刚的事儿，也不是不怕，但认为那是一个偶发的事件："哪儿那么倒霉就摊到我身上？"

五爱，像船一样照样往前开。有人觉得这艘船已经破了、烂了，不是人待的地方了，于是出走，寻找更适宜自己生存和发展的地方。他们开始散落于沈阳的各个角落，后来散落于全国各地。之后就有在广州盘下服装厂的前五爱小老板，摇身一变成为服装厂新主人的故事发生。有些留守的业户不理解：撤家在外的，图啥？

"图啥？这边开厂子不用给上炮啊。开了服装厂，不办执照可没有工商、税务、消防来找你麻烦。都是等你站住了脚才上门来收费，而且全都是公开透明的。不用整天求爷爷告奶奶的，见谁自己都是三孙子。"

五爱街由此掀起了小小的出走潮，大家八仙过海，各显神通。他们认为，人是会动的，又不是草籽。草籽落在石头缝里就只能在石头缝里头长，落在滩涂地上只能在滩涂地上生。可是人有脚，可以动，可以走，可以走到活得不那么没有尊严的地方，走到一个背后没有人、身上也没有人，但也能活、兴许还能活出彩儿的地方。

活人不能让尿给憋死呀。

当然，另有一部分人不愿意走。他们固执地认为全世界到哪儿都一个样："干啥都得有人。没有人，你在沈阳混不明白，在广州也是一个样地寸步难行。""'忍'字头上一把刀，那是生活给的考验，不是人为加诸的苦难。所以，人最重要的是学会适应，而不是试图做出改变。"

说"离开"那条路不好走的人，真的再也没有离开过。而相信这句话的人，也不是信那条路真不好走，而是自己没有勇气朝那条路上踏而已。

后期五爱的没落，有人将原因归结于东北的没落或是电商的冲击，其实所有的没落，都是人的没落。

一个地方太多的精英出走，那个地方势必将迎来自己的末日黄昏。劣币驱除了良币，劣币到最后也在劫难逃。

服装市场姐妹花

1

刘建平所租出租屋位于沈河区大南街胜利电影院附近，四楼，一室一厅，大约有四十多个平方，每月租金四百元，半年交。楼房临街，一楼到三楼为门市，因此楼外有外楼梯，探出约莫有三米来宽的门市形成一个宽展的大平台。走出单元门要穿过大平台，随后踏上三层外楼梯，这段路相对较"背"，下到一楼后甚至连路灯都没有，是更为幽深的长相狰狞的像在黑暗里试图要吞噬什么的拱形小区门洞。

但只要出了小区门洞就好了，大南街街灯彻夜长明，沿大南街朝前走，走到第一个十字路口左拐，就能碰见络绎不绝的上行的人。

在出租屋里化完妆的刘建平蹬上"恨天高"拿上手机就出了门，走出单元门，夜色不由分说地将她包裹得严严实实，她的目光有些打怵地跟眼前的黑暗直接打了个照面，朝前伸出的脚便多了一丝犹豫：外面太黑了，她多少有些害怕。

但她同时也知道，背井离乡的自己在这座拥有六百多万人口的陌生都市里，害怕是多余的情绪。大平台一眼可以望到头，几根横七竖八拉起来的电线是居民用来晾晒衣服的，刘建平刚搬到这里来时曾经在这儿晾过一条被罩，结果晚上想要把被罩收回去时发现被罩不见了。

"穷疯了。"她大声咒骂，最后却也只能无奈作罢，以后她不再在大平台上晾晒任何东西。

这是孤身一人半夜上行的刘建平常常干的事儿——强迫自己想一些其他的事情来分散注意力。尽管如此，这段黑暗中的路程仍旧让她走得"步步惊心"。她走得很急、很快，鼻头上渗出细密的汗珠，大平台的外楼梯在黑暗里蛇般向下蜿蜒延伸，她低头看着脚下，一级一级朝下走，直到下完最后一级台阶，她站定，长长地呼出一口气来，悬着的心微微放下。出了小区的门洞就是大南街了，那里亮如白昼，她就不用再害怕了。

这口气还没有吐到尽头，一条人影从暗处无声而迅速地蹿出，从后面一把勒住她的脖子。刘建平本能地抬手抠住那人的指头关节，那是一双跟夜同样黑、带有冰冷质感的属于男人的手，关节如竹节一般突出，力道很大，勒得很紧。刘建平几乎喘不过气来，她甚至能感觉到太阳穴的血管在皮肤下面有节奏地突突直跳。身后人很沉默，什么也没有说，她害怕这种沉默，因为男人正于沉默中将她朝更暗处拖拽。

恐惧笼罩了她，如果被拖到更僻静处就完了。她开始拼命抵抗，两条腿用力蹬踹，大口喘息，将城市凌晨的黑暗空气贪婪而绝望地吞吐。

"大哥。"她终于能够艰难地发声，"我脖子上有一条铂金项链，衣服口袋里有一部手机，大哥，这些我都给你。你放了我，大哥。"

没来得及讨价还价，从斜上方传来有人下楼的声音，脚步声沉重而有力，还伴有一声浓重的咳痰声，"叭"，痰液坠地。身后的男人慌张地放开了她，她来不及多想，没命地朝小区门洞外奔跑，杂乱无章的脚步很快将她带到大南街主街，灯火通明。安全了！她弯下腰，心有余悸地朝身后的无尽黑暗望了一眼，感觉自己逃过了一劫。

2

她掏出电话来，却并没有报警。

"这种事儿对于我们这些人来说太过平常了。五爱市场早晨开行的时间固定，有上心的盯上一个人，蹲两天，就能熟悉对方的上行路线，只要出手都能从我们这样的人身上下下来点儿钱或东西。不特意蹲守哪怕临时起意呢，也能有点儿收获。"

刘建平的第一个电话打给了自己的老板阿成，第二个则打给了档口的老服务员陈丹。陈丹是个美女，眼睛大，双眼皮，尤其两条大长腿，登登直，像两根上好的橡木。家里姐妹两个，老家在阜新彰武县。八岁上学，十三岁就不念了，跟父母来到沈阳于洪区。当时于洪区还没被纳入市内五区，属于城边子，小作坊、小工厂相对集中。陈丹开始在一家家具厂打工，两年后经人介绍来到五爱市场当服务员。由于"穿样子"好看，又能吃苦，还会卖货，很快在阿成的档口主事，阿成很信任她。

刘建平刚到阿成的档口时，阿成并没想留她长干。是陈丹一句话把刘建平留了下来。"样子是有点儿穿不起来，但是真能卖货。"

这句话让建平不用再每天早起往楼梯上一站，小燕儿等食似的头向上仰望，等着有老板把她挑上去当一天服务员。

陈丹不欺生，对刘建平很好。档口的活儿都是谁闲着谁干，不互相攀。她也从来没对刘建平指手画脚过，两个同龄又同样吃苦耐劳的姑娘很快无话不谈。在言谈中，陈丹得知刘建平有个姐姐也在沈阳，刚刚结婚一年多，怀孕已经快要生产了，但是却在闹离婚。即将临盆的姐姐没有工作，两个人的生活费用全落在刘建平身上。

日子恓惶的，建平却不心焦。不知道发愁，更没一句抱怨。只跟陈丹叨咕着工资咋分配，总要留一些，尽量地省，万一哪天她姐生了，可别没钱上医院。

陈丹听了也不答话，但等建平她姐突然间作动要生产，她半夜打车就来，来了把一张卡塞建平手里，告诉建平密码。

刘建平的姐姐在沈医二院自然分娩产下一个七斤二两重的女婴，丈夫家那头没人来伺候，陈丹下了行就跟刘建平一起去医院伺候。两个姑娘轮流抱那个幼小的婴儿，哄她睡觉，给她喂奶粉，带她去洗澡，跟护士学着做抚触。小婴儿更是啥也不知道，在两个姑娘柔软的手里头享受呢。陈丹和建平就看着笑，也不知道啥是愁。次日半夜两点多，两个姑娘再鸟悄儿地起床洗漱化妆，一起打车上行。等建平她姐出院，陈丹去那时刚开没多久的跳蚤市场，一次性买了八袋完达山一段奶粉。那时建平钱紧，知道陈丹买这奶粉是救她和她姐的急的，心里头承情，口头子上却从来没说过谢。

真交情说什么谢呢？事儿上见就完事儿了。

所以安全后她的第二个电话打给了陈丹。陈丹每天早晨在于洪跟人拼车上行，那时已经快到五爱街了，她在电话里对刘建平说："我马上就到。"

不大一会儿，阿成和陈丹都过来了，陈丹的男朋友吴晨也过来了。见到了这些人，刘建平心稍微托了点儿底，似乎也并没有刚才那样害怕和无助了。阿成想报警，刘建平拦住了，大家都知道报了也白报，更何况那人是从后面勒住刘建平，她无法为警方提供确切信息。

3

陈丹拿着钥匙径直朝档口走了过去，随着"哗"一声响，阿成档口的卷帘门应声卷起。几个拿货的进入档口，还有一个是他们的老客户，是来调货的。调货就是顾客拿回去的货有的款不卖，或者有些小瑕疵，来换一下同款同版，或者调个版或码。但是早晨批货高峰时段我们一般都忙，没时间答对调货的客户。这种情况会告诉他们"先出去转一圈再回来"。等对方转一圈回来了，档口没有那么多人、没那么忙了，再稳当地给对方找货、调货。这个老顾客跟陈丹很熟，忙得一脑门子汗的陈丹就转过头来想告诉对方先出去转一圈，但她张开嘴巴瞪着大眼珠子瞅了对方半天，愣是一句话也没有说出来。光嘎巴嘴儿，脸都急红了，却说不出来话。刘建平看到这情况就把调货的先打发走了，随口问她："咋的了？"

陈丹伸手拍了拍自己的腮帮子，笑着说："谁知道咋的了，突然间不会说话了。"

那时档口里忙，没人注意这事儿，陈丹自己也没在意。等批货高峰过去，几个服务员边吃饭边唠嗑儿。陈丹惦记着刘建平早晨被抢的事儿，说下行以后不回家了，要去刘建平家住。这样次日早上她俩上行也好有个伴儿。而刘建平则惦记着她早上短暂的失语行为，问陈丹说："早上调货的来咋突然之间说不出话来了？"

有服务员就插了一嘴开了个玩笑，说："天天卖货话说得实在太多了，嘴都说瓢了，说都不会话了。"

几个年轻的姑娘哄然一笑，这事儿看似就这样过去了。直到陈丹出现第二次异常，没多久是第三次、第四次……这种异常并未引起更多人的警觉，大家只是觉得，"陈丹这姑娘心事重，也许是因为跟吴晨分手偷摸上了点儿火"。

吴晨，辽西葫芦岛人。五爱街鼎盛时期入市，人也老成，只运气一直不佳，在行里大多数人闭着眼睛干都能挣着钱的时候他老人家干啥赔啥，最好的状态竟然就是保本。

陈丹不是嫌贫爱富的姑娘，但架不住陈丹妈不愿意女儿嫁给一个"房没一间，地没一垄"的穷光蛋。

"你跟他要饭也得有个戳棍的地方吧。"她的考量似乎完全站在女儿的立场。当然也用了一点儿手段，比如当着外人的面儿故意让吴晨下不来台，或者给陈丹扣上一顶不孝的大帽子，天天跟陈丹闹，拿死亡来威胁……出尽法宝之后这个母亲如愿以偿。陈丹终于正式跟吴晨分手。

吴晨没有纠缠陈丹，在他的极其朴素的价值体系里，认为爱一个人就是希望这个人好。他十分清醒地知道自己的家庭环境，也明了自己当时的处境，认为自己不太配跟陈丹在一起，更舍不得她因为自己而在父母和他之间左右为难。"陈丹漂亮，如果不跟我，兴许能找个条件好的。这样不但她能过上好日子，她家人也跟着借光。"

这是一场和平的分手，没有哭泣，也没有借酒浇愁，没有怨恨，也没有彼此拉锯与折磨。两个人都说对方很好，但是她有苦衷，而他又懂体贴她的苦衷，分手于是一拍即合。疼痛便被故意忽略，体面地隐藏在双方的平静里。

可陈丹是心事重的姑娘，吴晨又是她人生中第一场恋爱的对象，她能那样轻松地放下吗？所以大多数人都认为也许陈丹是"上了点儿火"。

但刘建平并不这样认为，她觉得："还是查一查去比较好，没事儿不是也放心吗？"

陈丹听劝，于是某天下了行，她和刘建平两个人溜溜达达地就去了一趟省医院。当时去医院看病还没这么些人，也用不着一等一天。两个人到了医院挂号候诊的时候还唠得挺欢实，害得别人以为她们只是来陪诊的。大夫开了单子，逐项检查，检查结果出来，陈丹脑袋里长了一个瘤。

4

刘建平不以为意，说："检查出来就是好事儿，治呗。怕啥？"

陈丹则说："就一个瘤子，一个小包儿，割下去就没事儿了。"

她们甚至对手术有一种莫名的期待："还没做过手术呢！""听说到时候得剃光头。""剃了你给我拍个照片儿，以后好看。"

新奇超过了对疾病的恐惧。

因为有亲戚插手，陈丹的手术很快被提上日程。手术当天建平过去了，我也过去了，吴晨也过去了。陈丹妈看见吴晨来先是皱鼻子，又警告他不要有什么非分之想，因为"咱家陈丹病好了以后还是不可能跟你在一起，你不要想趁机收买人心"。

吴晨则表示自己能来并没有别的意思："她毕竟跟我处过对象，她有事儿了，我来看看，能照顾就照顾照顾，不能照顾跑跑腿学学舌也是好的。知道她没事儿我就会走。"

陈丹刚备完皮，见到前男友和自己母亲剑拔弩张并没有说什么，选择了忽略。见到建平和我，她一边摸着自己的光头一边跟我们开玩笑，问我们自己像不像一个小和尚，好看不好看，还拉着刘建平让她给她照一张相，状态很好。

手术进行了三个多小时，出来时医生告诉我们手术很成功，大家都把心放下不少。术后陈丹不能活动，大小号都需要在床上解决。开始在床上用便盘排尿时并不适应，怎么也排不出来，刘建平就把便盆塞在陈丹屁股下，而刘建平的姐姐则用另外一个盆，里面放了水，不停地撩水刺激陈丹排便。便毕，我拿一张面纸帮她擦，建平忙不迭把便盆递给自己的姐姐，对我说："姐，不用你、不用你，我来我来。"

陈丹她妈坐在病房一角，沉默着。如果烟瘾犯了，就出去，在靠窗的走廊吸一根烟，一边吸一边看外面的天。如果有人搭话，她便跟人高声粗嗓地聊起来。诉说自己是有多么辛酸和倒霉，这几年家里的事儿就没断过，她两年前刚做完一台手术，家里钱花得差不多了，还拉下了饥荒。姑娘这两年在五爱街挺能挣，这刚缓过来一点儿，她又得这病！

建平听了气得鼓鼓的，她姐就扯她，告诉她千万别吵吵，让别人看笑话，更不能让丹丹知道。

她就气得眼圈红，进病房又不得不换上一张笑脸。年轻的脸哪会掩饰，于是整张脸显得很不协调，却是笑比哭还难看的。陈丹看见，以为是她见自己动这样大的手术心疼担心的，就笨拙地伸出一条光胳膊来试图拉住她的手，劝解道："没事儿啊，你瞅瞅你，过两天就好了，又能回行里卖货了。"

建平听了就忍不住了，噼里啪啦往下掉眼泪。又不能说是什么原因，又不能什么也不说。只好问："疼不疼？难受不？难受你说，我给你找大夫。"

陈丹握着建平的手，说："不难受啊，就是割个口儿。哪有那些娇毛。你瞅瞅你。"

建平每天下行都准时过去看陈丹，大家问她天天来回这么跑累不累。她说，累啥呀，说那时候她姐生孩子住院，陈丹也是来回这么跑。陈丹出院时脑袋上只有一小块纱布了，人也已经可以下地活动了，只是瘦了许多，宽大的蓝白条纹的衣服穿在她身上不像是穿，倒像是挂着的。不说话外人看不出来她动过一场大手术，一说话就露馅儿了，口齿不太流利，说话"乱儿乱儿的"，需要"咬文嚼字"了。有些话说不明白，她自己也着急，但是并不愁，只是笑，还要朝地上"呸呸"两下，然后很认真、很努力地将那句话重复说一次。那些重复，有时成功，有时不成功。但并不能让陈丹因此而变得焦躁，她还是笑嘻嘻的。

在陈丹和建平的认知里，似乎一切磨难都是暂时的。生活出现问题很正常，一个一个去面对和解决就好。

陈丹出院后，建平去五爱附近的寺庙旁为她请了一尊小小的弥勒佛像。那佛像质地并不厚实，颜色也很淡，几近于白，透明的，几道粗劣的纹路，将弥勒佛的形象勾勒出来，谈不上雕工。建平对于这个佛像坠子并不算满意，但她囊中羞涩，没有更多的钱去购买昂贵的、货真价实的像坠。

"心到佛知。"她说，"我的心是诚的。"她说这话时下眼死死盯住那坠子，不是质问，倒像是在叮咛。似乎是说，你虽然不是什么贵价货，但是我相信你会保佑陈丹的。她将自己的愿力凝结在那小小的、廉价的玻璃制品上。

那天下午，建平约我一起去于洪看陈丹。反正没事儿，我乐得同行。陈丹家当时租住在于洪一个老旧小区里，三楼，是个套间。我们进了小区，一抬头，就看见早就知道信儿的陈丹正从厨房的窗子里探出上半身招呼我们，笑得很灿烂，朝我们很用力地挥手。

我们上了楼，陈丹早就把门开了在门口迎我们。她穿一件破旧的睡衣，头上露出青黑的头茬儿，只还是瘦，皮包了骨头，看起来露骨露相的。进了屋，她张罗让我们坐，自己则拿着我们拎上去的水果要去厨房洗。刘建平把水果一把抢过来，责怪她，说："你是个病人，还用你伺候我们？"

她把水果拿过去，厨房就传出"哗哗"的水声。我坐在房间环顾四周，发现那是一间破败、杂乱，没有任何秩序感，也没有收拾、打扫痕迹的房间。地角，还有一桶泡完、吃完的方便面，那是陈丹中午的口粮吗？而且她妈不在，我以为她妈知道我们来看陈丹，会有所准备，至少会留在家里头待客。

刘建平端着一盆水果进来，先给我拿，再给陈丹挑，她自己并不吃。陈丹问建平："你咋不吃？"眼珠子瞪得老大，相凶得很。"你不吃我也不吃。"

我拿着水果表示，她们这样，我也不知道该吃不该吃。

"姐，你吃，你吃。"在这一点上她们的意见倒统一。

建平转身又出去，也不管陈丹问她下楼干啥去。没大一会儿就听见楼道里响起"咚咚咚"的上楼声。陈丹去开了门，建平狗爬兔子喘地上来，手里拎着熏鸡架，还买了两个炸鸡腿。鸡腿她搁在陈丹面前，让陈丹吃。陈丹捧着鸡腿笑，一边啃一边说："香，真香。"大约有十分钟，谁也不说话，我和刘建平看着陈丹啃鸡腿，屋子里只有陈丹认真咀嚼的声音。刘建平看着看着眼圈渐红。为了缓解尴尬，我提起行里的事情来，刘建平知道我的用意，就跟我一起说起在行上吃的盒饭，行里卖苞米的，卖高粱米水饭、土豆拌茄子和卖麻辣烫的。我们又说起行里一些新闻：哪家的服务员换了，哪家的老板又跟服务员扯一块去了，谁又跟谁搞破鞋了，谁家档口跟顾客干起来了，谁家卖得好，这一把货又能挣多少多少钱什么的。

陈丹听了，不时插一句嘴：

"你这么一说，我真想那谁他家的麻辣烫了。"

"啊，她长得多砢碜啊，那个老板怎么看上她的？"

"谁打过谁了？"

"哈哈哈哈哈。"

从陈丹家出来，刘建平在车上哭了。我没有安慰她，倒不是不知道怎么安慰，是因为知道有些东西一旦跟"命运"扯上关系，往往事情便会变得复杂且玄妙，安慰在那时那刻其实没有任何意义和价值。

"但我看她行动还是有些迟缓。"

待刘建平稍微缓过来一点儿我对她说。

"是啊，她跟我说，有时候转个身转快了会摔倒，毕竟'开瓢'了，把脑袋打开了，这么大的手术且得恢复一阵儿。"刘建平感叹道。

"大夫当时说能复发吗？"

"说是只要挺过个三五年就应该没什么事儿了。"

"良性还是恶性的？"

"我没问，她爸妈也没说。"

5

这天，天阴了一整日，眼瞅着就要变。下行时我见刘建平着急忙慌往外蹿，就拉住她问她着急干啥去。刘建平笑着对我说："陈丹来了，我去买菜。在家里也没人瞅她，我给她接来，她溜达溜达，心情还能好一点儿。下行我还能陪她看会儿电视，我俩还能唠会儿嗑儿。吴晨这两天也说来看她。"

那天我跟她脚前脚后到了五爱市场旁边的一家大超市，叫"客来多"。客来多是沈阳第一家大型超级市场，已经黄了很多年了，但是当时生意还是很火爆的。刘建平应该比我先到客来多，我远远就看见她在生鲜区晃荡，她在跟那里的商品价签较劲，看得十分认真，瞅半天了放入自己的购物车，推着车朝前走两步，又将车推回，把那盒商品又从购物车里拿了出来，放回原位。随后她站在冰鲜区前停留了两分钟，后来终于下定决心一样又重新把那商品放回了购物车。

"建平。"我喊她。她一回头看见我，笑了，推着车朝我走过来。

我见她购物车里有饮料、青菜、肉，还有一盒翅中。她特意把那盒翅中拿出来，在我眼前晃了晃，说："我给陈丹做可乐鸡翅，我买的翅中。"

言语中，竟是十分骄傲。

自那后，陈丹没事儿就会来刘建平家，偶尔下行她也来找刘建平，小姐妹俩一起结伴回到刘建平的出租屋。

那年过大年前，陈丹回来上行了。她戴了顶假发，仍旧是爱笑，爱帮人忙，很热心。很多人病了以后性情也会跟着变，但陈丹一点儿也没变，很乐观，她脸上那种笑是发自内心的，不是装的，也不是强颜欢笑。我后来想，可能有一些人生活的苦吃得太多了，于是一点点甜都能让他们发自内心地笑出来。

陈丹人缘不错，重新上行以后大家都问长问短，都去档口看她，问她"身体行不行"。

"行。"陈丹的声音很响亮，还拖着长长的尾音，"我乐意上行，在家待着太难受了。"

但其实陈丹身体大不如前，有时找找货就满头大汗，就得坐下歇歇，还是发虚。如果档口服务员少，刘建平就自己多干；如果有别的服务员，她就让别的服务员多干。而且她会偷偷让陈丹坐着——在五爱市场干服务员是不允许坐着的，但病后的陈丹是个例外，刘建平和全店的服务员给陈丹打掩护，让她坐着。

一天，我去厕所时遇见了刘建平，问她："陈丹那身体那样还上什么行啊，还是劝她回去再养养吧。老话讲伤筋动骨还一百天呢，她这都开颅了，半年时间太短了吧，再说我看她也是真拿不起个儿来啊。"

刘建平说："姐，她家里又没钱了。她妈有一回当着我的面指桑骂槐，说陈丹吃白食。"

刘建平没往下说，我却愣住了。

穷是最大的恶？否则没有一个母亲会眼见女儿疾病缠身还逼她出去讨生活吧。还是不是人？穷反而成了恶的借口？

刘建平已经先走了，我站起来，定时有水冲过来的卫生间响起"哗"的水声。

回档口再见到陈丹，我觉得如果一个生命长成陈丹这样实在难能可贵。穷、苦、病、不公、委屈都没有使她有丝毫改变。这是怎样的一个生命形态呢？是她已然麻木，还是自己受苦太多，所以更能体会别人的苦和不容易，反而学会了宽容？

一个月以后就过年了，过年了五爱街也会放几天假。那时的五爱街和五爱街里的人像是永动机，仿佛不知道什么是疲倦。而这种昼夜不停的向前推进是有着肉眼可见的效果的，从那里走出多少百万、千万富翁，它给了无数人回报，是一个可以容纳人们血、泪、汗水，也可以容纳人们梦想和希望的地方。

6

过年放假前，陈丹和建平这小姐妹俩相约年后陈丹仍旧跟建平同住，这样她们可以一起上下行，有个伴儿。这天下行，陈丹一个人在卫生间洗澡，建平为陈丹请的小小的佛坠子悄无声息地从她身上滑落，跌在地上碎成几片。刘建平当时就有一种不祥的预感，觉得这并不是一个好兆头，但她还是笑着安慰陈丹，说：

"明年你这是要转运了啊，碎碎平安。"

一周后，陈丹回家去取换洗的衣服，再也没回到刘建平的出租屋，第二天也没来上行。刘建平给她家里打电话，才知道陈丹已经再次入院，二次病发。大夫说她脑袋里的瘤子又长到了鹌鹑蛋那么大，还说再割也还是会再长。

这种不确定的因素成为一种危险的信号，二次手术顺理成章变成一种冒险行为。手术结束后大家都很沉默，术后医生建议进行化疗，用靶向药。但这个提议对于陈丹一家来说难于负担，于是作罢。唯一值得安慰的是，陈丹妈终于同意吴晨过来照顾陈丹了。这对陈丹来说是一种心理和情感上的双重慰藉，陈丹在吴晨面前可以变成一个不必懂事、甚至可以无理取闹的女孩子，可以不必思考家庭命运的走向，也不必再负担原本不应该她那个年龄去负担的经济重担。

很多年以后我想过，也许陈丹太累了，实在是走不动了，她想歇一歇。这中间她似乎曾经有过犹豫，有过眷恋。体现在身体上，就是第一次术后短暂的康复，但后续的生活并未给她带来新的希望，她终于对这个世界绝望，于是选择不再回头。

有些人的离开，是义无反顾的。

出院一个月后，陈丹勉强可以下床活动，但半边身子僵硬麻木，不听她使唤了。一觉醒来发觉身体的零部件虽然仍旧属于自己，却再也不能正常运转时，她会极度恐慌吗？独自一人时，她是否曾经为自己失去的健康哭泣过，或者孤独地张望过窗外狭窄的蓝天？那些曾经属于她的自由与她打个照面又与她擦肩而过，最终渐行渐远了。对此她无能为力，只好将虚弱而茫然的眼神从空旷中拉回，她打量了一下环绕自己的一清二白的家，那中间穿插着杂乱无章、毫无生气的旧物，这使她彻底放弃了对生的最后的坚持与挣扎。

紧接着，陈丹失去了视力。那种被称为"胶质瘤"的东西疯狂地在她的脑袋里增生、复制、粘贴，过速增长的瘤子压住了她的视觉神经。她的眼睛依然大，但是空洞了，无当地睁着，什么也看不见了，仅有模糊的光感。然而陈丹却表现出极度的不在乎。

我们去看望她，她是更瘦了，睡衣穿在她身上，空荡荡的像只包裹了一团空气般垮下去。唯一不变的是她脸上的笑容，与从前竟别无二致。这让你在深切怀疑眼前这骨瘦如柴的姑娘极度不更事的同时，也会对她生起莫名的敬畏。

我们去时陈丹妈仍旧不在家，还是陈丹待客。她应该刚用过中饭不久，床头柜上有一个带把儿的白色搪瓷饭缸子，里面有点儿咸菜，还有一个啃了一小半的、看起来没有任何生气的馒头。

"你中午就吃的这个啊？"刘建平是个直肠子，我捅了建平一下。

建平没管我，愤怒控制了她。她直咄咄地逼问陈丹说，你妈呢？

刘建平和我都以为她妈又下楼打麻将去了。

"去旅游了。"

陈丹的语气很平淡。就像阿成在档口挨完了打之后交代她们好好卖货时一样平淡。

刘建平和我很没见过世面地震惊地张大了嘴巴，仿佛要生吞下去什么似的。

"吴晨呢？"刘建平又问。

"过两天能过来。"陈丹答。声音仍旧十分平淡，脸上没有任何表情。我至今记得那张平静的脸，她所表现出来的平静与她年轻的面皮毫不相称，很矛盾。

看过陈丹后没多久，陈丹打电话跟刘建平借了两千块钱。刘建平不想借，一来她自己也是个打工的，打工的挣的钱都有数儿，再说租房子加上日常开销，一个月她也攒不下几个。更何况刘建平对于陈丹妈出去旅游这事儿耿耿于怀。

"旅游咋有钱呢？没钱了不出去挣，还他妈出去嘚瑟，让一个病人出去借钱。我没有。"但她又第一时间把钱给陈丹送了过去。逻辑也很简单："哪怕并不合理，但她朝我张了嘴，借我也要给她送过去。"

她们对两个人"好"有最直白的理解。

7

建平最后一次见陈丹，知道她的时间不多了。年轻的生命与死亡如此接近，简直就是面对面。除了哭，她不知道自己还能做些什么。陈丹仍旧记挂借刘建平的那两千块钱，嘱咐自己的父母和妹妹："等家里宽绰一些，一定要把这钱给建平堵上，建平起早爬半夜地挣两个钱不容易。"

陈丹去世后没有葬礼，家人没有留她的骨灰。据说这是陈丹母亲的意思，因为陈丹还没有结婚，未出阁的姑娘不能立坟，立了那叫"孤女坟"。孤女坟邪行，有可能会让家里不得安生，影响家运或风水。于是这个为家立下过汗马功劳的姑娘，死后成为一个大庙不收、小庙不留的孤魂野鬼。

有一天我们一起下行，下电梯时建平对我说："昨天晚上重新看了一部叫《监狱风云》的电影，那里有个坐牢的大圈仔这样形容自己的人生：'生无扎根处，死无葬身地。'"

她说头一次看这电影时她甚至没有记住这句话，但昨天再看，听那剧中人说起这句话，就想起陈丹来。

2018年初，刘建平在沈阳一家寺院给陈丹立了个牌位。是我带她去的。那时刘建平已经在沈阳扎下根来，生活虽没有大富大贵，但也有房有车，日子过得尚算体面。

"如果陈丹还活着，她来我家串门，我也去她家，多好。"

"再也没遇见过陈丹那样的人。她那样的人，可能已经没有了。"

"如果早一点儿给她立这个牌位，也许她能早一点儿受益。但我就这么大能耐！"

出寺院大门，前面是片空地，刘建平回头看了一眼，幽幽叹口气，似自言自语："丹丹，你能找着这儿不？好找不？这回你有家了。"

五哥

1

2001年冬天，沈阳冷得十分像样。半夜起床上行，走十多分钟的夜路到五爱大门口，一眨眼，睫毛竟会粘在一起。那样黑的天也没个星，只有街灯孤零零地立在路边亮着，像夜的眼睛。

突然，有人从后面拍了一下我的肩膀，我扭回头，是对面档口的王姐。王姐穿得像个熊瞎子，把自己包裹得严严实实的，只露出一双漆黑而疲倦的眼睛。可能还是觉得冷，她的两只脚在地上来回轻轻地跺着，偶尔也蹦两下。

"下行去看李翠不？"一团白气从她的口罩里隐隐喷出来，向上弥散，直到消失。

我正要答，五爱市场的大门却在此时洞开，身前身后的人"呼"一下朝里挤，巨大的惯性推动我和王姐随人潮一起涌进。王姐被挤到前头，她先上了扶梯，我只来得及朝她喊出一个"去"。她回头应了一声，就这么一闪神，身子一栽歪，好在上下左右全都是人，她终究没有倒下去。

李翠是五爱街老人儿五哥的"媳妇儿"，并不是原配。行里很多人认为李翠是一个厉害角色，这从她的外貌和举止神态中就看得出来，比如李翠走路像阵风一样，从来目不斜视，头恨不能昂到天上去。别人喊她"翠姐"时，她多数不回头，只从鼻腔里往外哼出一声轻不可闻的"嗯"。在东北，"抬头老婆低头汉"，走路挺胸抬头、对别人不假辞色的女人被赋予"强势""有心机"的标签。

而作为李翠"厉害"的又一个实证，则是她长着一双吊眼梢子。李翠的眼睛长得十分有特点，狭且长，眼梢处又微微向上挑。如果一个东北女人长着一脑袋黄头发或者拥有一双吊眼梢子，就表示这个女人打出娘胎就注定不好惹，是个狠角色。

李翠确实是个狠角色，在五爱街，比她更年轻、更漂亮、更会来事儿、更会撒娇卖哆的姑娘比比皆是，但只有李翠入了五哥的法眼，且五哥坚决要将她扶正。五哥在五爱街的买卖干得很大，这种大不但体现在生意规模上——五家精品屋，四个档口，还体现在五哥所结交的人面上。在五爱市场，黑白两道都要给他、给他的钱几分薄面。

五哥与李翠是如何在一起的，这事儿早已不可深究。但在那个年代，没有文化、背景和资源的女性想要从根本上改变自己、家庭的命运，跳出农门，向上攀附便成为一种手段和工具。其实这种事儿古来有之，也没多出奇冒泡的，但还是有人诟病李翠势力、心机，为了钱什么都可以干。

只是，这些风言风语，李翠从来没有放在心上。

她所受到的教育，嫁人最终的目的是"穿衣吃饭"，那么与其嫁给一个一文不名的男人跟着他布衣粗饭，倒不如费尽心机傍上一个有钱有势的男人跟着他锦衣玉食。在李翠直白而朴素的逻辑里，嫁给有本事的男人要受气，也不过受这一个男人的气而已，但如果嫁的是一个没本事的男人，那么不但要受这个男人的窝囊气，很可能还要受全世界的气。

甘愿受气的李翠就要在市妇婴医院生产了，而五哥的原配和儿子正兵分两路赶回沈阳，试图阻止。

2

那时市妇婴医院还没有搬迁，灰扑扑的一栋楼，看起来并不起眼。我们到医院后，领头的冯姐却忘了李翠住在哪间病房，又不想打电话问，让五哥和李翠误会她没把这件事儿放在心上，于是一行人只好去问导诊。导诊却说，李翠生完孩子第二天就出院了。

"出院了？这咋可能？"谁也不信，于是催促冯姐打电话问。冯姐这下倒有机会倒打一把了，打电话扯着大嗓门子理直气壮地问五哥："怎么回事？找了一圈找不见你们。问护士，咋说你们出院了呢？"

那头五哥不知回些什么，只见冯姐面色愈加凝重，一叠声地"哦哦哦"之后挂了电话，然后对我们将手一摊，说："得，还真是白跑了一趟了。"

于是大家作鸟兽散，跟我打一辆出租回家的王姐，在车上毫不掩饰对五哥家将发生的一切的期待和兴奋，这中间还间杂着她的个人见解与对矛盾走向的预测。

"五哥的儿子可不是吃素的，这下可真够李翠喝一壶的。"

"如果真出了人命那可了不得，那小子自己也得进去，那样五哥的财产指不定又便宜了哪个有野心的黄毛丫头。"

"五哥也是的，糟糠之妻不下堂，想当年五哥刚来五爱市场的时候有啥呀？还背着一个罗锅，走道儿头抢地，不低头都看不着他人，也就是这两年顺身挣了点儿钱，要不除了他老婆还会有女人跟他？男人啊，一旦有钱就变坏……"

后面这句话在东北流行了相当长的时间，有点儿类似古代"悔教夫婿觅封侯"的意思，重点在于谴责获得话语权与社会资源的男性的忘恩负义，仿佛在钱与坏之间一定存在着某种必然的因果联系。但实际男女两性对于夫妻关系的缔结在认知上原本就存在偏差，对于大多数女性来说，丈夫的选择与存在是"托付终身"的人生大事儿，毕竟"女怕嫁错郎"嘛。所以丈夫的选择关乎她们的终身，对她们的命运走向起着至关重要的作用。而对于男性来讲，妻子是"日常用品""消耗品"，也是"可替代品"。

女人如衣服嘛。既然如衣服，没钱穿差的，有钱穿好的。再正常不过。

女人也跑不了关系。女人是"变坏就有钱"。总之，"钱"这个变量跟"坏"之间似乎必须扯上点儿莫须有的关系。在五爱街大多数人眼中，五哥能挣钱，这是他变坏的物质基础。李翠也不是什么好鸟，这是她后来有钱的原因。两个都成了坏人的男人和女人在一起本来应该受人唾骂、鞭挞，为千夫所指。但也因为有钱，所以大多数人又必须对这两个人笑脸相迎，甚至是巴结逢迎。

"钱"成了人们愿意去变坏的土壤了，但是人们却从来只怪责钱而不去怪责自己。"恨人有笑人无"是东北又一个现象：你没有，人们会嘲笑你；你有了，他们打心眼儿里又恨你。这样的人，恨了却不敢在面子上恨，因为毕竟人家有本事、有资源、有话语权，备不住哪时哪刻能求到人家门下，用得着人家，所以所谓好与坏的界限与原则便都可以打破。但他们又并不甘心，于是在心目中将自己塑造成道德上的巨人，那些违心的逢迎变成事出无奈，与他们本质上道德的"高"与"好"并没有半点儿关系。这反而是一种忍辱负重的表现，也是世道人心不古的实证。而他们到底是无辜的，是无可奈何的，是被时势和世事所胁迫的。

李翠从来不搞这一套，她就是要拿，就是想要，欲望摆在脸上，就是要让人们看到。人说李翠身为个女人不要个×脸，也有人在她刚开始朝五哥下手时，存了心思要看她偷鸡不成反蚀一把米"让人白睡"的结局。但李翠却一天天坐大，大得最后所有人都自动忽略了她小三并未转正的事实，看见她都要喊她一声"翠姐"。"翠姐"不白叫，有事儿翠姐可能并不会帮你摆平，但翠姐身后有一个对她言听计从的五哥。五哥在五爱街还是很有些能量的。

"李翠有什么本事，还不都是因为五哥？"

对李翠发自骨子里的蔑视，使得李翠那儿一旦有什么风吹草动，大家就抻长了脖子等着看笑话。最好李翠被去母留子，或者独自带着孩子滚出五爱市场流落街头，"饭儿都吃不上溜儿"才算是遭了报应。可到那时候备不住人们又开始同情李翠，去口诛笔伐五哥的薄情寡义和原配的心狠手辣。虽然干这两宗事儿的极有可能是同一批人。

3

李翠自在妇婴医院消失，同时也在五爱市场消失，五哥也不再出现在行里，取而代之的是五哥的儿子和原配坐镇。大家心照不宣，有事儿没事儿去五哥的精品屋前去看西洋景儿。却发现原配实在乏善可陈，黑不溜秋一张脸，竟然还是个哑巴，话也不会说，只能比画。看过的人都忍不住皱眉，说如果自己是五哥可能也想要做陈世美。

五哥的儿子生得倒全须全尾。局部没有任何明显瑕疵，足以决定这个人外在的整体走向。这年轻人虎背熊腰，眉眼也硬朗，而且很"鬼头"，做生意带着脑袋。虽然父亲已经在五爱市场打出一片天地来，但在他身上你看不出丁点儿的骄矜之气，他从来没以所谓的"富二代"自居过。当然那时候也并不流行"富二代"这个名词。

谈判的小道消息不时被散布出来，众说纷纭，但五哥要停妻再娶的消息一直十分确切，而且孩子生下来后要上户口，这使得五哥和李翠对再婚的需求表现得更为迫切一些。传说五哥和李翠已经吐口要拿出全部家当的四分之三来，要知道那时沈阳最好的房子一平不过两三千块钱，而五哥当时已经身家千万，四分之三是多少？听者很多都会倒吸一口凉气。

但是有条件，五哥的儿子想要顺当儿地拿到这四分之三的财产，就要先动员自己的老妈把婚给离掉。五哥的儿子跟母亲相依为命长大，所以那小子张不开那个嘴。

这使整件事情有些难办，但也正中李翠下怀。李翠那个女人自打搭上五哥的第一天开始，目的就十分明确：人也要，钱也要。贪，就要贪个大肚蝈蝈，没必要遮遮掩掩、吱吱扭扭的。生孩子还怕疼吗？当了婊子还想立牌坊吗？李翠从来不看重那些虚名儿。

李翠说，如果看那些虚名儿，她一辈子也不可能有九家档口，一辈子也不可能开奔驰住楼中楼，一辈子就是个臭卖货的，永远也不可能当上老板娘。"女人得实际一点儿。"

"实际"有面对现实的意思。在李翠的认知里，傍大款可能是她解决现实层面问题最快、甚至是唯一的途径。她似乎没有其他选择。毕竟"生人命不同"。有的人生下来吃喝不愁，有的人生下来就在城里，有的人生下来爹就是当官的。能比吗？人比人得死，货比货得扔。但话说回来，就啥也不干了吗？上帝给你关上一扇门，必定会为你打开一扇窗。

李翠认为，五哥就是命运为她打开的一扇窗，所以她一定会好好把握。有人说李翠是属狼的，狼见了肉是不可能撒开嘴的，但其实五哥也同样是不肯撒开嘴的。任何一段关系都需要两人共舞，五哥的前半生无论是在性资源还是其他资源上都相当匮乏，李翠的出现无疑是一种补偿。但最重要的是，李翠在五哥的一些人生转折点中，起到了至关重要的推动作用。比如五哥要把手里的钱全部砸进去，连一丁点儿"过河钱"也不留，那意味着一个决定就可能使五哥万劫不复。但是李翠相信他、支持他。五哥从来没想过，这种支持或多或少有一种"不关我事"的观望的成分在里面，他反而认为这是李翠不只看重他钱的重要依据。

当然，在外人看来是李翠的费尽心机终于得到了回报，然而在她上位的节点仍旧是有障碍的。就在全五爱市场都想看事情会闹得如何不可开交的时候，五哥家的事情却悄无声息地落下了帷幕。

4

后来谈及这件事情的处理，很多人对五哥儿子的评论是："毛嫩，没整过李翠。"五哥的前妻则被人为忽略，因为那个女人并不具备任何攻击性，对生命中除了儿子以外的人和事也不在意。所以当中间人问她离婚的条件、想要啥时，她的回答是："啥也不要，只要我儿子。"她对失去儿子比对失去丈夫更为恐惧。也许她心里明白，这个丈夫，早就已经不是她的了。但她不能没有儿子，她很害怕五哥会跟她抢儿子。其实当时五哥的儿子已经成年，他们离婚并不存在所谓抚养权的纷争。可没人能给那个老妇解释得通，到最后所有人都放弃了去向她解释。

五哥的儿子听了鼓了腮帮子、抬了头，试图控制住自己的眼泪。他选择像条汉子一样离开："钱？我自己会挣。我有本事养活我妈。"

"你能成事儿我也能成。我成了我决不会做你。"

儿子和前妻一起离开，留给五哥的是熟悉又陌生的背影。有没有一刹那他想追上去不得而知，只知道事后五哥补给儿子一笔钱，那笔钱的具体数目外人并不知晓。

满月后李翠开始正常上行，有会来事儿的带头管李翠叫"嫂子"，不再喊"翠姐"，这种称呼上的升级使李翠十分受用。三个月后，五哥和李翠大排筵席，请各路亲朋好友参加他们女儿的百日宴。

百日宴上李翠的娘家人个个红光满面。李翠的母亲有着跟李翠相似的泼辣性格，当着众人的面鼓着腮帮子毫不掩饰对女儿这步棋走得妙的赞赏，但同时她强调命运在这里面起着举足轻重的作用。

"小时候找瞎子给我闺女掐算，就说她是个娘娘命。"

五哥给女儿打了金饭碗。

百日宴过后约半年，又是婚礼，仍旧大肆铺张。我们参加完婚礼，五哥特别安排司机送了我，司机是李翠的一个远房表亲，人长得精瘦，高个儿，刀条脸，三角眼，话不多，不过特别有眼色。我记得他送我时我们路过大南街一个路口，那路口正好在发放兴隆大家庭购物中心的传单，我只隔车窗瞟了一眼，远房表哥便注意到这个细节，竟将车打了双闪停在路边，又跑回去帮我要了一份传单。

这种观人入微并未使我对那远房表哥产生多少的好感，反而使我对五哥的命运走向生出担忧——这样两个懂得拿捏人心的人像左右护法一样待在他身边，对五哥来讲真是一件好事吗？

好在那是五爱市场最鼎盛的几年，五哥的生意蒸蒸日上，钱像滚雪球一样越滚越大。李翠的装扮也鸟枪换炮，开始涉猎世界名牌。那些鲜明的logo很多五爱街人并不认识，李翠负责为大家科普，其实最主要也只能是科普一下商品的价格，大家围着赞叹一番。其中最让大家惊叹的是李翠的内裤——在行里人均不超过两位数的消费清单里，独李翠的内裤价格以三位数每条计。一些小档口的女老板围在李翠身前身后地咂舌，手从腰际向下谨慎地扒出李翠内裤的一条边，然后惊叹于商家的强盗逻辑："这不是抢钱呢吗？""就这么一小块儿布！""买貂皮啥的咱能理解，别人能看着，这玩意儿谁能看着啊？买这么贵的干啥？""凭啥卖这么贵啊。得有多缺……"本来是想说缺心眼儿的，但马上意识到不对，于是故作恨意瞟李翠一眼，用带有明显嫉妒的语气向李翠说："他们要是想从我这儿赚这种钱是肯定不可能了，也就卖你们这些有钱的'冤大头'。"

李翠虽被称为"冤大头"，却并不生气，她要的就是那个效果——来自同性的羡慕与嫉妒。

另外一种变化来自李翠的娘家，用现在的话来讲，就是她的原生家庭。李翠上有兄姐，下边还有一个妹妹。作为排行中间的孩子，李翠原先在家里并没有什么话语权，也不得宠。但自从嫁五哥为妻后，她在娘家的地位明显提高，甚至超过了父母。兄嫂、姐姐姐夫、妹妹，就连下一代的侄子和外甥女都唯她马首是瞻。

当然，这些人的生计问题也由李翠来解决，五爱街并不能完全满足李翠娘家人的工作需求，于是李翠怂恿五哥转项。那时东北流行科工贸一体化公司，李翠和五哥也注册了一个，李翠的娘家人都进入这间公司，印上名片。名片做得十分精美，烫金的标，还是折叠的，布纹纸上面的名头吓人得很，总经理、经理、秘书。他们逢人就发，生怕别人不知道自己的职务。牛吹得也很大，说业务已经遍及全球。大家无缘知道那间公司的底细，但眼见李翠的哥哥姐姐都在沈阳安了家，都买了车，都把孩子接到沈阳来念书，就想那公司一定还是赚钱的，不然这些钱从哪儿出？靠五爱街的九个档口贴补？五哥能干那傻事儿？

当然，更多的人更为纯粹地羡慕李翠，说她是"一人得道，鸡犬升天"，凭一己之力，改变了所有家庭成员的命运。

还有人说："别说只是个驼子，就是个瘫子，也值了。"

5

2012年我彻底离开五爱街时，五哥的科工贸一体化公司似已停业，李翠的家庭成员们去向不明，但似乎每个人都在五哥那里得到了超出他们能力与预期的利益。不过众人并不对他感恩戴德，反而觉得那是他们的同胞姐妹用一生的幸福换来的，是一种牺牲，类似古代的"和亲"，否则凭李翠的聪明才智和长相"什么样的找不着"？五哥觉得这些亲戚有些"白眼狼"，因此跟李翠时有争吵。有些亲戚开始不上门了，尤其是五爱街的买卖下滑，大家很怕五哥某天会反攻倒算，就单方面不跟五哥走动了，不过需要钱时仍旧会走李翠的路子。李翠会给钱，但不通过五哥，有自己的办法——攒私房钱是许多女人会做的事儿，从古至今都有。

在五爱街这种做法叫"窥钱"。她到底窥了五哥多少钱没有人知道。她应该也从来没有思考过，如果将心劲儿用在做生意上，其实她未必就会输给五哥，尤其是在那样一个野蛮生长的年代。

有人说李翠太顾娘家人了，这拖了她的后腿。但照我的观察并不完全是，在扶助亲友的同时，李翠完成的是对自我的肯定和认可。李翠骨子里其实还是传统意义上的女性，她在原生家庭中行三，排在中间，不像老大懂事会为父母分担家长责任，由此深得父母倚重；也不像老小，因为是最小的一个，所以会撒娇扮痴，嘴甜会哄人。李翠都不是。在来五爱街之前，她在娘家并没有存在感，有时还被家里人嫌弃。所有的存在感都是五哥和钱给她的。这是她一直以来向往得到的东西——在原生家庭中成为轴心，成为救世祖，成为被仰望的那一个。这是一种心理上的自我成全，不过是用了通过成全他人的方式而已。

李翠一直以为命运被牢牢把握在自己手里，是自己在塑造自己，其实是身边的人与环境共同塑造了她。

一个人过高估计自己或过低估计自己都是一件十分危险的事儿。

在被扶正享受了短暂的荣光后，李翠变得患得患失，她害怕五哥某一天会忽然"不行了"，如同行里某个栽跟头的大佬，败了麦城后沦为小偷。她一想这种情景就由不得浑身战栗，她被自己这想法吓坏了。她又害怕行里会出现另外一个"李翠"跟她去竞争五哥，于是对五哥身边的一切雌性生物严防死守。她害怕在原生家庭中失去中心位置，于是拼了命地窥五哥的钱，源源不断添补娘家，至于生意怎么样反而没心思去琢磨。她害怕别人看她的笑话，所以对所有人包括娘家人在内都报喜不报忧，这给她造成了巨大的心理压力，却只能独自去消化，她没有任何排遣这压力的通道。

依靠婚姻搭建的上升通道总是看起来很美，但仿佛沙上建堡，一旦目标实现，才发现终点不过是另外一个起点，所有的东西都没有外人看起来那样固若金汤。

李翠这时候用了一个极其愚蠢的方式试图去改变现状——鼓动五哥疯狂扩张。科工贸不是完蛋了吗？没关系，可以开服装厂。服装厂是做熟不做生的生意，应该是广阔天地大有作为吧，但到了广州就被人设局骗了，血本无归。李翠的道行在职业骗子团伙面前根本上不了台面，五哥的那点儿江湖经验也赶不上趟儿。

铩羽而归的两口子意见出现分歧，李翠比较激进，五哥偏向保守，但是他保守不了，因为妻子笑话他老了，不敢了，从前的胆色都哪里去了？

激将法在五哥那里起了作用，李翠成为带领者，机会变得遍地都是，前来找她投资的，说项目说得天花乱坠。计划书用 A4 纸打印出来，砖头那样厚，中间还夹着这两口子根本看不懂的英文。草莽出身的李翠哪儿见过这个啊？几句话就被人给套进去了。但在五爱街其他人面前李翠还要故作高深，说什么这是"鸡蛋不能放在一个篮子里"，是一种经济趋势。她说这话时讳莫如深又言之凿凿，仿佛自己的眼光和境界真的跟从前不可同日而语了。所以，照她的逻辑，生意当然也要遍地开花。东方不亮西方亮嘛，谁知道哪片云彩有雨？但"鸡蛋不能放在一个篮子里"的投资模式在李翠这里又变了味儿，成为一种全凭运气、看谁点子好的游戏。

五哥赶不上李翠的想法了，李翠自己可能也没有意识到，她的某些想法有时是相互矛盾的。五哥这时对自我便有了更为深切的怀疑，尤其当李翠说到今天来的那个小伙子如何如何年轻有为、如何如何敢想敢干的时候，不服老的五哥更想再在江湖上腥风血雨一把，掀起滔天巨浪。更何况五爱街的买卖肉眼可见地江河日下，转项或者收手已经成为老五爱街人必须面对的课题，没有逃避的可能。五哥回想了自己成功的路径，觉得李翠的想法未尝不能一试。

6

五哥败落的轨迹外人不清楚，吃了多少明的暗的亏，被人骗了多少钱，这些钱有多少落入了自家人的口袋，有多少养活了骗子，不得而知。

2019 年底，五哥突然召集五爱街老人聚一聚。每个人接到电话时都十分意外，但因为不明就里，又碍于五哥曾经在五爱街的江湖地位，还是选择去赴了宴。

人的精气神是唬不了人的，人脸上有时是会有败相的。我那时看了五哥第一眼，就觉得眼前人兵败如山倒，大江东去了，他成功的年代、曾经的风光都是昨日旧时光，不可能再回来了。我们这些人，都是好人堆里扒拉出来的，都长一双势利眼，对这种事相当敏感，所以宴开没多久就有人找借口告退，剩下的要么磨不开面子，要么就还是想看看能不能在五哥这里拿到一些好处。万一呢？人都有侥幸心理。

席至半酣，五哥终于说出了自己的目的，要承包市郊某商场，那商场现在虽然破败，但不见得不能在我们这些老五爱街人手里被盘活。"想当年东北但凡有一个人牵头，五爱市场这块肥肉也不能落到香港高小姐的嘴里。"

众人听了都沉默，只有吸烟声。很快整个包房烟雾缭绕，服务员进来上菜都能被呛一个跟头。大家鱼贯告辞，像所有的散场，有预谋，有计划，有步骤。场面冷下来，就像火锅忽然间撤了火。主人似乎对这个结果有充分的心理准备，所以沉默地坐着，不阻拦，也不指控。

我是最后一个离开的，陪五哥干了杯中酒，五哥给我讲了对前妻和大儿子的亏欠。说曾经一无所有，哑妻跟着他，无怨无悔，啥好吃的尽着他吃，他脾气急，那女人打骂都任他。说从前脚冷，那哑老婆晚上要将他一双脚抱在怀里暖，他的凉脚把哑妻的肚皮拔得冰凉。但是不知道珍惜呀。

这一切似乎都已过去，又似乎从来没有过去，像五哥曾经的荣光，也像如今的衰败，很清晰，但也很模糊。

我只静静地听。后来五哥说他生意失败了，赔得毛干爪净，是想利用大家的钱打个翻身仗的。

"但是大家都不好糊弄。"还说，这个主意是李翠给他出的，问我李翠这主意损不损。

损不损，我也不知道。为活着、为向上爬，大家都曾经损过。在这一点上，至少我，没有资格去诟病任何人。

五哥的司机没有来，我还记得那年司机停下车子，为我索要传单的情景。

隔了没多久，听到五哥自杀的消息，震惊之余也并不感觉十分意外。这些年，五爱街的人，生生死死，起起落落，开始看还由彼及己，兔死狐悲，后来渐渐没有太大的感觉，不敢太伤心。因为使人伤心的人和事实在太多了，件件放在心上，心里搁不下，自己也受不了。

五哥死后一切从简，李翠销声匿迹。

后来，谈及李翠都是她的花边新闻，都说五哥的那个司机，并非李翠的远房表亲，两个人似有不可告人的秘密关系。

再近就是突然之间阿成从温州回到沈阳，谈及旧人旧事，阿成说李翠曾经对他下过手，但看他一毛不拔，所以转向五哥。去年李翠突然间联系阿成，开口却是为借钱。阿成没借。

我们十分默契地没有说及对错。因为那时阿成也离了婚，五年没有见到自己的女儿。跟女儿联络就像地下党一样，不容易，被发现则会招致前妻的指责。

从某种意义上说，大家都是输家。

算命

1

阳光斜射下来，透过枝叶，落地便成斑驳的影像。这是大佛寺门前。后来有信众发心建了一个小广场，石雕的四大天王像分别立于小广场四角，有镇邪的意思。广场如今很干净了，花岗岩地面被寺里的尼姑打扫得一尘不染。之前可不是这样儿，此前那里只是一片贴了一层草皮的空地，高低不平。一下雨，凹陷处就会汪两泡水，那两泡水大人避之唯恐不及，却是孩子们的乐园。常见有小孩儿在下雨天穿个雨靴在里面兴奋地踩来踩去，溅起那水都是黄汤，但孩子们并不在意，脸和眼都在笑，这使过往看见的人们感叹孩子的快乐何其简单。

晴天，尤其逢初一、十五、大庙会，草皮上便长出高矮胖瘦不一的男人和女人来，那都是给人算命和前来算命的人。算命者做不同的装扮，或穿一身灰色僧服以混淆视听，或着一套黑色中式服装以显示自己的仙风道骨，或穿着很家常，如果不是面前铺了一块用黑笔画就了阴阳八卦的黄布，黄布上放个被路人手上油脂浸得光润乌亮的签筒，你不会认为此人是个江湖术士。

江湖术士坐等来客，前来算命者女人居多，她们大多被感情所困，"他到底爱不爱我"成为永恒的主题，"他外面有没有人"也是被参详最多的议题。女人们想要的爱情答案大多关于圆满。然而，会心事重重地坐在这里求神问卜的，都不是被爱情眷顾的女人。

可还是要问。特别执着。

来此谋生者便举着自己那张也十分苦焦的脸去给人答疑解惑，有准的，也有胡说八道骗骗无知妇孺的。这其中，女命师夏岩是个例外。这女人四十来岁，孤身一人，四海为家，居无定所，活得十分洒脱。据传她自小就对易经、八卦、奇门、术数有兴趣，无师自通后曾给自己算过命，她看出自己八字逢孤辰寡宿，又命带华盖。拥有这种命灶的女人不宜成家，原本是僧道的命，退一万步讲，最起码也会以出世的手段为生。

夏岩算命与其他人不一样，半为糊口，半为窥探天机。卦资也跟别人不一样，明码标价，不看人下菜碟。价钱也不贵，童叟无欺。每个人都算得起，最重要还准。于是渐有口碑，尤其是在与此距离不太远的五爱街，许多人成为她的忠实拥趸。

但郭小慧找她算命却纯属是碰巧。郭小慧在我隔壁趟子出大甲子[①]，后来听说她头天晚上跟丈夫生了一场闷气，所以那天就提

---

① 指一排档口的把边档口。

早下行到慈恩寺附近转一转。本来想进寺里烧烧香、拜拜佛，却发现寺门关着，于是她就沿外墙走。走到大佛寺附近，见墙边一溜有几个算命的正百无聊赖，其中一个女的瞅着挺面善，她想了想便走了过去，坐下。

"算什么呢？"

"婚姻。"

"八字还是六爻？"

"八字是怎么回事，六爻是怎么回事。"

"八字排一辈子生死荣咎，六爻一事一算：求财问财，求子问子，求姻缘问姻缘。"

郭小慧选择了六爻，问的是姻缘。

阳光有点儿刺眼，她欠起身挪了挪屁股下的小马扎，夏岩递给她三枚古钱，告诉她专心一意地想着自己想要问的事，然后将古钱置于掌心摇，摇一会儿再抛在八卦布上即可。

郭小慧很得要领，将古钱扣在掌心，古钱很快在她掌心变得有温度。她闭上眼睛默默地想着心事，不由得有几分悲从中来：原来自己命运当中关乎婚姻的幸福密码，竟真的就藏在这几枚小小的古钱里吗？

她猛地摇晃了两下，然后"哗啦"一声将它们抛在夏岩和她中间的那张破旧的八卦布上。古钱在布面轻微弹跳，据说字或者花朝上、不同的排列组合预示着不同的事件走向。郭小慧瞪大眼睛紧紧盯着古钱，夏岩低下头排第一卦，之后要求郭小慧将古钱拾起来再摇。

"六爻，摇六回。"

这一次郭小慧轻车熟路，闭上眼睛，一半是忐忑，还有一半是期待。日子确实过不下去了，她想求天再给她一条路走。

小马扎在她壮硕的屁股下发出痛苦的呻吟，染成黄色的烫发被很随意地扎在脑后。因为无暇打理，发尾部就显得有一些焦，似乎已经枯萎，衬得那一张脸越发老相。

其实她年纪倒也没有多大，只是幼年家贫，又是家里的老大，还是个女孩儿，偏偏紧挨着肩儿又来了个弟弟，所以家里早早就拿她当大人使唤。十五六开始贴补家计，那时人是瘦瘦小小的，干枯的庄稼一样。再说吃得也不好，发育就很晚，十七八还一副没有长开的样子，瘪瘪瞎瞎①的。

二十多岁了，她才渐渐有些苗头，反而又发育过盛，有一些胖，就有点儿自卑，也不会谈恋爱，撒娇更不会。小时候看弟弟倒总是动不动就往母亲的怀里一偎，小小的头颅在妈妈怀里像小猪崽子找奶吃一样胡乱地拱来拱去。她也尝试过，母亲却总是轻轻地推开她。

"都多大了？你弟弟那不是小吗。"

这样的训诫多起来她就长了记性，小小年纪一副老成持重的面孔，不苟言笑。当然再没有撒过娇，性子也变得越来越沉，又有一些闷。她在青年男女里不是一个有趣的人，因而没什么吸引

———————————
① 东北话，形容人长得枯，不润泽，没有生气。

力，几乎没有人追求。她也不急，家里也不急，还挂着她能为家里多出几年力，所以那时就算是有给她介绍对象的，她和家里人的反应也都不是太积极。

过了二十五，介绍的渐渐没了。一直挨到二十七八，父母这才急，四处托人给她划拉对象。恰好有人给介绍了一个家庭条件不太好的做小买卖的，不是工人——那时工人还吃香，找个工人是许多姑娘梦寐以求的。

但她的情况有些特殊，更何况年龄在那儿摆着呢。父母已经怕她"剩"家里了，于是做主答应下来。答应就答应了，她没什么意见。倒也不是没有一点主见，只是一来，一向懂事儿的她觉得父母一定替她通盘考虑好了，对方人肯定还是行的；二来，也觉得是时候组建自己的小家庭。哪个少女不怀春呢？对异性、对婚姻还是有所期待的。再说了，弟弟也到了结婚的年龄，家里实在是住不开。如果她出了阁，多少是能够缓解一点娘家的住房压力的。

综上所有，她就这样仓促地嫁给了赵志强。

2

赵志强其实是两劳释放人员，这一点是郭小慧和郭小慧的父母事先并不了解的。但了解后大家对此却不约而同地选择了沉默。

于郭小慧来说，只要问了，多少就有点儿对父母兴师问罪的意思。郭小慧是老大，从小就懂得委屈自己去体谅父母的各种难处。她不想父母难堪，更不想他们对自己伤心或失望。于郭小慧的父母来说呢？郭小慧不问，他们乐得装聋作哑，采取回避态度。

"如果父母知道以后还会把自己嫁给赵志强吗？"类似这样的问题不能想，只要一想她就觉得自己对父母犯下了不可饶恕的罪行，就是不孝。

所以呢，就不去想。

更何况赵志强被政府教育得可圈可点，烟酒都能沾点儿，但都不好。大小赌博的场面都不靠前，也不好色。穿衣戴帽一本正经，颜色和款式十年如一日，总那一身儿。还有一点这两口子十分相像——赵志强也不苟言笑。很少听到他跟谁开玩笑，更别提给小姑娘讲荤段子了。

本分。

生意也一样，虽挣不了大钱，吃穿用度是不愁的。房子是公婆拿大三居换的，他们分得一个单间，又过了两年要了孩子，也算是功德圆满。

却不想赵志强身体出现了问题。

起初，这个闷葫芦一样的男人不肯说，只磨磨蹭蹭着不肯上床就寝。有时他歪在沙发上就睡着了。睡相也憨，抱着肩膀，头歪在一边，淌出晶亮的口水来，细细一条，滴到肩膀上，待干了就成一圈黄色的口水渍。如果不将头歪起来呢，则仰着脸，对了天花板，嘴巴一定张得很大。

郭小慧也不叫醒他，天不太冷就给他搭张毯子，冷了就盖床被。站在他面前观察一会儿，见他并没有醒来的意思，自己便默默地进了那小单间的卧室。

后来这种情况增多，引起了郭小慧的警觉。怎么回事儿呢？几次想问，却不好张口。于是长了心眼儿，见他刚闭了眼睛要睡，就叫他回屋里去睡。赵志强沉默着，从沙发上慢腾腾地站起，真到卧室里去睡了，只是拿后背对着她，整个晚上保持一个姿势，看得郭小慧替他累得慌。

郭小慧只是性格沉闷，并不傻。她知道出问题了，但不知道哪里出了问题。赌了？输钱了？吸毒了？嫖娼染上脏病了？所有可能想了一个遍，还是摸不着头脑。

半夜，睡不着。他们的窗帘是简易的，在五爱市场扯的碎花布，并不怎样遮光。她坐起来，抱着膝盖，看着丈夫的背影，伸出手去。手的影子在黑暗里只剩下隐约的一小团，她看见自己的手朝丈夫的后背伸了过去，将要触到，又停一下。手似乎在思考。隔了一小会儿，指尖触到了丈夫的身体。她明显感觉丈夫的身体是僵了一下的，那一下，让她知道他并没有睡着。

跟她一样，他醒着。

手收了回来，她听见自己的呼吸声，目光粘在他后背上。他会回过身来吗？她盼着他回过身来，无论他犯下什么样的滔天的错误，她都会原谅他，站在他那边。

等了很久，没有回应。她有些失望，又劝自己不要太着急，也许丈夫需要时间。

她理解，也应该理解。

她体谅，也应该体谅。

其实或者还有另外一种情绪，关于恐惧。她恐惧，她十分清楚自己恐惧的是什么。

郭小慧轻轻地躺下，伸手将被子往上拉。不敢大动，拉一点儿，停一下，听听丈夫没有动静，再拉一点儿，再停一下，静静地听一会儿……躺稳了，侧过头，看着窗外。夜色竟不是完全的黑，那层薄薄的窗帘外面，有隐隐的白透过来。她轻轻闭上眼睛，告诉自己快睡吧。

那时没有"冷暴力"一词，她不知在关系中，沉默与冷也是一种暴力。

第二天上行就没有精神，还在想昨天晚上的事，想那个使她熟悉又使她陌生的后背，终还是有些摸不着头脑。

3

在行里，郭小慧也暗中观察丈夫，发现他统统没有不妥。他跟从前一样，沉默寡言，专注于卖货，与顾客的对答也跟从前一样。如果不忙，就算账，就理货，服务员他连撩起眼皮看一眼似乎都嫌累。

那天，就有些忍不住，两个人躺在床上，她张开胳膊抱了过去，前胸贴着他的后背。他身体那样热，肩膀那样宽实，抱住那一刻，她的心"怦"一声落了地，整个人松弛下来，这才发现原来竟是十分想念他的。她有点儿想哭，于是身体再往前凑了凑，脸就势就贴了上去，却被丈夫粗暴地一把拨开。

他坐了起来，她也坐了起来。黑暗中只有床单在身体下轻微发出声响。两个人都靠了床头，却谁也没说话，像在玩谁先开口谁就输的游戏。

漫长的五分钟过去后，赵志强终于对郭小慧说："我不行了。"

郭小慧开始并没有领悟到这句话的精髓，待反应过来，却见丈夫赵志强早已沉默地重新躺了回去。她这才恍然大悟，竟然是有一些开心的。原来不是出轨，不是要跟她离婚。

她长出一口气，想自己应该马上就表个态的，却犹豫了一下。这一犹豫并不意味着丈夫"不行了"那件事于她来说又忽然之间重要起来，是她不知道该怎么跟丈夫去说。她谨小慎微惯了，又一向是她去体谅别人，所以反而怕话说得太急会引起丈夫的误会。就算没有误会，也怕闪了丈夫的脸面。

于是她沉吟着没有表态，但还是想告诉对方自己不在乎这个的，孩子都这么大了，老夫老妻这么多年了，没有这个，也是一样过日子的。于是又像先前一样伸出手去，本想搂住丈夫，没想到手刚伸到一半就被丈夫粗暴地打了回去，他转过身冲她吼着：

"我不行了。你是不是聋？没听懂啊?! 滚！"

她僵在床上，丈夫没说话，抱了被，"咚咚咚"的脚步声很重，关门声更重。

从那天开始，他在厅里的沙发上睡。他个子不高，但那张小沙发也不宽绰，他就了那个沙发的尺寸将自己蜷缩在里面，以后就在那儿扎下大营来。

郭小慧有些不适应，那不等同于从前丈夫困急眼了窝在沙发上睡也就睡了，现在是丈夫不想再回到卧室里来了，是分居。可是这么多年睡在一起，哪怕是后背对着自己，也已经习惯了，冷不丁这样分开睡，她睡不着。叫过几次，赵志强并没有理她，有时理她就是吼，问她是不是守不住了。她觉得百口莫辩，只好又灰溜溜地回到床上，抱着被，靠着床头坐着，猜测也许哪一天丈夫想通了，自己会推开门进来。

怎么会变成这样呢？

她常是就了夜色哭，又不敢大声，害怕赵志强说她是不是因为"守不住"而哭泣。她有些无所适从，常是哭着哭着睡着了。半夜醒了见另一半的床空着，又是睡不着，才知道什么叫作孤枕难眠。走到门边却又不敢推开门去看看赵志强。

也许，赵志强又"行了"他们之间就能恢复正常？

这个想法使郭小慧有些激动，怎么从前没有想到呢？她偷偷地打听治疗男人"不行"的地方，终于打听到新民有个老中医，于是也不上行，大清早赶了早车过去替丈夫求医。但是大夫说必须本人来，她又坐一个多小时的大巴急匆匆赶回来。也不觉得累，只是兴奋。到了档口，她把丈夫叫到一边，将事情前前后后、原原本本说了，兴奋着，热切地看着丈夫。谁知丈夫抬起头来定定地看她，也不说话，突然间扬手就是一巴掌，紧接着一声暴吼："我就是不行了，我不去。谁愿意去谁去，守不住了就离，他妈的给老子滚。"

她简直被吓傻，愣在那儿。赵志强已经回到档口，踹了门口摆放的模特，扬了档口里码好的衣服。店里雇的服务员拉着他："哥，哥，咋气性这么大呢？有啥话好好跟我姐说。"为拉他，服务员累出了一头的汗，还是没能拉动他。谁也没想到，平常那样蔫头耷脑的一个人，身体里居然蕴藏着那样大的力量。与此同时，周边的人全部都知道了赵志强的"不行"，和郭小慧的"守不住"。

4

下行就不知道怎么朝家里走了，她跟行里一个朋友出去待了一会儿，见天色渐渐地晚了，总不能一直拖着对方，于是告了辞说要回家。却也并不朝家里走，只一个人沿着马路漫无目的地走，但走来走去，都是大南街、二十七中、万柳塘路。这些熟悉的路，一遍又一遍走，她独个儿就快给马路压平了。来来往往的人，有成双成对的，也有独自一个人的。看见一男一女老夫老妻，竟还有牵着手说笑的，她心里就生出羡慕来。再低下头想想自己，心就更加酸楚了。马路两边亮起路灯，随之而起的是居民楼里的那些灯火，约好一样次第亮起来。淡淡的人影子在里面晃，好像除了她，哪里都幸福美满似的。

这样走着走着，不知不觉中还是走到了家楼下。这才发现楼下聚了零散的几个人，都是老邻居，她还想要打个招呼呢，却发现那些人看她的眼神不对，还躲闪着。紧走了几步上前去，看见一堆零散的东西花红柳绿地摊在地上，再看，才发现竟然是自己的。

是自己的衣物。

她心里一紧，抬起头来看自己家那一层，灯是亮着的。没有多想，"噔噔噔"地上了楼，气喘吁吁的，拿了钥匙开门，发现开不开，门锁竟然换了。这才一下午，就捅了这么大的马蜂窝，这真让她不能想象。仿佛也没别的法子了，只能低声敲着门，把头恨不能抵到门扇上，小声地央求着："把门开开，咱俩谈谈。求求你。"

赵志强"咣"一声把门打开，对着她那张懵懂的脸破口大骂。虽然骂得混乱，但总体的说辞倒还是那一套：他向全世界承认他不行了，而她，他的媳妇儿，郭小慧，守不住了。

她没有守不住呀，就算不行了，跟她说说话，两个人抱一抱，也是好的，她就满足了。

但是这些话像被哽在喉咙里，说不出来。她自己也急，但越急越说不出来，只是哭，眼泪长流，比窦娥还冤。真想现在死给他看，证明自己对他的心啊。

但赵志强嫌憎的眼神使她害怕，他又推她一把，她刚好站在门口，身后就是台阶。赵志强一推的那个力道却不是往前而是往下的，她趔趄着，好悬没有掉下去，幸好扶着了楼梯。

中门和对门的门都关得紧紧的，但她知道那门上的猫眼背后一定至少有一双眼睛和一对耳朵。而她那时需要的不是眼睛和耳朵，她需要一双手。

赵志强还在骂，她不想引来太多人。只好朝下走，走两步，还能拾着她的衣服，连胸罩都有。看着这些衣物，泪就下来了，她怎么也想不通，日子为啥突然之间就被她过到了这个地步。

楼下原本还是有人老远地瞄着，见到她下来，目光又挪到别处，还能找到人攀谈两句，装作没有注意到她的动向。这时风起来了，吹卷起她的头发，朝上一扬，又往下一按，糊了眼睛。她知道是不能再哭了，徒让人看笑话。也不能解释，跟谁说呢？谁能听得懂呢？谁信呢？都是听风就是雨的人。她只好低了头哈腰捡自己的东西，可是如果家都没有了，要这些东西做什么呢？她是连放这些东西的地方都没有的。

在众人若有若无的目光的追随中，她匆忙捡拾起自己所有的衣物，放在一件春天穿的夹大衣上，将那大衣两襟连同两个袖子，交叉着绑在一起，再挎进胳膊里——拎是拎不动的。那个时间段街上行人不少，很多人朝她投来异样的目光，她只能低着头走，一直走。

5

万柳塘附近是她娘家所在，只能去那里了。那个娘家，多年前她离开时候什么样，现在还是什么样。弟弟已经被妈妈惯坏了，父亲死后，他不正经上班，又赶上下岗潮。下了岗，也不去另谋出路。弟媳是一个要强的女人，但跟了他却也认命，只是每天怨气很高涨，总不免要对着他破口大骂。骂虽骂，却并不离开他。母亲跟着他们一起过，这老迈的女人之所以还没有被轰到街上去，是因为她多少还有点儿用，不但可以偶尔帮着照看照看孙子，而且还有退休金。她居然是那个家里唯一有稳定经济来源的人。

郭小慧来到娘家筒子楼的楼洞门口，多多少少，是有一些踌躇的。上不上去呢？娘家的情况容不得她回来呀，但听到有人下楼的脚步声，她认为自己只能硬着头皮朝上走了，不然下来的人会觉得很奇怪，而且会被吓一跳。再说，除了这里，她还能去哪里呢？

她轻咳了一声，算是给对方一个有人的信号。楼梯盘旋而上，楼道里没有感应灯。因为是筒子楼，楼梯间便显得异常局促而陡狭。窗子又小，透不进来光，楼道里比外面还要黑。

磕磕绊绊着上了楼，来到一扇公共门前。她将东西先放下，然后伸手从裤兜里掏出钥匙来，抖开，找到正确的那枚，插进锁孔。门推开后一条狭长的过道就映入眼帘，一侧是窗，一侧是间隔的三扇入户门。一色的木门，外面钉一层黑黢黢的铁皮。

她走到中间那一户，抬手敲门。

随即里面就有人应，也没问是谁。门被打开，弟媳穿一件乌突突的翻领睡衣，头发很随意地绾在脑后。脸两边都是散下来的碎头发，遮了半边脸。眼睛先是看她，之后又看了看她手里提的行李，再之后一抹身自顾自地扭头进屋了。走得很急，像后面有人追她。

郭小慧费力地将东西拖了进去。这里是她从前的家，当姑娘时爸妈带弟弟住在里间，她支一张小钢丝床，独自住在外间。现在则是弟弟、弟媳带儿子住在里间，他们的寡母住在外间。还是那架单人钢丝床，因为年头太久，床头就有些塌，所以被用一圈圈铁丝固定。即便如此，老太太也从不敢坐床头，一怕压塌床头，二怕压塌后自己跌下去再有个三长两短的，花钱不说，也没有人伺候。

地上铺着的还是地板革，乌了，看不清楚最初的花色了。间或有破的地方，被用黄色的胶带粘住。也有烟头烫坏的痕迹，星星点点的，已经没人再去修复了。

门右手边的厨房还是那样小，只能容得一个灶，上面架一口黑锅，锅底已经黑得不成样子。

厨房灶正对的是一扇上了清漆的老式小木门，那里是厕所。

郭小慧朝里走，里间有人探头出来看，是自己的弟弟，跟她倒是打了声招呼，但没有过来帮着她提行李，只目光诧异地看着她。她走进去，进了卧室。

这间卧室大一些，摆着木质老式双人床，暗红色。有个大衣柜，柜门却坏了，合不拢，错着很大的缝儿。正对双人床是个红色带白花的折叠沙发，卧室正中间放一张土黄色圆桌，一个八九岁的小男孩儿正趴桌子上写作业。那是她的侄子。

母亲正坐沙发上，抬起头很茫然地看着突然造访的女儿。弟媳则抬手给了儿子后脑一个巴掌，厉声骂道："赶紧写作业，长大了长点儿能耐。全家就指着你呢，谁也指不上，不回来添堵就不错了。"

屋子里气氛顿时变得尴尬，白色的长条管灯在头顶亮着，兜头照下来。母亲有些坐不住，不安地挪动了一下身躯。但想想，还是闭了嘴，什么也没说。

弟弟在这时候似乎想到自己终究还是一个男人，面子上就有些挂不住，骂自己媳妇儿："满嘴喷什么粪？姐来了，没看着啊？眼睛是灯泡啊？"

这骂声郭小慧听得出来，多少还是有一些心虚的。

几乎是无缝衔接，弟媳"呜嗷"一声朝弟弟扑了过去。这个扑过去的机会，弟媳仿佛等待了整整一个晚上。紧接着从弟媳嘴里连珠炮似的喷出谩骂，那骂声似雷在空中爆裂，"咔"一声响，紧接着又"咔"一声响，天都要裂了样，轰隆隆地不间断。

郭小慧沉默着，母亲也沉默着。侄子沉默着低头写着自己的作业，似见惯了这种大场面，十分镇定。

她几乎是逃出来的。

想想就有一些可笑，这半个晚上，她从夫家到娘家，又从娘家出来。从夫家被人撵了出来，在娘家，似乎也是被人撵了出来。没有一个人想过她能去哪里。也许娘家人认为她可以再一次回到夫家？也许赵志强认为她可以回到娘家？

她筋疲力尽，看一眼脚底下的行李，都觉得那些是一个累赘。人都没有去处，这些行李更没有去处了。她找了个花坛边坐下，内心无限悲伤，却并没有眼泪。

而且她发现自己竟然是理解的。她理解赵志强，也理解娘家人。人活着多么不容易，如果可以，他们一定不会这样——怎样呢？无动于衷。看自己的弟弟，也是有一些血性的，不是不想收留她，只是迫于无奈。地方那样小，已经挤下太多的人，多一个她，是太多了。

妈妈，那么老迈，跟着弟弟一起过，时常要遭到儿媳的呵斥，也不容易。她不是想袖手旁观，她是没有那个能力。

赵志强，他心里也苦。生意做得不温不火，累死累活干了这些年，不过混了个吃喝。他不是一个没野心的男人，哪个男人没有野心呢？但平庸的生活束住了他的手脚，而且得了那样的病，他无法接受。

他不是接受不了她，而是无法接受自己。

这样一想，心里便好过一些。

有人牵着绳子遛一条狗，打从她面前经过。小狗走到她脚边，似乎想嗅一嗅她，观望着，犹豫着。主人一牵绳子，它走开了，很快找到新的目标。

坐过一会儿，她拖了行李，又开始走，走到一个小广场，帅府广场，人很多，跳绳的，跳舞的，那么多人。那么多人啊，原来这世界上有那么多的人。

她笑笑，本来想回自己家，后来还是没有。

那一夜，没有人知道她在哪里度过。

对于郭小慧来说，那一夜给她最大的感觉就是到了后半夜会冷，她像盲流一样低头从那堆破行李中翻找衣服想要御寒，却找不到。衣服散落得一堆一堆，色彩斑斓地摊了一地，却找不到一件她想要的、能帮助她抵挡寒冷的衣服。

到最后她只好狼狈地逃离了那堆衣服。

6

那天以后，郭小慧没有再去上行。

郭小慧利用两天的时间看了那座生她养她的城市：上学走过

的路，沿街的挺拔的树……小时候对她挺好的那个老师，曾经给过她一个煮鸡蛋。她总想着将来有出息了回去看她，但她一直没有太大的出息，所以一直也没有回去看过那个老师。

与她最好的一个小伙伴是一个拥有圆圆的红润脸庞的小姑娘，那时她们常结伴去河边，沿河两边的斜坡下去，往里面投小石子。如果到了冬天，就在上面滑冰。两个人常冻得两手通红，但是很快乐呀。

她还想起住平房时到了冬天她跟着爸爸一起脱煤坯，那时她才多大一点儿？十四岁？十五岁？但跟大人一样干活儿了。她爸夸她，说她顶得上一个好劳力。

两天以后，郭小慧出现在五爱街。从一楼到二楼，从二楼到三楼，从三楼上到四楼，再朝上走，一直走到了顶。她往下瞅，是个天井。从这个天井跳下去过几个人。五爱街的老板高小姐认为这个地方由此而具有某种诡异的磁场和能量，所以每年都会花大价钱从西藏请来僧人做超度法会。

郭小慧没想到，某一天这个地方的神秘力量会跟自己扯上关系，但是现在，有关系了。

她没有丝毫犹豫，纵身跃了下去。

赵志强的档口第二天就挂出了"转租"的字样。郭小慧的弟弟似乎深悔自己过去的沉默，作为家里唯一的男丁，这一回他是非出面不可了，于是气势汹汹地上行来找自己死去姐姐的丈夫寻晦气，扬言要跟他同归于尽，还要把姐姐的遗体也一并拉过来，就放在他档口。

闹得挺凶，但没几天却又不见人了。据知情者透露，赵志强给了郭小慧弟弟一笔钱。

半年多后，赵志强再婚了，又在三楼拿下两间精品屋。有传言，赵志强早前中了五百万。

赵志强的二婚典礼，郭小慧的弟弟、弟媳带同孩子一起去参加，其弟只是坐在桌前沉默地喝着闷酒，有时眯了眼睛看新娘子，看一看，又作罢，低下头继续喝他的酒。

酒里乾坤大，杯中日月长啊。酒是好酒，酒是粮食精，不能浪费。

郭小慧弟媳的表现可圈可点，突然之间就变得巧舌如簧，嘴巴甜得仿佛能往出淌蜜。你无法想象，郭小慧去他们家那一晚，那些恶毒的话与此时此刻此的那些甜言蜜语同出一个人之口。

他们的孩子小，不懂事儿，还是管赵志强叫大姑父。他妈妈就教导自己的儿子，让其改口，说以后应该叫舅舅，亲舅舅。

赵志强和新娘子都很高兴，当场又给孩子塞了一封大红包。郭小慧弟媳笑着往外推，但三推两推，那红包却又"莫名其妙"地落回了自己的手里。

婚后没几个月，赵志强一索得男。

男孩儿生得周正，白白净净。有人拿手指轻轻一碰，他就咧开嘴巴露出红红的牙肉来笑，好像有什么高兴事儿似的。

五爱街从不缺神通广大的人，就有人传，郭小慧找夏岩算命，卦象排好后，夏岩沉默不语。小慧问，咋着？

夏岩抬头朝她脸上看一眼，又看她一眼，还是不说话。

郭小慧当时不安地挪动了一下身体，头朝前探，咋着呢？

夏岩将古钱一收，告诉郭小慧，这一卦她不收钱。说她的事儿她看不了。

郭小慧不免有些失望，当然更有满腔的疑惑，但她习惯不去强人所难，于是迟疑地站起身，夏岩却叫住了她。夏岩说，既然有缘，要赠她一句话："天无绝人之路。"

郭小慧看看夏岩，想了想，突然间笑了。

母女

1

天光渐渐暗下来，暮色四合了。才静站在窗前，深吸一口气，夕阳投下最后一抹阴影，树枝的形象变得狰狞，似乎是在恐吓她，她忍不住朝后退了一步。

如今出现在园区小径里的是另外一批人了，先前那个时间段大多是老人牵着孩子，也有妈妈，偶尔会有父亲牵着孩子的身影，极少数。孩子们似乎一刻也不想安生下来，脚底下像装了弹簧，不蹦不跳不能走路似的。老人们紧张而警惕地在后面跟从，常常是连跑带颠的，却还是跟不上。有时他们因为孩子们并不听从自己的指挥气得直跺脚，高高举起巴掌，但落下来时往往又没了力道，还是蹲下来"小祖宗""小心肝"地耐心地哄唆着——人们总是对自己的后代格外宽容。

在这之后出现的主力军就是下班的人群了。青年人一般看起来闲适，走路慢慢悠悠，并不急于往家里赶，走时也是东张西望的。中年人就不同了，大多数脚步匆匆，低着头直直地、目不斜视地朝前走，仿佛肩负重大使命，也仿佛后面有洪水猛兽正拼命般地追赶他们……

窗子里映出才静模糊的轮廓，她回身，开了灯，重新站到窗前，灯一亮，窗户便成为一面巨大的镜子，将她整个人清晰地映在里面。

宽大的家居服松松垮垮地罩住一个中年女人。头发似乎很久没有整理过了，腰——噢，她早没有了腰。这形象使才静一秒就陷入沮丧。从前她不是这样的，也曾条顺盘靓，朝街上一走，目不斜视，会有小青年朝她吹口哨，而且她精明能干，单枪匹马闯广州，滚火车皮去上货，到家货刚一打开包，众人就疯抢……

想到这儿她忍不住向旁边走了几步，伸手将窗帘拉上。"唰唰"两声，两片银灰色的窗帘默默合拢在一起，窗子里那个憔悴中年女人的脸便悄无声息地在黑暗中隐没。

这下，谁也看不见她了。连她自己也看不见自己了。

许多年以来才静一直在疑惑同一个问题：一个大活人，是怎样在自己和众人的眼睛里彻底消失的呢？

她无声地捋顺自己的人生轨迹，结婚，生女，在五爱做生意，挣了点儿钱，买了房。本来以为自己过的日子叫"苦尽甘来"，没想到这时候丈夫张俭却出轨了。那时出轨还不叫出轨呢，叫"外边有人了"，叫"不要她了"。

"不要"两个字很有意思，为什么不要？嫌弃，配不上了，用过了，不新鲜了。像什么呢？好好形容一下，破烂儿。既是破烂儿，只能扔了。连忍痛割爱都算不上。

可静下心来想一想，谁想当破烂儿呢？谁又想像破烂儿一样被人扔呢？

才静当然也不想。一哭二闹不管用，没办法，出绝招吧。绝招也逃不开那个年代婚姻保卫战的传统套路，抹脖子上吊喝敌敌畏，总之你不要我我就要死给你看。这种死士般的忠诚不正是婚姻缔结之初双方企盼与共同承诺过的吗？然而，企图自杀的才静却被丈夫嫌弃是"破裤子缠腿"。在丈夫张俭对妻子的定义中，妻子这个角色的人物设定应该是这样式儿的：招之即来，挥之即去。

而才静挥之不去，再挥，还不去，还他妈咋挥都不去，跟苍蝇叮臭鸡蛋一样，嘤嘤嗡嗡的老在他身边绕，招人烦不。

这几乎令张俭无法忍受，这就是她才静对自己的爱吗？太虚伪。爱一个人是奉献，奉献知道不？不是索取。是希望看到对方幸福，而不是绑架对方非得跟你在一起。如今我张俭跟你过感觉不幸福，跟那个女人在一起才快乐。这么简单明了一点屁事儿，你才静非得整得那么复杂、那么血腥、那么人尽皆知、那么让大家都下不来台吗？

难怪男人娶媳妇儿都想要个识大体的、懂事儿的女人好啊。你看旧社会，深明大义的原配还主动张罗给丈夫纳妾呢，现在的女人也不知道啥叫贤良淑德了，张狂得都没边了。

才静就太不懂事儿。没格局。不大气。也不知她爹妈是怎么教育的。爹妈既然没教育明白，那么就由他这个丈夫对她进行一下改造再教育吧。怎么教育？收拾。打到的媳妇儿揉到的面，打。他将才静一拳干趴下，当时他父母也在场，父母嘴里倒吸了一口凉气，"咝"一声，却谁也没上前阻止。才静安静地趴在大红色木质地板上朝上看，内心奇怪而绝望。

"啊啊啊，我没了，他们看不见我了。"

丈夫张俭打完了满脸怒气地拂袖而去，而才静则被公婆两个叫了过去进行了下一场再教育。

"他不还回家吗？"

"不是还没跟你离吗？"

"他不是还把钱交给家里吗？"

这就行了。

至于才静的感受，在情感里遭到背叛受到伤害，那些都不重要，都可以忽略不计。这使才静陷入愤怒：一半是对丈夫张俭，他有什么权力伤害自己？另外一半是对周围的人，他们有什么权利忽视自己所受的伤害？但她很快醒过味儿来："他们眼里，根本没你。你都没有，你的感受他们又怎么会在意？"

这更激起才静鱼死网破的决心：不离，死都不离。不能就这样便宜了张俭这个瘪犊子和外面那个骚女人。

于是她不停地闹，他则不停地打。就在这时，女儿张楚涵突然间住院了，阑尾炎。当时没有微创，做的是开腹手术。术后没恢复好，肠粘连，需要有人长期照料饮食起居。公公、婆婆、张俭便动员才静回归家庭，全心全意照料女儿。

才静用了一个晚上的时间捋清楚了自己人生的主次，从此对张俭在外面拈花惹草选择了闭嘴，同时退出五爱街，在家里安心当起了全职主妇。

一年一年过去，一年一年老去，寒来暑往中，女儿张楚涵升了初中，上了高中，考上了大学，毕业了，参加工作了。

这期间张俭也成功完成事业上的转型，搭上一条做市政工程的路子搞基建。那几年城市建设步子迈得挺大，张俭正好赶在点儿上，每一步都走得挺顺，跻身所谓成功人士行列，脑肥肚腆，身前身后也围了一群拍马屁、打秋风的马仔。

张俭再没提出过离婚。

在许多人眼里，才静是有钱有闲的阔太太了。从前的姐妹见到她，都慨叹她命运太好，也感叹当年幸亏她懂得及时收敛自己，不再跟张俭继续闹。

"男人都图一时新鲜，新鲜劲儿一过，也就那么回事儿。"

她听了，只是笑笑。

她的新家是丈夫翻身后置的，临河，在十八楼，风景很好，站在窗前不需费力便可眺到蜿蜒的河面与茂密的树冠。如果是在夏天，开了窗，空气里是有一些清甜的味道与河水的鲜香的。

对眼下的生活，才静其实谈不上满意也谈不上不满意。她是个有主见的女人，对自己的人生也曾经有许多设想，如今二十来年过去之后，她人生的可能性变得单一和可预见，扪心自问，这真是自己想要的人生吗？对过去才静不敢有一天或忘，一直耿耿于怀。她对婚姻、对张俭都十分失望自不必说，在另外一个层面，她对自己的感情也相当复杂。她常回忆当年那些令她感到屈辱的画面，暗自揣测自己的心意，她当年的妥协究竟是为什么？为了保护女儿还是为了保护婚姻？她为保护婚姻做出的种种努力，是出于感情还是因为张俭没有给她体面退场的机会？当年那些作与闹，后来成为一种耻辱，老是在夜半无人的时候钻进她脑袋里嘲笑她。她曾经以为自己是个挺有自尊的女人啊，然而那种时候，她所做的一切，其实是完全丧失自尊了的。她的自尊究竟是怎样丢掉的呢？

这种自我的追问到最后变成一种恐惧：女儿，她会不会延续我的命运呢？

所以当女儿张楚涵将交的男朋友带到家里给她看时，她心里是咯噔了一下子的。

2

那是个叫作小黎的高高瘦瘦的男孩儿，沉默寡言，往那儿一坐似有无限心事。出身农村不是问题，才静也是农村出来的。但这个小黎不太会来事儿，头一次来他们家拜访，虽也拎了礼物，但喝水需要女儿张楚涵给倒，夹菜需要女儿张楚涵给夹。一个男孩子，就算是第一次上门有些腼腆，也不至于。这说明这已成了他们之间的相处模式，也说明这个男孩子在家里是被娇生惯养出来的。这样的人谈谈恋爱还可以，一旦进入婚姻就会有她女儿张楚涵好受了。

于是她便有些模糊地反对他们交往，却并不坚决，因为知道年轻人的恋爱总是越反对越坚固。反正只是交往，又并不一定结婚。但没过多久，张楚涵提出要跟小黎结婚。这把才静吓坏了，她坚决反对，没有余地。张楚涵一开始是耐心地做她的思想工作的，但是做不通，于是开始小吵、斗气、互相不搭理，母女俩冲突起来。

最激烈处，两人都说了狠话。一个说，这婚必结，死也要结。一个说，你要结婚我就死，你看看你是先穿婚纱还是先戴孝?

张楚涵从母亲眼里看到了坚决，那一刹，她身子一抖，本来要脱口而出的反驳又被生生吞咽了回去。她气呼呼地回到自己房间，"砰"一声带上了房门，觉得母亲变得越发难以理喻，而她掌控的触角显然也是越伸越长了。相比之下，母亲对父亲倒一直持没有下限的容忍和姑息的态度，这种区别对待使张楚涵认为母亲之所以能如此拿捏住她，完全是因为她这个女儿太过在乎她这个"当妈的"的感受了。

是，她知道母亲这些年过得相当不容易。

小时候，张楚涵常见母亲一个人坐在床头无声地哭泣，肥胖的肩膀一颤一颤。那时她对母亲充满了同情，总是小心翼翼地凑上去，伸出肥乎乎的小手替她擦泪，内心则恼恨自己太过弱小，并不能帮助母亲去对抗父亲。母亲当时是那样无限怜爱地望着她，抚摸着她的脸认真地告诉她，等她长大自己就再也不必忍受下去了。

现在她不是已经长大了吗？而且想结婚单飞了，这下母亲不就彻底解放、彻底自由了吗？不就可以不必继续忍受下去了吗？为什么母亲却死活不同意放她离开？

张楚涵百思不得其解，甚至开始恶意揣测。从前母亲为了她才忍辱负重的形象化为齑粉，有生以来她第一次用审视的目光去探究母爱与自己的家庭关系。

母爱真的都是无私且伟大的吗？

母爱没有其局限与狭隘之处吗？

身为一个女人，将自己的日子过得支离破碎，责任全在男方身上吗？

母亲自己有无想不劳而获的心态？

这些问题一时半会儿似乎无法得到答案，但她内心却十分确信一点，那就是如果由她自己建立起一个家庭来，她一定不会将日子过到母亲那个程度。

母亲为什么要阻止她奔向幸福呢？

她认为这是对她的抛弃与背叛吗？

母亲对她的爱是正常的还是变态的？

她是不是母亲掌控丈夫、维持家庭完整的一个工具？

还是一旦她离开，母亲就再没有在婚姻里委曲求全的借口了？

她从未想过母亲年轻时能飞而没有飞与人过中年后想飞而又不能飞是不同的。

她只认为那个家她张楚涵是不想再待下去了。而这个婚，她是结定的了。

母亲说小黎的家庭不行。小黎的家有什么不好？她去过，一家三口其乐融融，每顿饭都在一起吃，家庭氛围比她家融洽多了。小黎的父母对小黎更为民主，仿佛小黎做什么事儿都是对的，他们的儿子永远是世上最棒的那一个，他做什么他们都会无条件地认可与支持。

不像她。

她在家里，做什么似乎都是错的。小时候她考多少分母亲都不满足，还要求她十项全能。别人家的孩子，比如小黎，除了学习可以什么都不用管，但她的母亲不，要求她洗衣、做饭、擦地、收拾屋子样样行。如果擦不干净或者洗得不干净，母亲会暴跳如雷，骂她"干啥啥不行"，骂她是一个"废物"。

"你要有独立生活的本事。你可以不做，但不能不会。"

"过日子不像你想象中那样简单。你以为只有社会是弱肉强食、是残忍的吗？等你成家以后你就会知道，家庭关系里一样人吃人。"

母亲当时很激动，脸部的肌肉因为过度亢奋而小幅度颤抖。张楚涵平静地看着那个被生活吓破了胆的中年女人，自心底里暗讽她的怯懦。

有那么可怕吗？瞧把她给吓得。有必要将她的生活经验强加在下一代身上吗？时代毕竟不同了，旧社会还裹小脚呢，她也太草木皆兵了吧。对张楚涵来说，母亲才静焦虑是因为她对自己和自己的另一半都缺乏自信、了解与把握。而她与她的小黎怎么会一样？至于小黎的家庭更没什么好说的，小黎的家庭教养模式是多么轻松、民主、自由啊！

那时张楚涵还不知道，太过轻松、民主、自由的教养方式会使小黎习惯于放飞自我，只看得到自己的欲望与需求，而从不去考虑身边人的感受。随心所欲一旦成了常态，婚姻和其他的条条框框便都会成为他的束缚，只会使他觉得那是枷锁与麻烦。

而柴米油盐哪有不麻烦的？事事琐碎，事事必需，又事事消磨人心。从某种意义上说，这些小事才最使人抓狂，最使人崩溃，最让人迫不及待地想逃。

当然，这些，张楚涵在成功嫁给小黎后终于懂了。

3

拉扯到了白热化的程度，彼此都不肯让步。尤其张楚涵，铁了心要嫁。不让嫁也行，跟母亲不说话，用沉默去对抗。才静开始怀疑自己的判断，更何况，会失去女儿。她不敢让这种预兆向现实层面延伸。让步与不让步是两股力量，一会儿这头儿占上风，一会儿又是那头儿占上风。也许是自己判断失误？正如女儿所说，真有眼光，你会找我爸这样的？这句话如同一个巴掌一样将才静打蒙。落伍了，老了，即便是在她最年轻最鼎盛的时候，也并没有把自己的生活过好。是呀，她有什么资格去指点张楚涵怎样择偶？但还是有隐约的不安。那种不安总冷不丁地冒出来，比如她正睡觉，忽然一下惊醒，在想象中张楚涵一波三折的婚姻生活像她的翻版也像轮回，她一身冷汗。张俭说她魔怔了。

"女大不中留。她早晚会离开你。"

张俭说这话是什么意思？感情上女儿成为她的依赖了吗？难道不是吗？如果没有女儿，这么多年，这么难堪的日月，她一个人怎样去面对？她是为了女儿，然而从另外一个层面来讲，女儿何尝不是救赎她的那一个？没有女儿，那时，她活下去的勇气都没有了。

是啊，是该放手了。然而，不舍得啊。珍宝一样的女儿，被她呵护着长大的，嫁过去她就知道了，跟在自己家是不一样的。她埋头哭泣，最终想到了一个权宜的办法，要彩礼。

才静是战战兢兢地提出自己的要求的，并且跟张楚涵一再申明："这钱要了我们也不留，还给你原封不动地带回去。一分钱都不带差的，你也知道，咱家不差钱。"

"那还要它干什么？"

这话又给才静问得一愣，是呀，那还要它干什么？但就是想要嘛。想要的是钱吗？是婆家的一个态度、一个心意、一个立场。

其实她心里知道，说到底，对于张楚涵的婚姻，对小黎，对小黎背后那个迄今为止意见十分模糊的家庭，她没什么信心。

十万不多也不算少，小黎家并不富裕，他的父母倾斜了所有的家庭资源去培养小黎，实指望他光宗耀祖呢，他们还想沾沾这个出人头地的儿子的光呢，光还没沾到，又要再往里投入，任谁也不会甘心。

钱就拿得支扭，倒果真成了一盘生意，双方拉起锯来，拉得张楚涵的脸色越来越黑。她感觉自己像是一个货品，终于是到了放在台面上被人叫价的时候。最重要买主不想掏太多的钱来买，但是她又实实地想嫁过去。再说，肚子里还有一个，她是必得嫁的，都是他的人了。有时她怨恨父母，觉得这羞辱是父母给她的，让人杀价；有时又怨恨小黎，都说了，结了婚全部再带回去，他还还价还得那样狠，不肯吐口。可这话没法儿说，她憋在心里，有时有一种冲动，去向同学借一些钱，叫小黎把自己娶了。她把这想法也跟小黎说了，但小黎一拧头，不乐意了，脸色很难看，说不是钱的事儿。她妈才静也说不是钱的事儿。那是什么事儿啊？说到底不就是钱的事儿吗？一个说自己值十万，一个认为不值。她只值十万吗？还是十万都不值？当明码标价的时候，才能称得出来人心。结个婚，谈个婚事，让她心里头很堵。那十万块钱终于成为她心里永远也过不去的坎儿，那时她还不知道，那十万块钱，也成了夫家和小黎心里永远也过不去的坎儿。

但她却还是那么样地想嫁呀，那十万，烫眼的十万，她强迫自己不去想，她甚至告诉自己，一遍又一遍，这是封建的糟粕，糟粕呀。

然而两方面都不肯给她台阶下。她这个当事人被彻底地边缘化了，反成为一个事件中最无足轻重的人物。要结婚的是她，还没结婚呢，她反而先消失了。

张俭曾经试图用一家之主的权威控制眼下的局面，却没想到无论妻子还是女儿都不肯买他的账，于是就恼羞成怒了。他是有些不舍得也有些不好意思破口大骂女儿的，毕竟那么大的丫头了，而且是马上要结婚的人，嫁出去那就是别人家的人了，得有一些分寸，更用不着得罪。但是妻子可以尽情得罪，于是对她破口大骂。

才静是顺从了多年的，他本来十分有把握。没想到才静突然反了性，跟他对打起来，真像个疯子样地朝他疯狂地反扑，似乎真不想要命了。他就有一些胆怯，她是烂命，他不是，他还是怕的。也不是怕，是豁不出去。

张俭气急败坏地走了。每一次这种局面，他都会出去躲清净，说这叫"无为而治"。张楚涵倚在门框上，沉默一会儿，返身进了卧室，"砰"一声关上房门。

屋子里是又恢复了宁静，才静看着那扇紧闭的房门十分感慨。女儿大了。然而长大究竟是好还是不好呢?

她一时间也是茫然,觉得仿佛什么都变了,只日头与月亮都还是一样的,白天照得雪亮,夜晚照得清白。偶有个阴天下雨打雷的,也总是要晴回来的。抬眼朝窗外瞅,天也还是一样的,树是不同了,粗了,高了,也有的被砍过了冠,但后来又长出新的枝与叶来,所以远远望过去,似乎又从来没有改变过,还是茂密的树冠,像鸟的窝巢一样,一蓬一蓬的,硕大。

这种拉锯战最终以小黎家讨价还价出彩礼两万块告终。张俭越发对才静不满意了,照他看,这样一来他嫁个女儿倒真像是一桩买卖了。这买卖又让人杀价杀得这样狠,脸上多少就有点儿挂不住。仿佛没有来这样一手,自己倒可以理直气壮地倒贴,至少能叫别人知道他这个丈人有钱,不在乎那块儿八毛的。

但才静不这样看,她看出来婆家人对女儿的计较,也看出来对方从心底里是有一些看轻张楚涵的。

她是过来人,知道有些生儿子的家庭就是这样。自己家再普通,儿子再一般,他们也认为儿子够资本当一个大总统的。凭什么家世背景、财力物力呢?就凭光人一个,朝那里一戳,上赶子的姑娘就能把自家的门槛子给踏平了,谁家的姑娘找上他们家的儿子都是烧了八辈子的高香,都是高攀来的。

更何况她其实早就知道女儿张楚涵是未婚先孕了,婆家也必然知道这一点。这一点在婆家那里成了往下杀价的又一个筹码。才静觉得这婚更不能莽撞地结了,直说给张楚涵,叫她去把孩子

"做了"。不是非小黎不可，也不是小黎就绝对不可。至少，有时间了，可以再重新考虑考虑那个叫小黎的男人和那段婚姻，以及那个家庭。

但是张楚涵不同意，才静性格里的那点儿"倔"倒都叫她出类拔萃地继承了，她也是不撞南墙不回头的主儿。

才静知道这是出尽法宝也无法阻止的婚事了，于是婚礼也就如期地举行了。

婚礼很热闹，才静在婚礼上又是哭又是笑，亲朋好友只当她怕女儿嫁掉她更孤单寂寞，纷纷劝她想开点儿。女儿大了，终究是要出嫁的，再舍不得也要放她飞。

但才静觉得，这个"飞"是海阔凭鱼跃、天高任鸟飞的"飞"，还是飞入牢笼的"飞"还不好说。女儿倒是高兴的，也漂亮，穿着婚纱，肚子还没有显出来。

但在婚礼的某个间隙，女儿沉静的脸上的表情与那场婚宴的热闹似有疏离，才静看出张楚涵对结婚的决定也是有怀疑和犹豫的。她只是后悔自己看出来得太晚了，可能不该逼得她那样紧？逼得太紧，反而起了反作用，倒朝前推了她一把似的。

才静远远望着那个由自己肚子里孕育出来且长大成人的生命，猜测以她的聪敏也不见得不知道自己面前的路会难走。但她可能也是不甘心的，毕竟自己付出了作为一个女人看似最为宝贵的成本。她不想血本无归，就只好往里追加投注。

婚姻和孩子，张楚涵天真地认为也许会成为她手里一张王牌，使她能在这场看似已经失却了主动权的博弈里扳回一局。但才静作为过来人再明白不过，那一纸婚书也好、孩子也罢，能绑住婚姻还是能绑住男人？婚姻和孩子只能把女人绑得更死。

多少人，就是不信！

在女儿的婚礼上，才静硬生生压下一声接下一声的叹息。

4

半年多后，张楚涵生了儿子，婆婆借口坐月子是女人一生中最重要的时期，如果伺候不周怕张楚涵落下毛病，所以没来伺候月子。

才静过去后，发现争吵已经成为女婿小黎与女儿张楚涵的日常。哪怕她正坐月子，小黎也寸步不让。当着她的面，两人先还有一些收敛，后来那点儿收敛也没有了，互相指责、揭短儿、谩骂，恶毒的话从女儿的嘴里利剑一样飙出来。后来小黎便不骂了，一吵，只冷笑地着看自己的妻子。看她一会儿，一声不吭，转身离开，下楼，走了，到半夜也不回来。找他，电话也不肯回。张楚涵更气更恼，骂得更欢。但，什么也改变不了。

张楚涵更多地发呆，那神情与在婚礼上一样。才静远远地看着，是束手无策的。就像当初无法阻止女儿结婚，她现在也并不能使小黎对这个家和自己的女儿有进一步的宽容和体贴。

她并不劝女儿对小黎温柔一些，知道男人有自己的天性，责任感不是一天两天或者三言两语就能使一个人具有的。就算张楚涵肯妥协，小黎也未必愿意配合，有时反而可能变本加厉。

这就是真实的家庭关系，也是真实的人与人之间的关系。

有时你对一个人好，他能感受得到，并且心存感激，但也只是心存感激；有时你对一个人好，他能感受得到，却觉得是累赘，要躲开的；有时你对一个人好，他能感受得到，但他只是想利用这种好而已；有时你对一个人好，他能感受得到，而且想投桃报李。

遇见最末一等人的概率，其实是极其微小的。有时还真是只能看各人的命数了。

才静感叹女儿的命运并不见得比自己的好多少，张楚涵心里也慢慢有了数儿。吵架的声音少了，更多的时候是一个人想着心事。有时她出神地看着怀里抱着的儿子，看着看着，将脸贴上去，是无言的，只拿自己的脸不停地摩挲儿子的脸，眼神是定的，也是空的。

为母亲，不是那么简单的。她终于明白。当初谁跟她说，是怎么样也说不通的，怎么样她也不会听。

人啊，大多数时候还都是后知后觉的。

快出月子张楚涵脸上才有点儿高兴的神采，张罗着要回去上班。但是小黎不同意，因为丈母娘不肯给他们带孩子，而他妈身体不好来不了，也不能帮忙带孩子。

小黎听说新生儿头三个月吃母乳对身体好，能增强免疫力，所以想让张楚涵全职在家带孩子，不要再去上班了。

　　然而这短暂的婚姻生活使张楚涵嗅出一丝丝危险的味道，再加上有她妈才静这个前车之鉴，更不想从此窝在家里，反应就很激烈，摆出决不妥协的架势。两个人僵持不下，又势成水火了。才静不想让两人彻底闹崩，于是出来打圆场，跟女儿张楚涵商量，说不行由她来继续帮忙带孩子，让女儿安心去上班。

　　张楚涵认真地思考了母亲的提议，到底没同意。这婚是她当初硬要结的，其中之一的理由是想还给母亲自由，不必再跟她捆绑在一起，如今再把母亲拖进来算是怎么回事？

　　张楚涵希望小黎母亲能来，如果老太太身体不好，那么由她白天管孩子，晚上则由他们两口子共同来带。实在不行，可以请个白班阿姨。小黎妈只要贴把手、经个眼睛就行。毕竟保姆是外人，万一给孩子喂安眠药呢？得有个自己人在场。

　　小黎听了这提议倒有一丝动摇，但小黎妈可不这么认为。老太太坚持让儿媳妇儿自己带孩子。因为她们那一辈就是那样过来的，男主外，女主内，女人就该在家洗衣、做饭、带孩子、伺候老爷们儿。

　　再说张楚涵娘家有的是钱，家里又就这么一个姑娘，未来老人两腿一蹬，那些家产也都是她的，还差那点儿死工资吗？

　　再说了，晚上如果小黎要跟着张楚涵一起带孩子，第二天上班能有精神头儿吗？儿子还拼不拼事业了？

"男人到啥时候都应该以事业为重。有钱就有一切，没钱，老婆都瞧不起你。"

被母亲教育一通的小黎感觉有如醍醐灌顶，立马倒戈。不但倒戈，又在母亲的授意下反过来将了张楚涵一军，说是他妈同意帮她带孩子。

张楚涵不等听完就先夺了毛，脸沉着，眉也皱得紧："什么叫帮我？我一个人的孩子吗？跟你没关系？"

小黎一面赔礼道歉一面说张楚涵爱抠小字眼儿，紧接着说出了老娘交代的完整的话，说让张楚涵将孩子送到婆婆家才肯帮着他们带，不愿意来沈阳，怕同住一个屋檐下生活习惯不同，难免有矛盾。

张楚涵想想这个说法儿倒是也站得住脚，就对小黎说："我出了月子就去上班，一天也见不了几面。晚上下班回家咱俩带，真有啥事儿我不吱声儿就是了。"

这小黎怎么能同意？他不想半夜伴着孩子"哇哇"的大哭或者由着他哼哼唧唧不睡一直折腾到后半夜，那会影响他第二天上班的状态的。

于是就这个问题又开始拉锯，最后还是张楚涵妥协了。她想，自从决定跟他在一起，好像凡事她都可以退一步。倒是小黎，在每一个原则性问题上都不肯退让半步。到这份田地，她想起母亲当初坚决反对的情形，隐约觉出结婚的决定似乎是有些过于草率了。孩子？好像也不应该留。这使得她在这场婚姻里被动了、进退维谷了。还是母亲有先见之明，早已预见了这一步。而她张楚涵还是太年轻，当初是死也不肯相信，吃了一个一个暗亏不说，对此又毫无还的能力。她不是没有想过离婚，可孩子还在哺乳期，她自己也下不了这个决心，总想着小黎可能初为人夫、人父也不适应，过一段时间也许会有改变。她是抱有希望的，开始并不觉得是幻想。可事情往下发展张楚涵就有一些绝望，明白了小黎决不会为了孩子或家庭做出任何改变。

小黎的原生家庭给了他自信的同时也给了他自负；给了他自由也给了他任性；给了他独立也给了他以自我为中心。他有强大的自我，那个自我是不能改变也不容侵犯的，任何人试图将他的原生态自我打破都会使他愤怒。他是由着性子长起来的，根本不知道什么叫责任，更憎恨一切约束。

事实上，张楚涵意识到，他们两个可能都尚未成熟到可以组建一个家庭，并且为一个新生命负责。

当然，这时候再想这个问题似乎又太晚太晚了。

5

张楚涵望着窗外，才静抱着孩子看着女儿望着窗外。那个情景太像从前的她了。那时候她也是这样，人被禁锢在家庭里，灵魂对外面的世界充满了无限的向往。然而有了羁绊，知道再向往也是枉然。

张楚涵最后还是下了决心将孩子送到外地的婆婆家，她自己也不想活成母亲的翻版。根据所见她得出经验，知道身为一个家庭主妇，当她无法创造出直接的社会价值，那么她的家庭价值也会随之被全盘否定、被抹杀，不被看见。

想到这里，她感受到一种深深的恐惧，也深深地为自己这个既得利益者在长大成人之后对母亲产生过质疑甚至是鄙视而感觉到愧疚。

她会成为另外一个她吗？不不不，她不想。

那阵子张楚涵变得很忙，首要任务就是要让孩子适应奶粉。奶粉适应以后，她又开始准备孩子离开的所有用品：尿不湿、隔尿垫、温奶器、护臀霜……都准备好了，大包小裹、舟车劳顿地带孩子过去。不想送去没几天，孩子就开始腹泻，她听说了不敢马虎，买了票心急火燎地直奔丈夫小黎的老家又把孩子给接了回来。

孩子被接回来的第二天晚上就开始发烧，半夜他们去医大二院门诊。正是感冒高发季节，儿科门诊是海海的小患者们，小黎一边挂号一边给张楚涵掉脸子。

"不让你往回接你非要往回接。谁家的孩子不发个烧、感个冒、拉个肚？想一出是一出的。以后别再跟我说我妈不给你带孩子。"

他说的仍旧是"给你带"，张楚涵张张嘴，这一次却没有反驳。孩子难受，不停地哭。小黎憎恶地看着他，小声咬牙切齿："哭哭哭，就知道哭。"

挂完了号小黎就黑着脸离开，说如果不是张楚涵瞎折腾，这个点儿，他和她应该正在家里呼呼睡大觉。

张楚涵没有阻拦他，甚至没有失望。她完全没想到自己竟会如此之快适应婚姻的不堪。

验血、等结果、拿药，她沉默着做这一切，忙活得一头汗，直到扎上点滴，儿子也逐渐安静下来。她抱着儿子孤独地坐在候诊椅上，心里异常宁静。仿佛有一个时光的通道将她带回过去，她看着时光里无忧无虑的自己，感觉现在的生活竟像是正在发一场大梦，一切都显得如此不真实不具体。

她又想起一年前的那个夜晚，母亲终于妥协，也知道了她是"奉子成婚"，母亲想让她想清楚小黎到底该不该嫁。当时她是哭着对母亲说的，她说她不会后悔，即使将来小黎对自己不好那也是她的选择。她请求母亲相信她的选择与判断。

"小黎一定会对我好的，冬天我说想吃个烤地瓜，他买了放怀里给我拿回来，就怕地瓜凉。"

母亲才静无奈地笑笑。

现在想想，那笑容多少是有一些凄凉的，带有某种不祥的征兆，像具有神秘力量的古老预言。她一直以为时间只给了母亲皱纹和苍老，原来不是。那些经验是宝贵的，是用她一生的幸福和青春换得的，是血与泪的深刻教训。

6

孩子病好后才静帮张楚涵带孩子。婚前那些硬气话，母亲一个字也没提，这使张楚涵更觉歉疚，却并不开口道歉，觉得事已至此，道歉反画蛇添足了。

孩子八个月大，张楚涵透过支付宝账号发现丈夫小黎给另外一个女人买睡衣。没吵没闹，他们算是和平分手。于张楚涵来说，这是一场伤筋动骨、几乎耗干她所有人生热情的短暂婚姻。从那场婚姻出来之后，她感觉自己像是再世为人。

母亲才静支持了她的这个决定，她没有劝说她为了孩子忍一忍，再难再苦也要给孩子一个完整的家。

没有劝说她，他只要还回家就行。

没有劝说她，做女人，你得学会认命。

也没有给她压力，说，你这才刚刚结婚几天，多矿碜？

每至周末，两母女一起推着孩子，在园区、在广场溜达，有时也去商场逛逛。

小黎却急不可待地再婚了，张楚涵听到这消息内心竟没起波澜。她觉得自己的心已经入了老境，仿佛经历了人生的很多起落与成败得失。后来在某个夜深人静的孤自带孩子的夜晚，她想明白了，将之归纳为成长。

细想下，她和母亲差点儿走上同一条道路。

女儿重复母亲的命运，这在某种程度上来讲并不少见。有人将此看作命运在彰显权威，她知道不是。但到底是什么呢？黑暗里，她不停地追问。但她认定，哪怕是要追问一生，她也一定要找寻到那个答案。

　　这无关固执，只关乎生而为人。或者，生而为女人。

　　我最后一次见张楚涵，是 2020 年夏，她在父亲的公司做财务总监，母亲才静在帮她带孩子。

被算计的爱情

1

李名很想嫁给苗盛，但是苗盛总不跟她求婚。认识他时自己十八岁，刚来沈阳，在饭店里端盘子。现在都二十八了，十年，人生有多少个十年呢？但已经等了这么多年，还是继续等等看吧。

苗盛总说等有钱再跟她结婚。

他心是好心，男人嘛，都要个脸。李名理解。

李名是个内蒙人。长得好看着呢，鹅蛋脸，柳叶眉，杏核眼，削肩膀，杨柳的小细腰。只是手不太好看，有粗骨节，看起来北方一些。不然，就是个十足的江南大美女。

苗盛呢，因其名字中有一个"盛"字，而被人送外号叫作"狗剩子"。沈阳本地人，瘦长。头小，脖细，四肢如鸡爪。家中老小，嘴甜啊，抹蜜一样，为此深得父母欢心，也因此被惯坏了，不学无术。一直在社会上胡混，没正当职业。

狗剩子比李名大十二岁，一轮。她十八时他三十。十八岁的姑娘落在三十岁的情场浪子手上还能有跑？于是，三下五除二，几乎没费吹灰之力，狗剩子将李名从一个小姑娘变成一个女人。这事儿对身经百战的狗剩子来说可太不算什么了，但对李名则意义不同——大姑娘的身子给他了。

那就是终身。那时婚前同居让人背后戳脊梁骨啊。无数双眼老是默默地问：领证没？是两口子吗？

"早晚是两口子。"李名总想挨个儿去跟人解释。

事后李名想，女人奴性重啊，咋就是他的人了？睡了，咋的？精神上完全就缴械投降了？贱得，非得有个主儿似的。奴啊。

狗剩子穷折腾，老想干大买卖，满嘴跑火车。她也信，瞎一样地信。他说月亮是方的，估计李名都得低头合计合计一拍大腿说，对啊。蠢啊。恋爱中的女人智商为零。咋就会为零呢？咋整的呢？

李名恁多年想不明白这事。

大脑短路啊。

后来狗剩子在皇姑开了个练歌房，里边藏污纳垢，这事儿变得复杂了，狗剩子公狗一样，噢不，不如个好公狗，店里一只母苍蝇他都想试试。这李名咋忍？忍不了啊。但狗剩子说："忍不了你就给我滚。"

李名嘤嘤嗡嗡地哭，狗剩子见火候差不多，上来一搂，一哄，好了。

女人贱啊，李名恨自己。后来一想，也不都贱啊，看看自己二姐。二姐可不像她，目的明确，就是想在沈阳找个有实力的，可不管锁王的女儿跟自己年龄相仿不相仿。她当初还因此而瞧不起二姐，觉得二姐亵渎了神圣的爱情。

而今，她这爱情呢？

可真是麻绳提豆腐——提都提不起来。

狗剩子似乎吃定了李名，所以那天，她还在吧台支应呢，狗剩子就跟一个姑娘去包房"谈心"。心谈得惊天地泣鬼神，声儿也不是好声儿。

李名觉得再也不能够忍下去了。那是2003年春夏之交，午夜的沈阳街头冷清，只是月亮特别大也特别圆。兴许是月亮给了李名勇气，她一脚踹开门——竟然都没有反锁！太张狂了。声音惊动了正在卖力气的狗剩子。狗剩子决定对李名晓以大义："你要接受我就要接受全部的我，我爱的是你！跟别人都是玩儿。"

李名觉得"爱"这个字儿是个魔术师，已经使她丢掉太多。算算吧，爱？她似乎丢掉了。男人？好像也早就已经丢掉了。快乐？妈了个×的快乐！在这段她自以为的爱情里，她究竟得到了个啥？

狗剩子给她洗脑，说："爱是付出，你求回报吗？那还叫爱吗？"

李名想了想，骂"付出你妈×"，转身离开了。

其实以为狗剩子会出来拉她的，如果一拉，月亮那么大，又那么圆，给月亮个面子，兴许，她就坡下驴又跟狗剩子回去了。但是身后空荡荡的，像那个后半夜的城市街头。街灯寂然伫立，洒下清冷的光辉。一团团白色的气体在灯影里沉默地舞蹈，其余部分则隐藏于黑暗。偶尔经过的车，车速都很快，"唰"一下驶过去，撩动衣裙。

李名伸手拦下一辆出租车。"五爱街。"她对司机说。

在此之前，她只听说过五爱街服务员这营生，但根本没干过。如今走投无路，她决定去碰碰运气。

市场还没有开门，但已有零星的人站在门口等待了，她凑上去找了个面善的人唠了才知道，服务员应该在开行时站在一楼中间天井的楼梯上等活儿。

开行后，李名直奔那里，她在楼梯上没站多久，就让温州老板阿成给挑走了。阿成看上了李名的身材和脸蛋儿，李名也确实能干，她能说，穿样子还好看，第一天就卖了不少货。

接下来要解决的是住宿问题，肯定不能跟父母同住。因为她家里人除二姐外，包括一个弟弟都在锁王的店铺里住，白天给他打工，晚上在人家那儿借住。这种寄人篱下、仰人鼻息的日子她不想过。再说，也不想看见二姐跟那个年龄可以当自己父亲的男人整天橡皮糖一样黏在一起，更不想看见父母面对锁王时巴结和卑微的嘴脸。她隐约觉得耻辱。

她？她不同啊，她那是为了爱啊。狗剩子穷，没钱。

狗剩子会来找她吗？他知道到哪里去找她吗？

干活儿时李名偶尔会走神，这才发现狗剩子的理直气壮是有道理的：是她离不开狗剩子，不是狗剩子离不开她。就骂自己贱。狗剩子是个啥样的男人呦，她还当宝。她还不如个狗剩子呢。

这发现令李名十分沮丧。好在对面档口的一个服务员刚刚走了一个合租的小伙伴，李名成为她的新室友。

这算是一个好消息吧。有了能养活自己的收入，也有了落脚的地方。至于狗剩子？还是想他。如果他来找自己呢？

还是会跟他走。找工作为了啥？吓唬吓唬这没捺性的，也让他亮起一对招子来看看，谁离谁不活？这叫个啥？置之死地而后生。

都说"嫁汉嫁汉，穿衣吃饭"，有饭吃咋还是放不下他？

奴。

2

但左等狗剩子不来，右等狗剩子也不来。她开始怀疑狗剩子会不会回头找她。本来还打算跟他拿一把、端端架子，这一下自己心里倒先没底。电话一响，慌忙扑过去接。有时别人的电话响也怀疑是自己的电话响了。拿起电话一看，却不是狗剩子，心里就灰扑扑的，失落。干什么都没了心思，瞅什么都提不起兴致，浑身都没劲。忙时还好，闲时要命，往档口一站，站着站着眼就直了。小伙伴调皮，冷不丁一吓，骇得她打个激灵。再问："想谁呢？"本来就是句普通的玩笑，李名心里有鬼，脸先红到了耳朵根，心脏扑通扑通乱跳。

二姐在这时来行里找她，见了面开口就劝她不要再跟狗剩子好下去了："二分钱买个茶壶，就嘴儿好，图他什么呀？就是来找，也别跟他回去。"

她不愿意听二姐继续数落，她不想成为二姐那样的女人。有钱没钱有什么要紧？钱不能花一辈子，人却要摆在眼目前一辈子。心上人得有个心上人的样子，咋瞅咋得劲，咋看咋舒坦，离了他就像鱼缺了水，活不成。那才叫爱情，爱情就是这样，那个人让人心扑通通地跳，脸红通通地烫，咬起牙来恨得咯噔咯噔的，其实当了真又恨不起来，给个好脸儿，就又乐了。

冤家嘛。狗剩子就是她李名的冤家。

冤家像能掐会算，时机掌握得刚刚好，终于来找李名了。亮相的行头略嫌夸张，戴个露指头的霹雳舞手套，穿着快到膝盖的大马靴，头上戴个军绿色摩托车头盔——行里热成那样也不摘。看见李名，狗剩子笑嘻嘻地涎着一张纵欲过度的脸，摆出一副死猪不怕开水烫的样儿。但她说自己就是喜欢他这样，缠她，求她，哄她，没皮臊脸的，骂也不走，撵也不走，厚脸皮。

这时候就能搭一搭架子拿一把了，管他真假呢，总得有个姿态。李名就不给他好脸儿，一拧身，屁股蛋子对着他。狗剩子也不气，跟行里其他人搭着话，下了行尾巴一样跟在李名身后头走，嘴里"亲媳妇儿""亲媳妇儿"地喊。

真够死皮赖脸的。真够肉麻的。也真够——甜人的。

这样赖了几天，李名觉着火候差不多了，但也得逼着他表个态，再不跟那些乱七八糟的女人在一起七扯八扯的了。

就这一条。

狗剩子就指着日头发着毒誓："再扯王八犊子就不得好死。"

于是下了行，账都结了，还回去当老板娘。坐在狗剩子的挎斗摩托里，李名暗自为自己多日前走下的那一步棋自鸣得意——如果不给他来这么一手，怕狗剩子不好驾驭。

结果行至某处，狗剩子突然间把摩托熄了火，告诉李名，自己的练歌房黄了，让警察给封了。

李名坐在挎斗摩托里，头盔没有盖住的头发被风吹得翻起来飞，又卷回来扎进她脖颈里。她感觉有些疼，也有些痒。她抬起头来问狗剩子，那我们现在去哪儿？

狗剩子却说，我哪知道啊，又说他可以先回他妈家，李名可以先回集体宿舍。

李名脸沉下来，问狗剩子："你在行里牛×吹得山响，我都跟你出来了，账也结了，被卧都送人了，你让我怎么回去？"

狗剩子从兜里翻出一盒烟，抽出一根，点上，大大咧咧地回应李名："那有什么的啊？你就是太在乎别人的看法了。"

李名说："你简直就是在放屁。"

她说着摘下头盔，从翻斗里跳了出来。头发就乱了，糊了眼睛。她借着撩头发，把眼泪给擦了，也来不及细想狗剩子原来是没有抓挠了才回过头来再找她，总归还是找她来了吧。这也是缘分，也就是命了，心里就先有了认命的意思。

人要是自己骗起自己来，没个跑。

李名认真地问狗剩子："这回你能跟我好好过不？"

"能，不能我不得好死。"

李名就把自己上行将近一个月挣的那俩钱拿了出来，在北市场附近租了个小平房。平房只有十几平米，除一铺窄炕外什么也没有。洋灰的墙，抛了一层光，不掉渣，但年份毕竟是久了，蒙了厚厚的一层灰，擦不干净。她只好找来一张张报纸糊了，连房顶也糊了，瞅着也挺好。房里没有暖气，但有个小炕炉子。她买来些煤，生了火，炉子上再炖一小锅豆腐，搁点儿排骨、葱花儿，咕嘟着，腾腾的蒸气往房顶上冒，却是一举两得：炕也热乎了，肚子也填饱了。

两个人重温了旧鸳梦，感觉是如鱼得水的。

这样的小日子过下去也没什么不妥，直到李名一次上行运气不佳，没找着活儿。她没舍得打车回去，坐公交。晃晃荡荡地到了家，却发现自己那苦心经营的小火炕上多出一个长头发女人的脑袋，露着白膀子。李名原地爆炸，将刚刚在街口给狗剩子买的还烫手的小笼包，一把摔在狗剩子和那女人的脸上，拎起菜刀把那一对狗男女从自己的小平房里撵了出来。

自那，对狗剩子算是彻底死了心了。

好好儿上行吧，先挣点儿钱再说。

至于以后？总归还是得成个家。还能都像狗剩子那样？不信找不着一个好的。

骑驴找马。工作是驴，对象是马。工作是权宜之计，对象才是最终目标。女人们管这叫归宿，仿佛叶落归根，是一种约定俗成。就像数学的定理或公式一样，不能被推翻。

3

"马"很快出现，对面床主①老王太太的儿子，离异，市局户政科工作，人长得高大帅气，性格脾气温和。

"就是因为太过温和，前一个媳妇儿太厉害了，什么都要说了算，对我们也不尊重。实在合不来，离了，有一个女孩儿。但是不用担心，孩子我们老两口儿给带着，不会影响他们。"

老王太太停顿一下，皱纹纵横的脸上现出一种沧桑与无奈："找个外地的吧，她能懂得珍惜，能拿公公婆婆和王健当回事儿。"

王健是老王太太的儿子。

李名一合计，头一回被爱蒙了眼，这回，别那么傻了，长点

———————————
① 指档口的主人。

心眼儿，也算计算计。于是两方开始算计。

老王太太一算计：婚房是自己名下，档口是自己名下，找个儿媳妇儿，听话，能干，事儿不多，就挺好。

李名一算计：条件可比狗剩子强多了，人也不像那个便宜的二姐夫，年轻，性格、工作、长相都拿得出去手。是理想的结婚对象。

更何况她还有狗剩子的前车之鉴，这机会咋能不好好把握？

这回中间的过程就省略许多了，什么眉来眼去，什么试探徘徊，什么欲拒还迎，都省略了。互留了电话，吃几顿饭，在一起住了，一试，也还行。于是婚事很快就确定下来。这时王健家提出了结婚条件：第一，不办婚礼，因为王家不想二次铺张浪费；第二，李名不得再生育，王家害怕他们的小孙女受委屈。

这条件咋说呢？你要是不同意，那它就是苛刻；你要是同意呢，又觉得人家在道理上都能讲得通。

这时就看李名想不想嫁、想怎么嫁了。李名眼瞅着三十了，就急。再说家里人也劝，让李名把事儿往长远了看。最重要也都心知肚明，按硬件条件，李名是有些高攀了。你要高攀，必有所牺牲。

于是李名一咬牙，嫁了。

事实证明李名这把赌对了。

王健的工资卡结了婚就交到她手里，她不用去上班。日常工作就是料理料理家务，虽房子大，一百多平，花园小区，但人口轻，就她和王健两个人，不祸祸，屋子就不埋汰。饭呢，也是时做时不做，李名不爱做两个人就出去吃。王健那个人可比狗剩子有成色多了，从不问她开销都花在哪个方面，公婆和继女只是偶尔见，所以也没矛盾，每次见了面都其乐融融，大家都开心，没发生过任何不愉快。

"理想"二字足以形容李名的婚后生活，她说自己不贪心，知道有得必有失，不可能十全十美。至于是否会再生育，以后的日子还长着呢！有太多变数，不是眼目前该考虑的事儿。眼目前是新婚不久二人世界的欢愉，无分彼此的缱绻。再说了，人心都是肉长的。时间一长，处得混和①了，啥条件啥规矩不都是人立起来，不也都是人破的吗？

李名有自己的打算。

4

李名二姐这时跟锁王闹了一场别扭，说起来跟李名有点儿关系。二姐见到妹妹捷足先登进了婚姻的殿堂，想到自己的情况，没名没分，对未来就有一丝恐惧，于是催锁王给她一个道理。锁王却觉得这样不明不白地混在一起，快乐一时是一时也没什么不好。往往世事是这样，一个偏想要呢，另一个就不太想给，总

————————

① 东北话，指人与人之间相处得和谐。

觉得轻易给了就是上了对方的大当。再就也是存了观望的心思，万一以后遇见更好的呢？实际上，是心里没瞧得起呀。

于是拉起锯来，锯拉得太紧，关系就面临崩断。

锁王始终不认为二姐真敢跟他崩。她一大家子都仰他的鼻息过日子，离了他，他们连住处都得现找，往哪儿搬？

但二姐不是李名，不是肯轻易妥协的人。二姐上一秒跟锁王谈崩，下一秒就动手收拾东西离开，拖着父母和弟弟一家四口住进了李名三室两厅的新房里。

李名还是有些忐忑的，怕王健给脸色。倒是二姐坦然，说李名没出息，拿指头戳妹妹的额颅："这点儿光都借不上，还谈什么一家人？再说了，又不是长住。如果锁王确实死也不吐口，我肯定会另外找房子。"

李名还是怕，心慌慌的。每天察言观色，生怕王健露一点儿苗头出来，她不知道该怎样处理。这才知道，她这幸福，禁不起端详。没事儿还行，一旦有事儿，心里没底了。

虽然二姐那么说，她心还是战战兢兢，只盼二姐那头儿早有定论。

但是锁王沉默得如同一块石，没有动作，没追二姐屁股求复合，反而出去相亲。二姐听到这信儿当然心灰意冷，但她并未让自己颓废太久，没多长时间找了一个年轻的棒小伙子。已经懂人事的二姐不讲什么三贞九烈那一套，没多久就跟棒小伙子出双入对同居了。

二姐那个人市侩是有一些市侩，但是真的敢，天不怕地不怕的，不怕因此而绝了跟锁王复合的后路，不怕锁王会因为她跟了别的男人而彻底地"不要她"。

"分手了，他能再找，我就能再找。我跟他那么久，大姑娘跟的他，就以为吃定了我？做梦！再说，跟他过这些年的日子，他连个婚都不肯跟我结，还给他守着？呸！"

二姐先搬了出去，锁王很快得到了消息。得到消息的锁王在婚恋市场上可能也受到了一点儿小小的打击，所以迫不及待地来求二姐复合了。至于条件？二姐居然可以随便提。

二姐在锁王和比她小的棒小伙子之间做出了选择，带着父母和已经成年的弟弟又住回了锁王的店铺里。

紧接着是筹备婚礼，婚纱照、钻戒、婚礼一个都不能少。用二姐的话来说："你是二婚，敢情你排场过了。我是头婚啊，跟你我也没二心，一辈子就想来这么一次，我干啥不办一回？如果不办就不结了。"

锁王觉得二姐这话在道理上说得过去，于是筹备的事儿交给二姐，他赚等着两件事情可以做：一是从兜里往外掏钱，二是再当一回新郎官儿。

婚礼上李名看着穿婚纱的二姐眼神复杂，她始终不知道自己究竟输在哪里。哪里不如二姐呢？这女子好像要什么都能要到手。相反，她所求皆不能如愿。王健也不是不如她的意，只是，她总有一种莫名的疏离感，觉得王健跟她是隔着心的。

当然这种惆怅与猜测只能搁在心里，面子上她还是需要笑的，笑得宽展展的。她跟婆婆和几个从前五爱街要好的朋友坐一桌，二姐过来敬酒的时候她特意露出戴在腕上的金镯子。二姐会做人，用夸张的语气将各人的注意力引到那金镯子上，婆婆老王太太愿意成为众人的焦点，十分得意，说："李名这个儿媳妇儿好，能干、听话，表现好。"

李名也跟着笑，有点儿真诚，又有点儿讪讪的。好在坐在一起的都是些被生活磨砺得粗枝大叶的人，没人太在意那些字眼。

什么叫能干、听话？

什么叫表现好？

再给朵小红花戴戴吗？

隔年，二姐生下个大胖小子，锁王再心无旁骛。

5

换李名，情况不太理想了。李名疲于奔命在自己的婚姻里，继女丫丫跟她来往多起来。有时公婆会让她单独带丫丫出去了，这是一种肯定，也是一个鼓舞，仿佛胜利就在眼前似的，但她不去细想这胜利究竟是一种什么样的胜利，有无必要去争取。

再隔两年，老王太太身子骨没从前硬朗，试着让李名将丫丫带过去睡。本来想着小姑娘未见得会适应，李名也未见得真心喜欢丫丫，谁知道一大一小居然一拍即合。老王太太在这一点上倒是豁达。当然，也有可能出于其他的复杂考量。

丫丫开始管李名叫阿姨，后来有一次竟要管她叫妈妈。那是在一次放学回来的公交车上，丫丫显得心事很重，李名以为孩子在学校受了委屈，倒是真心心疼起来。反复追问，丫丫才吞吞吐吐地征求李名的意见："我可不可以管你叫妈妈？"

车到了一站了，丫丫坐在座位上，李名是抓着吊环站在她旁边护着她的，低头看那一头柔软的亮黑的头发，看那双胆怯而又期待的小黑眼睛。她不说话，其实倒是不知道要说什么。丫丫就有些急，但是丫丫没有逼迫李名，也没有愤怒，她只是有些失望，眼神逐渐黯淡下去。

李名蹲下来抱住丫丫时眼睛里就有了泪："我就是你妈。"

丫丫的眼神峰回路转，又亮了起来。

丫丫对李名的维护还表现在对她的坦诚上。

"爷爷奶奶会偷着问我你对我到底好不好，说不好可以给我换一个。但是我说'好'。"

"一家子大人，只交下这么一个孩子。"

李名后来曾对我说。

她当时以为这是她付出得到回报的开始，从来没想过其实这就是她在王家为人媳的最高潮部分了。

好日子没过多久，王健参加单位体检，检查出得了肾癌。各处大医院复核，结果都是一样。王家的天就塌了，但最要紧还是积极治疗，好在公家人保险是全的，个人负担部分王家也拿得起。

李名坚持认为那病是可以治的，凡事都有奇迹。她从没考虑过最坏的结果。她当初进入跟王健的婚姻时也是一样，从来没考虑过事情的走向其实还有另外一个残酷的版本。

她甚至认为，这是老天对她和王健的考验，如果自己够诚心，对王健够好——也就是说"好好地表现"，那么等将来王健康复，她就该有好日子过了。她不以为咋，女人嘛，向自己的男人、向婚姻投个诚，没啥。就怕对方没看出她的诚心来，那就坏了。

王健在病床上也不咋说话，更多的是沉默。老王太太则是皮笑肉不笑，如果李名不在跟前，她跟医生、护士的说辞是另外一套。

"如果她不能干、对王健还不好，怎么轮也轮不到她。我们的家庭、儿子的工作是什么样？她？她有什么？哼！"

这个"哼"字意味深长、引人遐想。当然李名不知道这些，她沉溺于深深的自我感动里，仍旧固执地认为"人心都是肉长的"。她忽略了狼心狗肺也是肉长成的，也不是石头变的。这世间最凶险的东西都不是石头变的，都是肉长成的才会变化。再说，也不都是肉长的，也有水泥灌的，硬着呢。也有粪堆的，没一层皮肉隔着，大老远闻着就臭不可闻。

6

事情过后李名回过头来，觉得自己太傻。

王健住院没几天老太太就借让她回去休息，将所有证件、银行卡、住院手续都接了过去。又趁她不在将丫丫的亲妈叫了过去，交代了后事。这些都是在李名不知情中偷偷进行的，李名始终被蒙在鼓里。

那时候的李名光顾着伤心了，光顾着表现了。咋能往钱上盯呢，多关键的时刻啊。

之后王健的病情迅速恶化，没多久就过世了。去世时公婆一家又借口未亡人不能送丈夫去火葬场，以不想让她太伤心、太操劳为名，没有让她送王健最后一程。但是在王健的葬礼上，有人质疑李名为什么没有出现。"尸骨未寒呢，怎么媳妇儿就不见人影儿了？"

这时公婆并没有站出来澄清真相。

葬礼过后，李名想人，就提出想接丫丫回来继续跟自己住，这时才知道人家已经被生母接走了。

李名也没往心里头去，一想自己现在这状态，也确实没精力带孩子，老人可能也是为她着想。但自己一个人待在空下来的家里，便格外地寂寞也格外悲伤，想起王健来总是要哭，有时找个朋友去哭，有时也跑回家里去哭。母亲总会陪她掉几滴眼泪，说她命苦。二姐不然，看不得她这张哭丧着的脸，告诉她："趁年轻，赶紧再找一个。"

再找一个？

她抬起头来，便觉得有一些茫然，觉是二姐的心倒是石头做成的，那么狠又那么硬的。毕竟尸骨未寒呐，怎么就能找第二个？还没从悲伤里走出来，要多久才能缓解这种伤痛？她自己心里也没个准谱儿。

女人们多是同情的，也有人说她命也是硬，也有人说王健命也硬，克走了前妻，可能也想克李名，但是没克动，反被李名克死了。

人就是这样，话一张嘴就出来了，便利得很，也不管飞出来的是不是刀子。

所以李名也不大去找人诉说了，以后的日子还是得过，但是她不知道怎样过下去才好。不过大致的打算还是有的：一对公婆总是要养老送终的，他们只剩下她了。一想起公婆来，她觉得他们跟自己一样可怜，不，比她还要可怜。

这种时候她接到了婆婆老王太太的电话，让她过去一趟。她马不停蹄地过去，原本预备好到了以后娘俩儿抱在一起痛哭一场的，但也不准备大哭特哭，老人家身子骨毕竟不如年轻人，怎么受得住这样的丧子之痛？

她是年轻人，她要懂得克制。那个家以后可能是要靠她来撑着了。

到了婆家，公婆脸上没有什么戚色。她准备好的悲哀反而一时无着，不知道要从哪里下手了。她被沉默地让进内室，婆婆坐在她对面，很浓重的眼袋沉沉地夯着，那些虚浮的肉吊在眼眶底下，眼瞅着就像要掉下来似的。

"李名，你还年轻，我们不能耽误你，你还能再走一家。"

李名几乎没有思索，想起王健来，他生前，他们不能说是不恩爱的，拌嘴的时候都少。

"妈，我不找了。"

她哭起来。

老太太站起来，银白色齐耳短发别在耳后。"你呀，别跟我来这一套。你赖我们家算怎么回事儿？我儿已经死了。你不用惦记房子，不可能给你。那是婚前房产，也不是王健的名儿。再说，你跟王健结婚才几年？就是他的名儿，也没到年头儿。"

李名"噌"地站起来，说："我从来没想过房子的事儿。"

婆婆说："那更好，今天就搬出去。"

李名也气愤了，又急，脸憋得通红。"这时候你老让我往哪儿搬？"

"我管你往哪儿搬？跟我有什么关系？我还没跟你算账呢，不娶你进门兴许他不能那么早死。你命太硬了，是你把他给克死的。"

李名这才稍微回过味儿来，往前一想，亡夫王健咽气之前，对她，是一句交代也没有的。心就有些凉，但她还是不甘心，不愿意往深处里想，还自己在那儿骗自己——人心都是肉长的，这么多年，一块石头也捂热乎了吧。再说了，还有另外一种可能，老太太伤心过度了。这种时候，她反而更加不能走。

过后清点自己，李名发现她跟二姐之间有一个最大的区别：二姐不肯自己欺骗自己，她总是愿意自己欺骗自己；二姐能面对一切现实，她则不愿意面对一切现实。她喜欢美化现实，让自己沉醉其中，像做梦一样地过日子。她的日子，过在自己的想象里。其实很多人都过着自己想当然的日子。你说一开始她跟王健相处，一点儿功利的成分也没在里面吗？自己就没有看上王健所拥有的那些"硬件"？她就没有权衡过？但她不愿意面对自己的功利，好女人不能物质。她逼迫自己忘掉那些功利，逼迫自己忽略掉婚姻里的一切蛛丝马迹，她甚至加倍地向王健卑微示好，以求得自己良心稍安。

所以跟王健过了那些年，她连一分钱的私房钱都没有攒下来，更别提哄王健为她以后着想着想，留点儿什么。

王健只留给她一个丧偶的身份。

说到底，她只曾经得到过一个已婚妇人的身份，和，一个丧偶女人的身份。

7

李名从婆婆家出来打车回自己家，发现锁已经被人换了。公公带人守在房子里，警告她不得再靠近那所房子，否则他们会报警。

这实在出乎李名的意料，却也不知道如何去应对。

看不过去眼的朋友们帮着出了头，找了律师，然而确实没有共同的财产。李名只隐约记得两人婚后曾经在中街买过一间小公寓，却不知道名字是谁的。当初是她刻意要避嫌疑的，不肯抠根问底地问那间公寓到底是怎么回事。她后来因为曾经对婚姻有过算计而自责，于是就老是想告诉王健，她图的是人。

"你不图人吗？人一没，当然啥也没了。你是不是图人？是不是图人？"

婆婆问得她哑口无言。再去要，自己也张不开嘴似的。

律师代表李名谈了几回，老王太太显然也是有备而来。这些"备"可能早在王健谢世前大家全都商量周全了，全程只瞒着李名一个人。这么一来也有一件好处，李名终于不再为王健的死而流眼泪。偶尔想起婚后那些细节，哪一条都是自己被别人当了傻子的铁证，李名就像祥林嫂一样不断重复同一句话："我真傻。我真傻。"

二姐说，啥傻不傻的，现在说这些干啥？一分不拿不好使，白让他儿子使这些年了？我拿青春赌明天。你不能给我明天，我干吗要给你青春？不行天天堵她门去号。

后来老王太太终于吐口，说能给四万块钱。

话说得挺难听。"这钱，当打发要饭的了。再多？她做梦。"

大家都以为李名不会同意，闹一闹吧，看谁怕谁。到底李名年轻，怎么着也比老人禁折腾。但李名点头同意收下了那四万块钱，并用这钱在三台子租了个小门脸，开了一家拥有两张美容床的小美容店。

她就此安顿下来，一个人的日子过得也算清净。有顾客就给人做做美容护肤，没有就自己坐在店门口看着街上人来人往。从前是不去想了，很有点儿往事不堪回首的意思。

还是有人给李名介绍对象的，尤其是娘家人，热衷于此，非常积极。"找个岁数大一点儿的，有钱的，实际点儿。受了这么大的教训，还像以前一样做梦似的吗？"

李名不吭声，想，王健家有钱，咋样？不一样结果？钱揣谁兜里都不如揣自己兜里。

终于是明白了这一点。

她也曾经尝试再跟人处处。后来有个人还挺正式地跟她求爱，承诺只要李名跟了他，他一定会对李名好。

李名听了这话，抬起头看看那人，就感觉来人的样子开始变得模糊起来：一会儿变成了狗剩子，三十岁的狗剩子热烘烘的嘴凑着她十八岁的耳朵眼儿，身上像着了火一样地迫不及待。

"你放心，我肯定会对你好。"

一会儿，那人的脸又变成了王健。王健倒是正经得多，他声音平淡得很，但当时也是让李名觉得掷地有声的。

"你放心，我肯定对你好。"

甚至是老王太太都说过类似的话："嫁到我们家，你就算是掉进了福堆儿里了。我肯定对你好，拿你当亲生女儿。"

一下子就不想继续朝下谈了。

眼下一人吃饱全家不饿的日子挺好。不用猜，不用害怕，也不用看人脸色。这才是福堆儿上的日子啊。

突然间就想开了。

要论起从前，奴气重。明明干活儿挣钱啥都拿得起来，还非要死要活把自己往外给。这想法生下来就有还是咋来的呢？咋就那么个奴？

又想不明白了。

殇

1

小朵的男人跟人跑了。

这在五爱不算是什么稀罕事儿。

不过当事人可不这么看，算是五雷轰顶的大事儿。

小朵刚来五爱时还不到二十岁，开始是干服务员，后来租档口单干。发现男人跑时新婚还不到一年。

本来还抱有一线希望，希望对方只是长驻广州一时寂寞无法排遣，但丈夫携小三活生生站到了她面前来。是风尘仆仆的两个人，两只手紧紧扣在一起。

小朵的目光从丈夫脸上往下爬，爬到那十指紧扣的双手，她明白自己的婚姻大势已去——这人，丢是丢定了。

她就很后悔当初放他出去，那可是花花绿绿的广州，温暖晴和的天气，一年四季都有花又有绿的树，长成两排，立在马路边儿上，一看就让人春心荡漾。

女人露着大长腿，皮肤又嫩又白，说话的语声又柔又嗲。丈夫是血气方刚的北方男人，那样的温柔乡，谁也逃不出来。也不对，是根本不想往外逃。

　　临别那一晚的情景就浮现在眼前——算了算了，还想那些干什么呢？都过去了。至少，在丈夫那里是这样。

　　小朵就感觉有一些遗憾，原来，她只拥有丈夫一个季节。

　　他们之间是只有一个花季的婚姻，太短促了，怎么当初没有预判得到？

　　离婚证是一个暗红色的小本本，烫银。结婚的时候那本本上烫的是金色的金粉，现在，烫的是银色的银粉。金与银终究两别，高下纵不是云泥之别，到底还是不同的。

　　看，连政府都觉得离婚不比结婚。

　　她摊开离婚证，只剩下她自己一个人在红底的背景布下——不是笑的，她没有笑，她笑不出来。丈夫倒是笑着的，照相的时候她特意观察了一下。那笑，使她心一抽，感觉有些疼。

　　办完手续出门，丈夫和那女人要赶飞机，而她则需要走几步路，到一个十字路口交通岗，然后过街去，再到对面打车。不知怎的，丈夫，噢不，是前夫，回过头，试图叫住她。小朵听见了，但是没有应，也没有回头，当没听见。当时正流眼泪呢，没办法回头。只可惜不能给他说。以后还有那么多那么多的心里话，都不能再给他说了。想到这里，小朵的眼泪更稠了一些。又不敢用手去抹，只能任其流、落、沾在衣襟上，洇成一片片奇形怪状的泪渍，或者掉到马路上——几乎马上就消失不见了。

她沉浸在自己的悲伤里，竟没有看路口的交通标志，十分莽撞地朝前走。一辆车忽一拐，又急速直行，骂她的声音从车窗里狠狠地飙出来："傻×呀！"

她停在路中间，前后都是穿梭疾行的机动车辆。车身跟空气摩擦产生的气流掀起她的裙脚，温柔地裹住她纤细浑圆的小腿，又放开来。前方信号灯还没有变。在马路中央进退失据的小朵终于停止哭泣，想，自己可不就是个傻×吗？

抬起头，阳光耀得她有一些眼花。这时信号灯已经变绿，小朵小碎步跑了过去，一边跑一边想老家的那个关于属羊的女人命都不大好的传言。离婚的罪便由自己的命运背了下来，反而跟男人犯下的过错没什么关系了似的。

是吧，是命不好，不是自己不够好。

2

信命的小朵赶到行里时已经接近下行时分，顾客没有多少了，偶尔有两个，也是大包小裹地朝外走，一副满载而归的神气。虽不免还是有几条漏网之鱼，孤魂野鬼似的在行里继续游荡，但已无法吸引那些以批发为主、劳碌了一天、一脸疲相的商户们。每个人的脸都变得沉默且平静，没有任何表情，那是一种欲望得到了暂时满足以后的空虚、无聊和由此引发的轻微的迷惘。

小朵像一尾游鱼一样悄无声息地滑进此时的五爱街，进了档口，从肩上摘下皮包，那包里有她刚刚领到手的离婚证书。她将包放在货上，想一想，又将包拿起来放进抽屉，锁住。

她不像才静，没有一哭二闹三上吊。

然而悲伤不期而至。

怎么会下行呢？

她意识到自己回来的时间节点似乎也不太对，没有热闹与人声鼎沸来淹没她的悲伤。太静了，也太冷清了。平时她都盼着这个时间点，可以下行了，喘口气儿，吃点东西，把自己洗干净，然后靠在床上给老公打电话。千里的相思，就靠那一根电话线牵着。那时不管多困多累都要不停地说，说得她嘴唇干燥得起了皮，就靠着床头，一手拿电话，另一只手轻轻朝下揭嘴唇上干燥的皮，有时就揭得出了血，她不由得"呀"一声，丈夫要在那边紧张地问："怎么了？怎么了？"

一切像是昨天，又像是前生。

很近，也很远。

从今天起，一个人了。

是很有些不知所措的。

一个人的日子将要怎么过呢？从前从来没有预计过。所有的人生计划都是关于两个人的，或者是三个人的。独没有想过过着过着会把日子过成一个人的。一个人的饭怎么吃呢？一个人的觉怎么睡呢？一个人，一个人。从前也是一个人吃饭一个人睡觉，但那不一样。

趟子里响起电铃声，小朵再熟悉不过，那是物业要清场的铃音，业户和顾客都必须在再一次响铃前离开五爱市场。她简单收拾了一下，将包又挎上，顺手操起放在抽屉边上的一个大铁钩子。丈夫不在档口时，她就用这枚铁钩"哗"一声把卷帘门钩下来，然后拿脚踩实了，将锁与门环对准，"咔嚓"一声锁好。

高跟鞋的声音响得空旷，每一下都像踩在一个巨大的鼓面上。灯依次熄灭，外面的天光从门口透进来，仿佛另外一个世界。走到门口的小朵回头望了一眼，五爱大厅黑漆漆一片，几乎伸手不见五指了。这个昼夜颠倒的市场，当整个城市被黑暗笼罩，腾腾[1]的灯光却将其照得亮如白昼；但当白昼在城市的街道间横行，它又独自陷入黑暗与沉寂，仿佛一个经历了许多沧桑把这世界看得透透的了的老者。

小朵在门口沉默地站了一会儿，背后的光如同剪刀，勾勒出一幅细瘦又具有成熟曲线的女性剪影，一个念头不期而至闪进她的脑海——她结过婚，但没有穿过婚纱。都说女人穿上婚纱会变成这个世界上最漂亮的女人。

她想看看自己穿婚纱的样子。

这样的决定有一些唐突，先是吓了自己一大跳，但紧接着念

---

① 东北话，指暖腾腾的灯光。

头却蓬勃起来。她的脑海里显现出自己穿白色婚纱的样子，巨大的圆摆像瀑布一样顺畅地流淌下来，裙撑将腰身衬得更为纤细，光笼罩在头顶。她一定美得像一个梦。

沿街的商户传出各种各样的声音，水果摊子摆出门市，恨不得摆到马路中间，鲜亮的果皮一定是打了蜡，亮得有些不知所以，诱人的甜香散在空气里。也有一些小店，卖包子、麻辣烫、快餐的，她从前路过时总忍不住要驻足，今天却觉得没有丝毫胃口。

拐个弯，朝上一走是一所中学，再穿过一条狭长的胡同就到了她租住的小区——红星小区。

十几栋灰白的老楼被阳光晒得无精打采，外墙刷的是水磨石浆，上面一层灰，薄薄的，显得那楼便有些岁月感。身后陡然传来几声女人的大笑，间或有一两个男声。小朵不用回头也知道，那一定是个青年女子，身边一定围绕着一个或者数个爱慕者。那可能是她这辈子最好、最开心的时候。她也曾经有过这样的时候。不管不顾，不分时间地点场合，开心了，就开怀哈哈大笑，想让全世界都看见自己的快乐。

本来一拐就可以到自己家，但是小朵没有，她一直朝前走去。再往前走是小区的另外一个出口，从那个门口出去是一条一级马路，用车水马龙形容也不为过，对面就是大帅府的小广场。临街那一排楼的楼顶都是用绿色琉璃瓦装饰，四角高高挑起，作复古的造型，但配上简约平实的楼体，反而有些不伦不类。

那排楼一楼全部是底商，有超市，更多的是卖电动车的，走到头一拐就是一条二级小马路，开有一家极其不起眼的照相馆，是个小门脸。两扇老式玻璃橱窗上乱而有序地张挂着几张大小不一的成人与儿童艺术照。老板应该也是个有年纪的人，因为艺术照上那女人抹着特别鲜艳的红嘴唇，还戴着一顶带黑色网纱面罩的呢质帽子。宣传照片旁边贴着红色不干胶字：人像写真、艺术摄影、儿童百岁照、老人生日照。最边上是一行小字：一寸快照，立等可取。

3

小朵推门而入，一个年轻的小伙子热情地迎了上来，中等身材，浓眉，黑发，贝壳一样的眼睛，面色不算白净。他是王瑞，小朵认得。因为长得貌不惊人，肤色又暗，小朵曾经跟丈夫在背后戏称他为"黑色系"。结婚前后他们不时光顾这家小店，大多数时候是两口子一起来，有时是洗一些一起出游的照片，有时是去照寸照，一寸、二寸，都有，偶尔也来发个传真，就这样一来二去熟了，但也仅止于互相点个头、打个招呼。

两扇窄门自小朵身后关上，合页发出轻微的呻吟，阳光被磨砂玻璃拦挡在门外。还好有灯，但里面空间实在狭小，东西堆得又多，再挤多两个人，地方就显得更加局促。

小朵习惯性地想将两只无处安放的手插进衣服口袋里，却发现那天穿的是裙子，没有口袋。照相馆三面墙壁都张挂了大小不一的艺术照，她没有发现婚纱照。也许，这里不能拍婚纱照？她没有看到婚纱，心下就有一些犹豫。

王瑞问她："姐，照艺术照吗？"

"是。"她没有回头，目光仍旧在墙壁间流连，"有——婚纱照吗？"

"有。"他回答得十分迅速。

怎么会有呢？

"婚纱——"她回过头来看着王瑞。王瑞迅速收回自己的目光，抢前一个身位带着她朝里走："这边，里间，有婚纱。有几件还是新进的，没人穿过呢。"

还有里间，她从来没注意到。往里一走，有扇暗门，推开，里面有一条横杆衣架，上面挂满了各式各样的服装。许是光线的问题，小朵觉得他店里的服装都灰不溜秋的，像被翻烂的旧书。岁月与灰尘，和无数对照片本身并无太高要求的顾客，在上面留下似有若无的痕迹，使那些衣服呈现出一种阅人无数的沧桑感与疲态。居然还有半排婚纱，那些巨大的、廉价的、样子长得很像蚊帐的蓬蓬下摆紧紧挤挨在一起，挤得变了形，活像一个人身上多余的脂肪，看起来既油腻又有些碍眼，更何况大多数已经严重泛黄。

小朵的目光却被这样的婚纱吸引了过去。

"怎么拍的？"她回过头问。

"这边有套系。"

王瑞又往回走，到了前台，从底部抽屉里拿出两张塑封好的价目表。倒都不太贵——那样一个小店，也许店主并不自信能拍出什么理想型，好在小朵对照片也没什么高要求。

小朵没有细看，想拍婚纱照的欲望变得强烈，白色婚纱像影子一样穿梭眼前。本来是要议价的，平常她来，连一张寸照有时都要讲讲价钱，这一次，她倒没有议价。

"拍。"小朵说，"今天能拍吧？"

她抬起头，眼睛瞪得很圆也很大，反把王瑞看得有些不好意思起来。王瑞想的是，总是要两个人一起吧。男人他也认识，不知道他什么时候过来呢？但今天还是太急了一些，虽然他这个摄影师有时间，场地也空闲，但没有化妆师。

王瑞手里有一些化妆师，一般都需要提前打招呼预约化妆的时间。

说明情况后他建议小朵可以先交个订金。

小朵摇摇头，指着他："你给我化吧。"停顿一会儿，她又说："其实不化也行。"

一低头，眼泪好悬掉下来，往事不由得就翻上心头。想想那时候真够傻的，他说什么都依了。不办婚礼了？行。等以后有了钱，给你最风光的婚礼。她曾经在心底憧憬过无数次，穿最好看的婚纱，要换几套，几套西式几套中式的，要去哪个影楼拍婚纱照，要拍最贵的套系。现在再也无须憧憬了。这场婚姻结束速度之快，仿佛突然而至的一场雷暴，带给对婚姻和爱情有甚多憧憬的小朵巨大的冲击。或者，不是冲击，是撕裂。

那一瞬间小朵痛苦与落寞交织的表情落进王瑞眼睛里，年轻的小伙子内心深处不由得泛起涟漪。但王瑞是知道她的，她身边那时候有个他。两个人同进同出，好得像是一对连体人。最近一年倒老是看到她落单，变成形单影只的一个人，但仍旧是很快乐的。

夏天摄影工作室的门常开着，有时她的身影从门前或马路对面一闪，蹦跳着过去；有时也悠闲地走，但走着走着，又要跳到马路牙子上去，两只手臂张开，像走平衡木。

浮光掠影。

有时他会因为职业的缘故将那些画面在脑海里定格，这个过程演变为一场悄无声息的独角默剧。因其隐蔽，才更使他既感觉惊心动魄，又能引起无限的回味与遐想。

当然，仅止于想。这世上有些事能做不能想，就有另外一些事能想不能做。

王瑞意识到小朵正在跟自己说着什么，他知道自己走神了，偏过头问了一句："什么？"

这才听清楚原来小朵坚持要今天、马上、立刻就拍。至于化妆师，可以由王瑞来担当。

这个任务一方面使王瑞感觉多少有些棘手，另外一方面，又有一些兴奋和期待。仿佛怕小朵突然间改变主意，他沉默地接受了。小朵坐下来，王瑞站在她身后。他终于可以光明正大地、认真仔细地、不遗余力地打量镜中人——怎么看，都不会觉得唐突。

目光就有些贪，空气变得细微。化妆镜还是专业的，四周镶有灯。王瑞一抬手，灯就"啪"地亮起来。小朵脸上那细绒一般的汗毛纤毫毕现，每一根都如此挺拔。光影中女人的脸质地变得透明，长而浓的眼睫毛在下眼睑投下阴影，忧伤的瞳仁映进光晕，变得更亮了。但似有一层水雾在里面泛起，也还是亮，只是多少有些隐约了、迷蒙了。

王瑞抬起手来，将两只手轻轻悬空放在小朵头两侧，之后用了两个食指的指尖轻轻抵住。这是他跟她最为直接的肢体接触，在小朵是工作使然，在王瑞则有另外一重意义。至于是什么，他自己当时却说不清楚。

这个动作持续了有一会儿，看，就只是看。也不知道到底在看什么，但是看不够，难得有这样明目张胆的机会，总是要先一饱眼福的。紧接着就是化，王瑞没学过化妆，在此之前也没给人化过妆。他只是专注于为小朵化妆这个过程，眉毛要这样描好看，眼睛要这样画才好看，鼻子这样好看，嘴巴要这样才好看。粉抹了一层，够了。再多，就显得厚重了。

化完了，看这一张脸，就像是从自己的手里和眼睛里重新生出来的一样，精致得说惊为天人也不为过。

小朵也是满意的，直愣愣地看着镜子中的自己。那是自己吗？那么样地美。美到近乎完美，自己看了都会心动。为什么他还会狠心地抛弃她？想到这里心里又难过起来，没有忍住，泪就下来了。首先是两颗，大而晶莹，分别从左右眼眶直直滑过扑了粉底的脸颊，坠落下来，相当文艺。这个头儿一开，就顾不得是在哪里了，她趴在化妆台上开始哭爹喊娘地号啕。

4

王瑞从她的哭声中得知了事情的来龙去脉，心思就变得极为复杂。有替她遭遇不公的不平与难过，也有一半是隐秘的高兴。这想法吓了他自己一大跳，但随后又想，男未婚，女也是单身，就算真有什么想法也没什么好大惊小怪。令他大惊小怪的在于这种想法似乎由来已久，只是欠缺这样一个机会使它跳出来罢了。还有便是遗憾这种机会是以小朵受到伤害为前提。

还是想安慰的，但又苦于无从下手，他只好呆呆立在一旁，直至见她肩膀不再一颤一颤地起伏，知道这番伤心就要过去。待平静一会儿，小朵才十分不好意思地站起来。妆是花了，眼睛又红又肿，所以并不看王瑞，径直往外走，也没有一句交代。王瑞也不知道该说些什么，亦步亦趋地跟在后面。小朵可能对此有些误会，临出门问王瑞化妆需要多少钱，总不能让人家白忙一场吧。

王瑞一愣，听明白后连连摆手："不用不用，我也不是专业的。再说……"

不等他说完，门"咣"一声关上了，来回晃荡几下，老迈的合页发出吱吱呀呀的歌唱，最后归于平静。门却是关不严的，留有一条一指宽的缝隙，像习惯张开嘴巴才睡得着觉的老妇，阳光便趁机从外面十分曲折地钻了进来。

这事儿令王瑞没有办法睡一个好觉。晚上，躺在窄小的床铺上，吸一根烟，烟灰掉落到皮肤上，他也不觉得烫，只觉得发自内心的一种熬煎折磨着他。他起了身，从里面打开门，夜深，马路上便没有多少车。他站在夜风里，又给自己点了一根烟，吸着吸着，返身锁了门，走出去，进了那个开放式的小区。

大多数人家都已经睡了，关着灯，黑漆漆的窗口像一个又一个时空的黑洞，每个黑洞里都有不一样的人生。哪家是小朵家呢？他凭空猜测着。小朵在哪一栋楼哪一层哪一个房间里住着呢？看哪一层都像，哪一层又都不像。一定没有睡，点着灯，独自在伤心。他立于楼下，仰头向上望着，想到电影《有话好好说》里的一个情节——姜文雇人去找安红，让那人喊："安红，我想你想得睡不着觉。"

想到这儿，哑然失笑。烟已经快要燃尽，过滤烟嘴变得烫手，他一弹，烟蒂飞了出去，在黑暗的半空中划过一个小小的弧度，然后孤独地落到花坛里。

第二天，估计着她快下行了，王瑞便蹲在门口。小朵果然来了，是来道歉的。

昨天让你白忙活半天。

客气啥？左邻右舍地住着。

多少钱？我给你钱，我这人欠人人情睡不着觉。

王瑞想起昨天晚上自己也睡不着，想笑，但没有笑，也不知该说什么，就那样沉默着。

小朵以为他是不好意思说出具体的数字，就拿出一张五十块钱来。王瑞无意识地接了，拿到手才发现那原来是一张咬手的钱，又慌乱地塞回小朵手里。

小朵则觉得这个人有些木讷也有些奇怪，如果不想要大可以不接那钱，接了又要往她手里头塞。她挣脱开来想离开那照相馆，王瑞却拦住了她的去路，问她还照不照婚纱照。这个问题使小朵在那间小店里做了短暂的停留，又想起那场短暂得如同一道闪电的婚姻。昨天回到家以后哭了半宿她也没有想明白，自己究竟哪里出了问题——一定是自己有问题，不然丈夫不会那样坚决地抛弃自己。

自己是得有多讨人厌呢？她心中又是一阵不安与烦乱。王瑞突然间问她，你离婚了？

她半张着嘴，愕然地望着王瑞。没有想过他会如此直接。

那咱俩搞对象吧。

小朵将嘴巴闭上。

王瑞则热切地看着她。

敢不敢？

他没问行不行，他问，敢不敢。

这就使小朵不能不点头。

有什么不敢的呢？她现在什么都敢了。更何况她急需要一个人在身边，不然，是太寂寞了。她没想过婚变会带给她这样大的变化，也就一夜之间，她似乎真正地——不是长大，而是苍老了。内心深处像走过了千山万水，经历了人世间所能想象的一切冷暖与沧桑。在此之前她不是没有看到过别人婚变，但她以为那绝对不会轮到她头上，退一万步说，真轮到自己头上，她也不会那样没出息，要死要活的。然而当事情有一天真落到自己头上，她才惊觉，自己是那样不了解自己。她感觉天要塌下来了，她再也活不下去了，整晚整晚睡不着觉，以泪洗面。

她幻想他回心转意，也幻想事情并没有发生。也许只是一场噩梦，她强迫自己睡觉，期待第二天一觉醒来，丈夫睡在身侧，告诉她一切都只不过是她发的一个梦而已。

小朵瞧不上眼的种种行为如今一一在她身上上演，她恨那样的自己，同时，却又拿那样的自己毫无办法。

所以王瑞对小朵来说，实在是救命稻草的意义胜过男朋友的意义。至于以后，她也不是不想，而是不敢想。会幸福吗？她不再像年轻时那样笃定地认为自己必然会得到幸福。从前那场婚姻耗光了她对以后的所有勇气。

照理说王瑞于此再清楚不过，小朵，已经是一个破碎的小朵。他对她没有奢望，最起码短时间内没有过高的期冀。他就想陪着她，穷山恶水的人生路，有个人陪着，人往前走，心里也有个底。一想到自己会是小朵的底，王瑞就有些激动不已，但这些激动他自顾自埋藏在内心最深处。

他并不觉得委屈，王瑞是一个从来没想过要从关系里拿到更多的人。他也很少患得患失，他不会去比较也不会去权衡。尤其是人生的伴侣，选择了就是选择了，选择可能有关对错，但无关得与失。

5

这样的王瑞很难不使小朵动心，当然，这是后话。在此之前，他们需要冲破重重的阻力。第一重阻力当然来自他们自己，等到彼此互相印了证，彼此互相认了可，王瑞便坦然出现在小朵的生活里。这时候，又一重阻力毫无征兆地出现了。先是行里的朋友们，再是七大姑八大姨那些亲属们，这些本无太多关联的人，在对待小朵与王瑞的恋爱这件事上意见竟然惊人地一致。

第一觉得不应该相识，年龄悬殊、女大男小的组合多少有些另类，有些不见容于世的意思。

第二觉得纵使相识了也不应该相恋，这一次是从生理角度去解读。女性毕竟没男性禁老。等小朵年老色衰，王瑞难免移情别恋，到那时她会受到二次伤害。那一次伤害无疑会比第一次还要致命。

第三来自亲人们的恐惧，如果再离一次婚，那小朵父母的老脸还要不要？

阻力在此起了反作用，两人同居了。

王瑞求过婚，但小朵没同意。

第一次婚姻的失败还是有阴影，挥之不去，像片乌云，总在她极乐快要忘形时提醒她曾经历过的不堪，使她并不能下最后的决心。

王瑞便不催，一如既往。他们生活在一起更像是老夫老妻，但也不像，因为他们不吵架呀。如非必要，王瑞从不离家，总是泡在家里，在小朵眼前晃，不以应酬或者放松的名义出去喝酒、打牌、吹牛×。

在王瑞眼睛里，家不就是最让人放松也最安全的地方吗？他不向外求。

至于应酬，他认为自己也不是什么大人物，实在没那些局要去应卯。

至于干活儿呢，王瑞愿意多分担一些。理由很男人，三观很正面。

"娶她又不是让她给我当老妈子，我有手有脚，干吗要她伺候？我是男人，不比她有力气？多干点儿不是应该的吗？"

挣了钱，放在小朵手里。如果需要，再从她那里拿，如果小朵不给，他选择少抽一包烟。

"少抽烟对身体还好。"

此外的时间，他全部用来学习。后来他不再给照相馆打工，自己开了一家小小的摄像工作室，接些婚礼庆典的活儿，带子都是自己编自己剪。

小朵的生意却开始不好，王瑞就第二次向小朵求了婚，说咱俩结婚吧。小朵想一想，这一次点头答应了。

两个人去拍了婚纱照。小朵说，你找个人咱在你那里拍就行。王瑞说，那不行，这么重要的事儿。

于是去了最贵的地方，挑了一个价位中等偏上的套系。这一回，有专门的化妆师。给小朵化妆时，他在旁边看着，觉得化妆师的手法太流水线化了，流于程式，并不能化出小朵的特点。

王瑞认为他们化的都不是小朵。

拍出的成片他也不满意，认为并没有拍出小朵的美。小朵倒满意。婚纱照这个结，王瑞帮她打开了。前尘往事又在那样的时刻涌上心头，还是有波澜，但并不伤心了。想起来，只是觉得十分遗憾。

她还明白了一点，自己当年太傻了。一个婚纱照，也不过就几千块钱而已。当时不拍，可能不是因为他们穷，而是他觉得这个钱不应该花在她身上。

或者在那个时候，那个男人的心里就已经有其他的打算了。

她叹一口气，这个细节王瑞是不肯放过的，伸手搂紧她一下，小朵就觉得这颗心是安定下来了。至于以后，如果再一次遭到背叛呢？遭遇就遭遇吧，有些事人力无法控制，她现在十分清楚当下自己在做什么。

婚后，怀孕，生女。小朵结束生意，开始给王瑞打下手了，大部分时间是支应家里。这并不意味着王瑞婚后成为甩手掌柜的。王瑞一如既往。那时，小朵自己闲来无事想她跟王瑞两个人的事，"一如既往"是跳进她脑海里次数最多的词。他真是从开始到眼下都是一个样子，没惊天动地，只有细水长流。虽然沉默着，但也陪伴着。

跟王瑞一起的日子像没浪的湖，也像没云的天，一晴到底。有时反而王瑞害怕她觉得乏味，而小朵是经历过起落的人，无论是生活还是生意，所以对于刺激，她不排斥，也不向往。她只是知道自己想要什么了。这种对自我和对婚姻的清晰使她内心笃定。

6

身体出现不适时，小朵没有多想，王瑞也没有。日子被他们过成岁月静好，这是命运的馈赠。两个人都是惜福荫的人，对彼此很看重也很倚重，人生的伴侣嘛，其实是严肃到可以令人肃然起敬的命题，珍而重之是本分。这在小朵和王瑞，是不必宣之于口的共识。

确诊那天王瑞没有告诉小朵，但小朵一眼望过去见了他的神色便知。一起生活那么多年，每一个细节背后代表的意义双方都懂。王瑞说，没事儿。小朵就说，那可挺好，我还挺害怕，万一得上个瞎瞎病，你和孩子咋整？

王瑞手扶上小朵后腰，说，不能，就是用药时遭点儿罪，你得挺住。

他说的是放化疗。

小朵装不懂。

但她知道以后的日子得论天计算了，不定到哪天，阎王一叫她就得走。舍是舍不得。跟王瑞过没有大富大贵，胜在舒心。她挺满足。怎么就会得绝症呢？过去熟悉的感觉袭上心头，也说不清楚是恐惧更多一些，还是愤怒更多一些。

想起去年和王瑞一起去海边玩儿，两个人还是手拖着手的，那个年龄和那个婚龄真能恩爱成那样儿算是人间的异数了，小朵清楚并珍惜。当时王瑞把照片处理后发了出去，引得多少人羡慕。也许是太高调了？老天见不得人生圆满。凡人嘛，都戴着罪投胎，不遭点儿罪、受点儿苦说不过去。可她也算是遭过罪的人，为什么还是逃不过？

拿命运真是一点儿办法也没有。

再有一桩，钱花费得多了，常年需要拿药顶着①。小朵无法，

---

① 东北话，常年吃药的意思。

自己偷偷减量。王瑞看见了要气得几宿生闷气，不睡觉，直到她保证再也不擅自减量为止。

他还给她买保健品，批号都是健字号，不是国药准字号的，证明那些东西并没有实际的临床效用。小朵埋怨他多花钱，王瑞满不在乎，说那几个钱哪儿省不出来。万一呢？

一丁点儿希望他也不愿意放过。

但省，也就只能从他自己身上省。他的袜子，除了脚面子没漏，其他的地方都漏得差不多了。还有就是内裤，他倒不在乎，说，除了你谁能知道我内裤什么样？再说，这样还透气、凉快。

一些夜晚，小朵被病痛折磨得睡不着，不敢动，也不敢出声。疼得汗一层一层下来，她理都不理，就让它下来，然后再让它自行消退。于黑暗中，她无言地跟病魔对峙。

小朵认为，那是有生之年自己唯一可以为王瑞做的。自她生病以来，王瑞像个警犬，耳朵和嗅觉都变得异常灵敏，她有个风吹草动，他就一骨碌坐起来，问她怎么了。

生女儿时在医院也是这样，别人家的产妇好几个陪护的，但是吃完、喝完、唠完、热闹完，拍拍屁股走的走，留下来的也不顶用，晚上往往睡得比产妇还要香，踹都踹不醒。只有她的王瑞似乎随时都可以保持清醒。无论她还是孩子，都被他照顾得妥帖。隔壁的产妇躺在病床上侧过脸来看她，苍白的脸上一双眼睛里全是羡慕。

他啊，给了她一个女人最大的体面。先前她没有懂，以为一个男人能给一个女人的最大体面都是形式上的，比如钱权带来的优渥与优越感，或者甜言蜜语、宠至极处，甚至是夫妻之间的床笫狎昵。后来她觉知，都不是。最让小朵心生喜悦与安详满足的，是王瑞不只是当她为一个女人，而是当她为一个人，一个跟他棋逢对手又平起平坐的人。

半生过后，小朵懂这对女人来讲可遇而不可求，算是造化了。

思及此，泪就落下来。

明明一切都是在悄无声息中进行的，但王瑞却仿佛有了感应一般又一鼓身坐了起来，问她怎么了。他真是紧张啊。小朵心就酸了，顺势哭出了声，手已经瘦得伶仃了，伸过去抓住王瑞的手说，舍不得你呀。王瑞听了，坚决地说，舍不得就别舍。

王瑞重新躺下，黑暗中两个人紧紧相拥。

小朵卧床是后两年的事儿，家务彻底不能干了。王瑞没有用自家父母帮忙，怕父母有怨言，小朵就难做人了。也没用丈母娘，小朵想打电话叫来老家的父母，王瑞没让。

"我是你丈夫，我照顾你应该应分。"

"怕你太累了。"

"我自己媳妇儿自己伺候有什么好累的？不然还能干点儿啥？"

小朵瘦得只剩一把骨头，像一具骷髅样躺着，却发出满足的叹息声。

小朵殁于 2021 年 11 月某日凌晨两点。咽下最后一口气前，脸色平静。

"没跟你过够。"

小朵虚弱地笑。

"下辈子，还在一起过。"

王瑞答。

那一个礼拜，沈阳的天都没开晴。阴得仿佛能拧出水来，半空中浮荡起一片灰蒙蒙的薄雾。间或落雨，往往雨还没住，又飘起零星的小雪。那冷就带着些阴，阴冷阴冷的。

亲爱的敌人

1

这是一个闷热、嘈杂的午后，阳光已有些微的倦意，似乎中午一通暴晒下来耗光了它所有的能量。北方此时正经历一个难熬的盛夏，热与闷是它的特点，一整年的汗被从身体里逼出来，源源不断地往外流，使人们不由得好奇自己身体里竟然有这样多的水分。流出的汗液毫不犹豫地打湿衣衫，衣服粘在皮肤上，堵住一个个细小的毛孔，皮肤不能呼吸了，人们便像狗一样张大了嘴巴喘着粗气，似乎这样真能使自己凉快一些。

曹老太已经不再年轻了，六十二岁，齐耳短发。头发是灰白的，没有染，脸呈现一种黄与灰败色的结合。鼻子山根处有几道横纹，嘴巴是早就揪起来的，皱纹沿着嘴唇的纹路向四下辐射，没有长开似的。眉毛又黑又粗，反没一根杂色。这是她自认为的身上的得意处之一，另外一个使她感觉骄傲的地方是她一直保持着细瘦的体形。她常有意无意炫耀这一点，但是采用了比较隐晦的方式，比如她会说，体形好有什么用啊，也没人再看了，再说，我没有胸。

心存嘲弄之意的年轻一辈听到这里总会给她挖个陷阱：你可不老，这体形我们年轻人都比不了。

或者说，到你那个年龄我们根本就不可能有你那个体形。

再坏一点儿的，会唆使她也像常五月一样去给自己"隆个胸"。

老太动过心思，甚至在常五月隆过之后打听了价格。隆胸的打算在令她咋舌的价格面前打了退堂鼓，但她始终坚信，如果自己真能把胸给隆了，整个沈阳城，乃至整个东北的老太太们，不论在学识、样貌还是本领上，都不是她的对手。她唯一的遗憾是没有生长于一个能使自己发出光辉的时代，没有遇到一个懂得欣赏自己的丈夫，没有碰见一个英明的惜才爱才的伯乐。老天给了她姣好的容貌与才华，却并没有一并赐给她机遇。

也因此她半世郁郁不得志。

在原先的工厂里，她是被排挤的那一个。领导们个个都是草包，而她又清高，不肯向权势低头搞一些歪门邪道，于是很悲哀地被排挤出工厂车间的利益小团体，最终早早就办了病退回家，拿着菲薄的工资。

病退以后，她将所有的精力倾注在家庭上，她始终深信，以自己的才华和能力，一定能在家庭教育上大展拳脚，使一双儿女厚积薄发、一鸣惊人。

"一群狗眼看人低的乌合之众。让你们排挤我！多年以后我儿女成圣，到那时候你们就知道是你们自己瞎了狗眼。"

许多年过去了，曹老太儿女都没有成圣，都是普通得不能再普通的普通人。女儿结婚后生产大出血，万幸保住了性命，却由此丧失了劳动能力，顺理成章成为一名家庭主妇，偶尔遭受丈夫的家暴。对此曹老太选择让女儿息事宁人，因为她认为嫁出去的女儿是泼出去的水，女儿已经是别人家的人了，这个别人家的人从此后不再归她管了。

尽管有人对此不屑一顾："嫁出去的女儿也是你的女儿啊，别人不心疼你这个当妈的还不心疼吗？你这么厉害倒是给撑撑腰啊。"

曹老太努力挑动苍老下垂的上眼皮，不可思议地望着对方："看过《红楼梦》没？老贾家家大业大不？闺女不一样让人欺负死了？闺女给人家那就是人家的人了。嫁鸡随鸡，嫁狗随狗。"

对方没看过《红楼梦》这本书，就连那部拍摄于八十年代的电视连续剧都是断断续续地看的，数十年来从没有完整地从头看到尾过，所以就被那个高大上的名字给震慑住了。如果她稍微有点儿常识就会有力地对此做出反击：你这么有文化，难道不知道那描写的是封建社会大家庭中的一些烂事儿吗？不知道曹雪芹对那时女性的悲惨命运就已经抱有同情的态度了吗？

但她说不出来这些，内心也知道曹老太说得不对，但不晓得如何反驳，最后只好以"那是别人家的事儿"为由来为自己输掉一局的辩论开脱。更甚至，在她以后的日子里，她自己在遭受到类似的不公平对待的时候，竟也能常常想起曹老太说过的关于贾家千金大小姐被夫家逼迫致死的事儿。她由此想到自己的家庭出身并不能跟贾家相提并论，所以她的受苦、受累、受委屈、被消耗，便显得没那么委屈也没那么不可忍受了。

谁不是如此呢？《红楼梦》里老贾家家大业大不？他家的闺女嫁出去以后一样难逃被摆布甚至被折磨的命运！

这世界有些人认为自己拥有左右他人命运的权力，而另外一些人则认为自己的命运理所应当被操控在他人之手。

身处于食物链的哪一端，那全是命啊！

2

对于曹老太来讲，变数出在儿媳郭迎丽身上。儿媳以入侵者的姿态介入这个家。不，是介入了她和儿子曹伟之间。在此之前，她和儿子曹伟是一对完美的组合。她负责安排儿子的生活饮食起居，儿子负责乖乖听从摆布。儿子从来没有反抗过她。因为儿子知道，自己这个妈不容易，为自己牺牲很多。当年，父亲请调外地常年不回家，是母亲曹老太既当爹又当妈把他拉扯大。调回来的父亲也不太顾家，跟母亲时有冲突，甚至动过手，但母亲因为他选择继续承受与忍耐。他见证了母亲婚姻生活中的种种不容易与隐忍。那时曹伟认为母亲在婚姻里所受的种种委屈都因自己而起，甚至不是由父亲造成的。他由此变得乖巧而顺从，以抵消自己内心的愧疚。

当然他还有一个妹妹，但他自己、母亲、父亲，甚至是妹妹，心里都相当清楚，他们家重男轻女，家里所有的资源一向向他倾斜，妹妹永远是个陪衬。所以妹妹当年虽然考上了护校，但母亲强硬地拦下来没让她念，目的就是把钱省下来，都留给儿子曹伟。

给女孩子投资有什么用呢？吃穿花销在娘家，出力却在婆家，不像儿子，可以再带回来一个劳动力来共同为他们老曹家效力。因而，曹老太的女儿成家前在娘家就已经是外人了，她本以为嫁人后会成为另外一个小家庭的女主人，却万没料到嫁人后婆家人又把自己当成一个入侵者。走到哪里，她都是一个外人。

她从没意识到自己可以做自己，自己可以建立一个独立王国。在那个年代，男女都必要结婚。结婚以后怀了孕，她以为自己可以走母亲曹老太的老路，拥有一个坚强的后盾和铁杆的拥护者——儿子。但万没料到生产时竟然大出血，孩子没保住不说，她从此还丧失了生育能力。对此她来不及伤心，更多的是惶恐，害怕婆家不要她而娘家也不会接收她回去。所以家暴她不在乎，因为错在她，是她不对，谁让她从此后成了一只不会下蛋的母鸡呢？打两下骂两句算什么？丈夫算有良心的了，没有把她踹了再娶。

曹家的日子一直维持在这样一种微妙的平衡里，直到某天曹伟带回来一个叫作郭迎丽的女人。那时曹伟像变了一个人似的，平生第一次对母亲曹老太说了"不"。

　　她说不同意他娶这个女人，但是曹伟非娶不可。

　　两母子目光对视，曹老太第一次从儿子的目光中看到了坚决，不可动摇。害怕失去儿子的曹老太有些心虚地迂回地收回了目光，平生第一次对自己产生了怀疑。这些年的劳动成果就这样拱手让人了吗？如果她再强硬一点儿坚持一下会是什么结果？儿子会不会真的跟她反目、离她而去，会不会心硬地彻底抛弃她再也不跟她来往？

　　她首次想到了"抛弃"这个词儿，这个词儿使她感觉有一些惊心动魄的恐惧以及微微的失落与不安。

　　她沉静下来，无声地对儿子的选择做出了让步。

　　婚后，她也沉寂下来，没有着急反扑。那是她过得最为寂寥的一段时光，当初丈夫长年驻外她都没有这样地寂寥，那时她有一双儿女伴在身旁啊，大的乖顺听话，小的也是如此，他们从来不违逆自己的意思。包括她要求女儿放弃读护校，女儿也只是拿疼痛的眼神望望她，但并没有冲她摇头。

　　诚然，诚然，她自己也承认，世俗意义上，她的一双儿女并没有取得多大成功。他们一无建树，都平凡得要命，但是他们却像是奴隶听从于主人一样地听命于她，完全臣服于她，人们将之称为"孝顺"。儿女对自己孝顺，作为一个母亲，她难道不是成功的吗？旧同事遇到一起难免谈论彼此的子女，当谈论到她的子女时，她看见他们眼睛里流露出的真实羡慕的目光。

"你的两个孩子多么听你的话啊！"

"你有多省心啊！"

每次听了，她都内心骄傲、沾沾自喜，觉得世界已经给了她最大的奖赏。

儿媳和儿子于婚后在五爱出了档口，看她没什么事儿，体力和精力都还有，就把孩子委托给她照料。她几乎想也没想就同意了，她终于找见一个插入小家庭的缝隙。

儿媳对她十分感谢，她不稀罕这种感谢，她需要的是儿子的感谢。所以当儿子下了行过来接孩子，她一定会表现得十分疲惫，将最混乱的局面呈现给儿子看，追着喂孩子饭，直到儿子吼自己的女儿骂她不懂事儿、不知道体谅奶奶，直到儿子在听到妻子偶尔抱怨婆婆时内心生起强烈的不满。

"你知不知道我妈给你带孩子多累？她都多大岁数了？"

曹老太眼泪在眼眶里转，她的那个乖儿子在兜了一圈之后又乖乖地回来了。这时她又重披伪装，继续追着孙女喂她吃饭，但追的过程中却不忘柔声嗔责儿子没有耐性："你们小时候我不也这样吗？忘了？孩子嘛！"

她又成了那个宽容的人。

或者，她选择旁敲侧击，唉声叹气地说："唉！最怕受累了还不落好，也不知道人家迎丽满意不满意。"

"她还有啥不满意的？"儿子暴跳如雷。

曹老太心放下一半，工作还得继续做下去。

有时她会故意在儿子面前讲述前同事某某和某某某，如今退休了，极自私，不给儿女带孩子，只管自己到处去旅游，穿得花里胡哨的可那儿照相。她不慨叹自己这辈子不会过上那样自由自在的生活，她只是单纯地不理解怎会有那样只考虑自己的自私的父母。但她又表现出一丁点儿的羡慕与向往来，使儿子知道自己也是喜欢过那样的生活的。

但为了他，她可以放弃一切。

曹伟准确无误地接收到了母亲传递过来的全部信息，一种无能感和愧疚感苏醒过来，小时跟母亲一起生活的点滴被重新激活，曾经在血液里流淌过的、长大要不遗余力保护母亲不受到任何人伤害的因子也被激活了。

所以他不允许妻子郭迎丽抱怨母亲曹老太，一听就使他觉得特别刺耳，甚至烦躁不安。他几乎是本能地想要对向母亲提出质疑的人直接做出有力的反击，但这个对象却是自己的妻子，因此他又不能将此单纯地诉诸暴力。这使他更加觉得自己无能，而这无能他认为是妻子给他带来的。如果妻子没那么多的事儿呢？如果妻子不那么不知好歹呢？如果妻子能对自己的母亲有一丝一毫的感恩之心、如他一般地恭顺呢？那么他的处境就不会如此左右为难、如此难堪。

他实在不懂自己的妻子，为什么说几句好话就能把老太太哄得团团转、忘乎所以，整个家庭因此就可以皆大欢喜，郭迎丽却不肯照做？他永远不会明白，自己三言两语可以摆平的老太，郭迎丽肝脑涂地也未必能换来将心比心。

这些暗涌从若有若无到了针锋相对的边缘。互相指责从隐晦的暗戳戳变成了对彼此彻头彻尾的憎恨与谩骂。家就变成了一个硝烟弥漫的战场，两个女人用不同的方式向他开炮。当然，都是打着爱的名义，并且将他放在一个裁判者的位置上。他裁判的结果其客观性并不重要，重要的在于，她们都需要这个结果来坚定一点，自己才是对曹伟来说最重要的那个人。这对她们来说意义重大。

曹伟疲于应付。

他甚至有些后悔跟郭迎丽结婚了，贪图了那一时的肉体和精神的愉悦，此后家事的琐碎与婆媳的纷争带走了他所有生活的快感。更何况，他算到穷自己一生也走不出母亲的恩重如山。然而妻子和母亲成了敌对的两个阵营，她们在撕扯着他，仿佛要将他撕成碎片，逼他在她们中间做出选择和了断。

身为儿子、身为丈夫，他似乎无从选择。他左右摇摆，痛苦纠结，想息事宁人，让两边各让一步。然而所做的一切却两边不讨好，一个说他娶了媳妇儿就忘了亲娘，在他面前无限可怜地默默抹眼泪；另外一个则暴跳如雷，看他的眼神充满了怨恨与鄙视，埋怨他既然没有精神准备建设一个属于自己的独立王国，则不必将她拖入婚姻这趟浑水。

"既然我永远都是个外人，既然你离不开你妈，娶我干什么？跟你妈过去！"

他没想过选择母亲、彻底跟妻子了断，也没想过彻底跟母亲亮明态度、划出边界。因他一向是个软弱而又贪婪的人，他享受母亲对他的宽容与没有下限、任他予取予求，但也想向世界展示自己是一个真正的男人，独立而富有创造性。他对于母亲和妻子对他的争夺时而厌恶，但时而也有期待，因这会极大地满足他的骄傲自满与内心的虚荣。

日子就在这一团乱麻中悄悄流逝。直到郭迎丽去广州打货，曹家才重新恢复了往日的宁静。

原本郭迎丽是想让丈夫曹伟过去的，但是曹老太死活不同意儿子去广州，曹伟又不明确地表态。郭迎丽不明白，眼前这个黏黏糊糊、拿不起来又放不下、软弱得像个没长大的孩子一样的男人，她当初到底是如何看上的。

她一赌气孤身一人去了广州。

她也想喘口气，因为家庭内部的纷争也使她疲惫，甚至是对自己产生了深切的怀疑。真是自己太难伺候、不懂满足、没有感恩心？亲戚间远香近臭，所以离开后彼此很可能会觉出对方的好来？她甚至很自以为是地想着，自己一旦离开沈阳到了广州，丈夫会想念她，会向她举白旗，会对她诉说绵绵的思念之情；孩子也会想念她，婆婆会因为搞不定而改变不让儿子去广州的决定。这一招算是欲擒故纵也好，算是置之死地而后生也好，总是要试一试的。

　　但事实上事态的发展却与郭迎丽想象的相差甚远，曹伟、女儿淘淘、曹家老两口，没有了儿媳郭迎丽，这一家四口的小日子过得十分滋润。早上曹伟不起，退了休的老两口负责去开档口，又雇了一个年轻漂亮的服务员卖货。等曹伟上行，老太再回家带孩子，有时也带孩子去档口。孙女淘淘想吃什么，甜食、雪糕、带有过多添加剂和色素的没有安全保证的小零食……她会满足孙女的一切需求，以换取她不去想念自己的妈妈。孩子一旦流露出想念母亲的念头来，她就会悄悄向孙女讲："你妈跟人跑了，再也不回来了，不要你了。"进而威胁："你再哭，我也不要你了，你爸爸也不要你了，所有人都不要你了。"

　　淘淘渐生恐惧，由恐惧知道了自己能够依赖和倚仗的只能是眼前这个面目苍老的妇人。

　　至于曹伟，则更好摆平，他又恢复了作为她儿子时的状态。屋子不收拾，衣服不洗，饭不做，孩子不管，内裤脱下就扔卫生间，散发出一股难闻的腥臭。曹老太一面甜蜜地抱怨，一面替儿子收拾善后，将儿子的四角内裤洗得清爽，上面带了洗衣剂的清香。她缩紧满是皱纹的眼睑，将内裤在阳光下高高举起，阳光透过布料纤维隐约透过来，老太瘪着一张同样布满褶皱的老嘴，幸福地微笑着。

　　而郭迎丽是渐渐体会出这种变化的。她发现丈夫几乎不怎么给她打电话，她不回沈阳，没有人向她发出邀请。她主动打电话回家想跟女儿淘淘套套近乎，淘淘开始不接她的电话了。最开始是刚讲没有两句，曹老太在远处用美食或者动画片诱惑孩子，孩子急匆匆地挂断了电话。再后曹老太全面掌握了通信线路的控制权，不是说孩子这会儿刚睡，就是作业没写完。幼儿园能有多少作业？但她鞭长莫及，也不能发脾气。因为一旦语气不对，婆婆会直接挂断电话，告诫她知道点儿好歹，威胁她如果自己也不管了，那孩子就真成了没人管的野孩子了，不要以为她这个七老八十的老太太有多乐意管她这档子烂事儿。

郭迎丽在电话里吃了瘪，给丈夫打电话。丈夫正享受没有妻子唠叨，没有子女羁绊，还有钱花，有人在外给他打江山的滋润日子，真是半句话都不想同她废。现在他倒旗帜鲜明地完完全全地站在了母亲的一边：对母亲的辛劳做出表彰，为母亲所受的委屈和不被理解平反。母亲是为了什么？还不都是为了他们那个小家？他明目张胆将自己应该担承的担子卸给了母亲，而母亲对此甘之如饴，这种情况下，谁要再把他往火坑里推他不跟谁急才怪。

郭迎丽甚至也通过丈夫给自己做工作而觉出了自己似乎多少是有些过分的。她深刻地反思，结果却不尽如人意，总觉得哪里不对，但究竟哪里不对，又说不上来，只是迫不及待地想回沈阳，看看买卖，再看看女儿，再——看看丈夫？想到丈夫，她甚至是有一些恐惧感的。她想象得到，丈夫如今的立场与态度，跟她是完全地背道而驰了，这个局面已经脱出了她的掌控，就像火车最终还是脱了轨，呼啸着远去。

3

郭迎丽心急如焚地赶回来，上飞机前没跟任何人打招呼。因为一旦打了招呼结果无外有二：婆婆责怪她瞎折腾浪费路费，质问她到底信任不信任自己。之前她曾打电话给丈夫试探，而丈夫跟她说了同样的话："什么也不用你操心不是挺好的吗？回来干什么？也没什么特殊情况。"

"那里是我的家。"

她强调。

"谁也没说不是你的家。"

曹伟表示难以理解。

"我的家我不是什么时候想回就什么时候回吗？"

"好好好，那你回来吧。好像你不在谁把你的家给咋的了似的。"

说罢，曹伟挂断电话。

当郭迎丽风尘仆仆地赶到家，却发现问题比她想象中严重。

公公婆婆冷淡是正常的，但，丈夫也是冷淡的，女儿淘淘也是冷淡的，仿佛她是一团空气，看不见摸不着。她拿出给女儿的礼物，女儿眼神淡漠地扫了一眼，刚刚露出一点点好奇与兴奋，却又谨慎而警惕地回望了一眼自己的奶奶，曹老太脸上反而没有任何表情。

郭迎丽心里清楚，她正经历一种失去。这种失去由来已久，不是从这一刻开始的，她并不确定自己能否重新拥有。

她忍下来，一直忍到晚上，想带女儿回家，但淘淘不肯跟她回去。怎么会这样呢？她回来是为什么？不跟她回家，这也太没有道理了。她好言劝说，妈妈好不容易回来一趟，过两天妈妈又走了。

郭迎丽不知，她不说这话还好，一说立刻触动了淘淘敏感的神经。淘淘已被训练得只能选择一个阵营，而妈妈总之还是会离开的，到那时她还是得倚仗奶奶，不然奶奶就不要她了。

小小的人儿小小的心里埋藏着将要被抛弃的恐惧，具体表现出来就是对总是要离开的妈妈的抗拒。

"我跟奶奶睡。"

灯光很亮，每个人脸上的表情都很复杂。曹老太没有隐藏自己的得意，紧紧地、心肝宝贝儿地抱住了自己的孙女，并且"叭"地亲了一口。得到鼓励后小姑娘的胆子也就更加地大了，黑眼珠闪着坚定的光。

郭迎丽看向自己的丈夫，丈夫曹伟始终不能理解郭迎丽，谁带孩子睡能咋的？他妈愿意带就让她带呗。再说了，她舟车劳顿，不正好消消停停地回家好好休息休息吗？

在曹伟那里没有得到支持，郭迎丽这才真正接受从此后在这个家里她都要陷入孤军作战的局面了。她倔强起来，上前，拽住女儿的细胳膊，将她拽至自己身边。一定是用了力的，还有气愤在里面。但她不知道自己究竟用了多大的力，总之，把女儿给拽疼了。淘淘"哇"一声哭出来，皱起小脸，扎煞着另外一条小膀子，用胳膊而不拿手背去抹流下来的委屈的泪水。

郭迎丽试图抱起女儿，但淘淘就像一条刚被网住的鱼一般拼命地挣扎着，小小的屁股朝后使劲，上身弓起来，奋力跟母亲较劲。

"这是何苦！"曹伟看不过去，上前来试图阻拦，"就让她跟我妈睡呗，天天都跟我妈睡，打你去广州不就这样吗？"

"但现在我回来了。"

她气愤地想，没有说出口。女儿仍旧在哭，哭得她也心乱，怎么会不心疼？但硬板下一张面孔来。

"坏妈妈……"女儿呜呜呜地哭，"我不要你，我要奶奶……"

曹老太扬了扬脸。

"你不是我妈，奶奶是我妈妈。"

淘淘仍旧在哭，抵死不从的架势。

"你走你走，你不是我们老曹家人，我们才是一家人。"

郭迎丽放开淘淘，反而冷静下来，自上而下注视着自己的女儿："谁教你的？"

"小孩儿——啥谁教的？口没遮拦的。"

曹伟听出了火药味儿，认为这是该自己挺身而出的时候了。曹老太因儿子替自己出头而没有作声，大家就这样沉默着，这沉默中充斥了小女孩儿似乎没有止境的哭声。

郭迎丽抬起手掌就是一个巴掌。那是一声脆响，先是吓了她自己一跳，继而是女儿。女儿陌生地、怔愣地望着她，再回头望向自己的奶奶，试图得到一点儿庇护。奶奶干瘪的嘴唇动了动，身子也轻微地晃了晃，但没有过来。

她沉默着被抱起，裹进母亲并不能算是宽厚的怀抱，等她想起来再哭时已经跟着那个女人出了奶奶的家门。

那以后许多年，淘淘在心里并不管郭迎丽叫"妈妈"，而是一直叫"那个女人"。

4

那个女人先是不再回广州了。她走了三年，这三年中只是偶尔回来，每次待不过一周，又会像一只大鸟一样飞走。她总是突然间回来，又突然间走。她走的时候不会正面跟她打招呼，她常常是在享受了一时半刻的母爱后又遍寻不到她。当她遍寻不到她之后，奶奶就会出现。若她流露出些微的对母亲的思念，那个年老的女人就会面露不快将她称为白眼狼，还会恐吓她，说如果下一次她还这么没出息的话，她将永远不会再理睬她，会继她那个恶毒的母亲抛弃她之后再抛弃她一回。

她已被这样反复训练良久。

淘淘从没想过这一次她的母亲郭迎丽决定不走了，她总认为她还是会走，她一定还是会走的，她某一天还会彻底地离开她，将她完整而彻底地抛给奶奶，而且跟此前的无数次离开一样，不会跟她打一个招呼。

如果事情真到那个地步，她不确定奶奶是否还要她。

淘淘不敢跟妈妈睡，也不敢跟妈妈亲。睡了，亲了，如果被奶奶知道，她的命运就变得无常了。

这个自小就被要求站队的孩子是忠诚无比的，她站爷爷、奶奶，站爸爸，倒不是单纯地要选人多的一边，而是有些选择已像种子一样被种了下去。

与妈妈在一起生活后，她发现妈妈不像奶奶。奶奶给她吃糖、甜食、雪糕，吃多少都可以，但是在妈妈那里这些都变成了坚定的"不可以"；奶奶在她哭闹的时候让她看动画片，但是妈妈不让；奶奶让她喝饮料、吃虾条，而妈妈不让，每次只能喝一小口。

无论她怎样闹，妈妈一点儿也不动摇。

这是一个心肠很硬的母亲。稍大一点儿之后，她还怀疑过自己的身世，觉得没一个母亲像她这样跟子女如此讲究原则。除非，真的如同奶奶所说，她不是她亲生的。

郭迎丽始终不苟言笑，她买来纸笔，用她贫乏的知识教育淘淘。笨拙，但是又相当地执拗。

"写一篇数字，写完才可以玩儿。"

"写一篇拼音字母，写完才可以玩儿。"

"写一篇算术……"

她痛恨那些纸和笔，在那些纸与笔的围困中，她失去了自由与快乐。每天她都盼着爸爸回到家中，当然，也盼望奶奶能前来解救她。但是爷爷和奶奶都不来，爸爸也很少回了。

听说奶奶下了行就把爸爸唤走了，奶奶还给爸爸炖了鸡，买了啤酒。有时，爸爸回来一小会儿，但没多长时间，妈妈跟爸爸就会吵起来。妈妈让爸爸洗衣服、买菜、做饭，爸爸不干，两个人狠狠地干了一架又一架。干完了架爸爸离开了，有时一整晚爸爸也不回来。她迷迷糊糊地睡去，醒来，见"那个女人"郭迎丽还没有睡。

但她知道妈妈不会因为父亲不回家而就此向父亲妥协，就像妈妈也不会向自己妥协一样。在她的印象里，妈妈是固执得近乎不讲人情的。也许，只有长大才可以使自己彻底摆脱她的疯狂掌控。

郭迎丽也知道自己的脾气越来越不好，生活似乎完全脱离了轨道。丈夫不着家，买卖也不上心，公公婆婆隔岸观火，孩子不听话。她疲于应付，也只好咬紧了牙关硬挺着，但有时感觉实在难支，变得失去耐性，会对淘淘动粗。说也不听嘛，揍一顿。生活的不顺变为戾气，揍下去常是停不了手。淘淘又倔，不是肯服软的孩子，一个女孩儿，常被郭迎丽揍得鼻青脸肿，有时带伤去上学。

不心疼是假的，揍完了后悔，又不肯在女儿面前低头，只是暗暗地悔。这悔是向内的，一种对自己完全的敌意，也有一些鄙视的成分。她不明白自己是如何将生活过到这种境地的，很悲哀，却又苦苦地撑着，不想让人看笑话。

实际上，她自己倒认为自己的生活早成为一个大笑话了。

夜半了，躺在床上，本来累得想一秒就睡过去，但心里有太多的关于生活下一步、上一步的计算，算来算去反倒清醒，于是睡不着。等到睡着且睡得香又浓，却又到了该起床打拼的时候。她常枯坐在床上两分钟，就那样怔愣着，而后抬起头，干抹一把脸，重重叹一口气，把被子拥在一边，再下地，算是正式起床了。

每天都如此，像是她生活中一个固定了的小仪式一般。

寂静的空气被刚刚起来的她搅动，产生了些微的小小的骚动。等她过去，屋子里的空气又重新归于平静。尘埃在空中飞舞。

她有时期冀能跟丈夫重归于好，也想起那遥远的新婚的时候两个人的感情曾经那样浓密。想到他的好，就想着自己也要退一步。但这一步又总是难退——她是嫁给一个男人呀，不是嫁给一个任性的长不大的孩子。他希望她郭迎丽成为什么？他的另外一个母亲？

想一想，自己都觉出恶心来。

就觉得算了。

算了，他别逼我，我也别逼他。维持这样一种微妙的平衡，走到哪儿算到哪儿吧。

她曾给自己的人生做出过许多规划，却没想到有一日会苟且到这种地步，她竟然要过过一天算一天的日子。

5

最让她感到棘手的仍旧是女儿。淘淘越大越不好管，小学是初现端倪，初中则变本加厉。而她与曹伟的婚姻也终于走到尽头，算是和平分手。但她没有跟女儿说，因她正面临中考。要考高中，也算人生中一件大事了。

淘淘早习惯了父亲的不归，竟真没往那方面想。后来她得知这一消息，觉得自己是被父亲也抛弃了的。而父亲之所以会抛弃她，就是因为母亲对她死也不肯撒手。于是更加憎恨母亲。

两母女是整天地打。打得发了急，淘淘放开长腿就跑。郭迎丽急，在后面追，却追不上了。远远地看着女儿跑去的背影，不是没想过放弃，但身为一个成年人她太知道，其实女儿是只有她的。如果她也放手，那么女儿的命运或许只有一种可能——滑向无尽的向下的深渊。

郭迎丽痛苦难过地跌坐在地上，感觉到自己的失败。那失败像一只小虫，咬她的心尖，咬完一口又一口，没完没了，发誓一定要啃光了她一颗心一样。

日子是这样地不容易，怎么原先竟一点儿也没觉得过？到底还是年轻啊，连结婚这等大事都那样草率。由此她又生出恐惧来。淘淘越出落越有大姑娘的样子，不好好学习的话，就该琢磨歪门邪道了。

搞对象是最使她头疼的问题，若女儿认识个不三不四的小青年，也许一辈子也像她一样，或者，还不如她。于是愈发管得紧。淘淘呢，愈发不服管。

一次两人又起冲突，淘淘一走一天，到晚上还不见回来。开始郭迎丽还端着，料想她像前次一样到最后还是要乖乖回来的。

这一天她做什么都六神无主，但管着自己不去寻找女儿。这一天她度日如年，但脚刚迈出去心又把脚给劝住。这一日她如坐针毡，但站起来又重新坐回去。

夜幕降临，天黑了，街灯亮起来，她是再也坐不住了，招呼几个好朋友，撒开了网大海捞针一样地寻找。风在黑夜里荡啊，发出呜呜咽咽的声音，像一种哭，带着某种不祥的预兆。她感觉汗毛直立，希望与绝望交替上升与回旋，心正经受一种前所未有的熬煎，使她一次次产生想一把将自己撕碎的冲动。

最后淘淘还是将电话打给了父亲曹伟。在五里河河边，郭迎丽他们比曹伟先一步到达找到了淘淘。淘淘的一只鞋子湿掉了，她想过投河，找了个没人的地方涉了水，但终究恐惧占据了上风，又重新回到岸边。

她很冷，已被冻得够呛。被找到时，她几乎要冻僵了，手背现出白色的干燥的纹路，被风吹了很久，摸上去像在外面搁了一些年月的矿石，受尽大自然的雨打风吹。

淘淘没想到会率先见到母亲。见到了母亲，她神色又开始戒备起来，一方面她是提防着母亲突然发难，另一方面也提防着母亲突然亲近。两种情况都既在她预料之内，又都不在她计划之中。两种情况她都期待同时又都抗拒。因为前者可以减轻她荒唐的做法给自己带来的羞愧，而后者又使她觉得双方都很做作。

好在郭迎丽什么也没说，但坏在父亲曹伟同样什么也没说。她曾经幻想爷爷奶奶可能也会一齐过来，毕竟这是一桩大事。但是他们没有来，一切都显得过于平静。她随后想到他们的并未出现或许不是因为不关心她，而是碍于妈妈。

母亲郭迎丽，是一名永不妥协的战士。

他们不愿意跟她产生正面冲突，所以不出面，而不是不关心她、不爱她、不在乎她。

在淘淘的想象中，她的爷爷、奶奶此际正在家中坐立不宁，备受煎熬，状若困兽。

她从未想过他们会幸灾乐祸，甚至以此作为攻击郭迎丽的把柄。

"她不是能吗？不是不用我带吗？看她把孩子管成啥样？！还不如我呢！"

最笨的骗子，是不遗余力地欺骗自己。

6

到了家，曹伟在门口，没进来，说没事儿自己该走了，仿佛今晚有太多重要的公事急等他去处理。淘淘多么失望，她看一眼父亲，父亲却回避了她的眼神。她发现他一直在回避，仿佛这世界强硬地塞给他太多他不愿去面对的东西。

她并不认为这是一种懦弱与逃避，反而对他生起一种同病相怜来。在另外一方面，她是羡慕他的，毕竟他成熟到有资格对抗一种不愿意去面对的情形。他可以选择离开。但是她不能够。为什么不带她走呢？她不明白。从前他们没有离婚她可以理解，但后来他们分明是分了手，父亲却仍旧将她抛给他们任何一个人都不愿意面对的母亲。

她常想，父亲在外面站稳了脚就会来接她，爷爷、奶奶在他们离婚以后也会来争抢她的抚养权。他们都姓曹，跟她是一个曹，一笔写不出两个曹字。而那个女人姓郭，他们从小就教导她，他们跟她不是一个姓，她是外人，他们才是一家人。

她盼望一家团圆的日子。她用尽了一切的手段与办法，她用叛逆去对抗母亲，她放逐自己，就是想让所有的曹家人看一看，她这个曹姓的姑娘在郭迎丽这里并不存在任何健康茁壮成长的可能。

她早就被要求站过队了，她有忠心，她用了最为极端的方式表现自己的忠诚。但似乎曹家所有人都认为她做得还不够，还不到火候。他们看不到她。

频频传到他们耳中的关于她的消息都泥牛入海，她得不到一丁点儿的反馈。

唯一的反馈出现在母亲郭迎丽身上，她沉默，也哭泣，哀求，也暴戾，长了过多的皱纹和白头发。她看着那个将要被自己折磨疯狂的女人，内心是木的。她不敢对她有同情，也不敢对自己有憎恨。她的生活过得小心翼翼，如同刀口舔血，刺激的同时连她自己也意识到是危机四伏、杀机四起的。

这个想法使她不由得战栗，她有一些迷惑，首次产生怀疑，不知究竟是这世界、是母亲、是自己，还是所谓的曹家人，想将自己置于死地。

她是想不出结果的，她甚至不想使自己陷入这种没有答案，或者答案极其可怖的问题中去。她唯一清楚的是，整个青春期，她的能量与精力没被自己浪费一分一毫。

某天，小姑娘得了空闲，不知不觉，竟来到爷爷奶奶家的旧楼前。她站在那里如此渺小又如此地慌乱，甚至来不及发现周遭那一片已经发生太多的改变。

其实一切都变化了，只有她固执地不去承认和接受。在那一刻，她仍旧不愿承认那些变化。十几年的光阴仿佛从来没有一分一秒地过去，她驻足在从前的旧光阴中，等待一个没有结果的结果。

这种固执，实际上是像极了她的母亲郭迎丽的。

淘淘呼吸急促，自己能够听清楚心脏在胸腔里跃动的声音。纤细的小腿却忽然间被谁加诸了不小的分量，沉重异常，或者，单纯就是没有勇气抬起来？

但是一切都近在咫尺了，她甚至后悔没有早一点儿迈出这一步来。

山不过来，我就过去。

她早就该过去的。

楼上传来有人下楼的声音，"咚咚咚"的，孔武有力。不知道怎么她就害怕了，触电一样缩回腿，转过身，急慌慌地逃跑了。

那天阳光很盛，没什么能遮挡住它。所以它肆无忌惮，一点点彷徨和犹豫都没有。

淘淘伸出手，捂了自己的脸，又捂了自己的额头，是滚烫的热，热得使自己看起来像个异类，全街道上的人似乎都在注视着她。她本能地想逃，又极其本能地想做出不屑一顾、满不在乎的样子。

她不看任何人，但是脚步是僵硬的，腿窝都不会打弯了，看起来像个木偶。她极其艰难地走进了那沿街的一间便利店，里面空调的沁凉使她慌慌的心律齐整不少，但她仍旧激动得想哭。

她忍住泪，将目光专注于货架上的商品，也不知要买些什么，但是一定要买些什么。也许潜意识里，她并不认为自己的认祖归宗对于他们来说就是最好的礼物。

但是口袋里面的钱是有限的，她挑选了两箱牛奶，很有分量，尤其由单薄的她来拎起，一手一箱，便显得有些郑重其事地壮观。

她对此很满意，付了钱。付钱的时候意识到那是母亲给自己的零用钱，而她却用这钱来讨好爷爷奶奶和父亲。

"讨好"这两个字不期而然跳进她的脑海，也很使她吓了一大跳。她不去想这些，拎了牛奶。这一次有了牛奶壮胆，她"噔噔噔"一鼓作气径直就上楼了。

敲门。门打开了，门口露出一张狐疑的苍老的面孔。她们彼此都有些疑惑地互相打量，再自心底里确认自己的猜测，然后恍然大悟般地不知所措。

有六十秒，彼此都没有话说。间隔了那短暂又漫长的六十秒，她才被客气而夸张地让了进去。曹老太的意外不加掩饰，但还强自镇定着。最重要的是，她不明白小丫头所来为何，这增加了这一次会面的不确定性，她由此而有些犹豫，不知该拿出哪一种态度来对待多年不见的孙女。到底是有了那么长时间的间隔，彼此都摸不太清楚对方的路数了。万一这是找麻烦的前奏呢？她势必要表现得淡漠一些才算明智。毕竟某某家的孙女也不好好学习变成了小太妹，整天无所事事，靠搜刮爷爷奶奶的那些退休金度日。

短暂的静默过后居然还是无话可说，戒备与疏离又被表现得太过明显。淘淘曾臆想过无数次的抱头痛哭没有出现，两箱牛奶还很可笑地被她拎在手中，一左一右，像两大金刚护法。

奶奶并未提醒她，而是转身给儿子曹伟打了一个电话。她生出希望来，以为是报告喜讯。不想奶奶压低声音，腔调倒有一些鬼祟。

"你姑娘来了。"她说的是"你"。

"她来干什么？"他说的是"她"。

至此，她觉出自己的唐突来。也不对，似有一点儿冒犯的意味的。

父亲很快就回来了，连她打电话给他，告诉他自己不想再活下去了，他也并没有这样快地出现。她顺便搜索了自己从前的记忆，自从与母亲郭迎丽生活在一起，她其实企盼过无数次爷爷、奶奶、父亲可以出现在课间，出现在操场之外学校围墙的护栏边的。

但是没有，一次也没有。

7

在郭迎丽看来，淘淘多余的青春荷尔蒙终于燃烧殆尽。淘淘不再跟她正面对抗，大多数时候沉默。她总是在看书，要不就是在学习。学得不好会发脾气，将书一把抛出去老远。书与地板撞击发出痛苦的呻吟，没多一会儿，她又自觉将书本捡拾回去，重新对其发起一轮进攻。

这改变使郭迎丽感觉猝不及防，很想知道原因，但她及时阻止了自己那该死的、愚蠢的好奇心。任这种情况发展下去吧，她对自己说，不许人为地将其打破。

"噢，原来有些成长真就在一夜之间。"

她有些欣慰。

淘淘却不去想这些。太多的想法使她陷入痛苦与不知所措，学习成为她的避风港。学习的间歇她偶尔也会出神，想到人类之爱何其复杂，父亲与他的母亲早已生成一种共生的畸形关系而不自知。奶奶相当普通却有着极强的掌控欲望，当掌控的触角无法伸向世界，她只能伸向比自己还要弱小的儿子。她一生盼其成龙，然而亲手将其阉割。母亲这么多年一直在对抗与妥协之间苦苦挣扎，她对自我不是没有过怀疑的。而自己呢？多年来与母亲鱼死网破的斗争显然没有丝毫意义。她看得出那个身体上长大多年的淘淘始终停留在时光最深处：西瓜头，黑眼珠，她渴望被爱与被接纳，害怕被抛弃。她也不是真的有多么恨与抗拒母亲，她对她全部的抗拒，建立在她认为母亲始终还是会抛下她、离开她的认知里。

原来许多爱没有那么爱，许多恨也没有那么恨。

而她，并不必须属于谁。如果自己谁也不属于，也就实在并无必要害怕被谁抛弃。

淘淘考上大学，我们去参加了升学宴。对郭迎丽的恭喜是这样的：你熬出头了。

郭迎丽笑笑，眼里泛出泪光。一秒回望，一秒又收住了回望。何必去回望啊。人要向前看，谁都是！

拯救婚姻的常五

1

常五全名为常五月，阴历五月份生人。幼年家贫，孩子多，父母均为农民，没文化，不想也没有那个能力花大心思给她取名字，上户口时随口报出五月，她便因此得名。家里人因方便顺嘴，后来不叫她五月，叫她常五。

常五细瘦且高，锁骨毕现，瓜子脸，杏仁眼黑白分明。面部五官搭配颇为清淡，唯眉毛独树一帜，黑且浓，于是她常用一柄浅蓝色眉刀刮啊刮、修啊修，将眉修得跟一枚月牙般又细又好看。

丈夫王贵海，圆脸圆眼也有对浓黑的眉，长得一表人才，只个头较矮，差那么点儿意思。分别站在两处，男方也当得仪表堂堂，只是千万不要站在一起，那样的话画风便陡转直下，令人有些不好意思形容。

2004、2005年，王贵海和常五月在五爱街的买卖做得旺，也是那时王贵海开始迷恋上搞破鞋。常五发现后却没哭没闹，更多的是疑惑，不知道对方到底看上了自己丈夫哪一点。"他又矬，且抠。"据说避孕的工具都由女方买单。

一开始常五月十分有信心地以为王贵海搞破鞋不过是个偶发事件，直到这变为一种常态，常五月多少就有些崩溃。如果不去抓奸，显见得她对那段婚姻、对丈夫王贵海以及她这原配的身份没有足够的重视。于是，常五月抽丝剥茧地捉奸，王贵海乐此不疲地偷人。

常五月在抓奸现场痛哭流涕地喊打喊杀，不同的陌生的女人裹着床单打车就跑了，丈夫王贵海光着屁股死死抱住要追出去的、失控的妻子，求常五月再给他一次机会。

每场闹剧均以常五月报警而告终，她对每一位出警的警察说抓到了丈夫嫖娼。

警察到现场后无一例外地首先询问："娼呢？"

常五月则不无沮丧地说："刚跑。"

心知肚明的警察又转过头来询问王贵海："你给钱没？"

王贵海眨巴眨巴眼睛，反应相当迅速，很无辜地对不愿多管闲事的警察说："我们那是你情我愿，她愿意，给什么钱啊？"

警察于是又转过头来对着泪流满面、愤愤不平的常五月说："你老头儿这算是婚外恋，俗称搞破鞋。没有交易不能算嫖娼，他这是道德人品败坏，这个警察可管不了。"

常五月不依不饶，问他们究竟能管些什么。警察倒很有耐心，不但解释了什么归他们管，还劝了常五月，在这个问题上作为妻子的她可一定要想开。

怎么样才能想开呢？常五月不得要领。但她非常清楚地知道自己发自内心地厌倦这种游戏。她不喜欢看一对成年男女光不出溜地、毫不保留地、寡廉鲜耻地交媾，那些苍白而松垮的肉体在灯光下并不显得生动。

她为之而感觉到恶心，其实是真想吐呀。

2

如果问题不出在王贵海身上，那么问题是否出在自己身上？

困惑的常五月试图调整自己，她开始跟自己较劲，每天都面壁思过兼进行深刻的自我反省，她从指责丈夫和跟丈夫在外面鬼混的女人转变到指责自己。她觉得是自己不够好才让丈夫出去偷腥的。

长得不好？身材不好？

"是吧？我太瘦了，没有胸。"

她低下头看着自己干瘪的胸，更多时候倒像是在自问自答。"那玩意儿有风险没？我想去隆胸。"

众人瞅瞅她单薄锁骨下一根根凸起的胸骨感觉莫名其妙，有人用指头轻轻戳了戳她干瘪稻谷一样的胸笑道："在这里面填点儿硅胶就能挽救婚姻，让王贵海不出去搞破鞋？那些整形医院就是你们这样的娘儿们养活的。他跟你结婚的时候你胸不就这么大？"

她发光的眼神瞬间变得黯淡，小声嘀咕："也是啊。"

但没多久，她真把胸脯隆了起来。

然而挺拔的胸部却并未给她错漏百出的婚姻提供太实际的帮助，丈夫王贵海依然故我，像发情的公狗，见谁都想上。常五月怔愣地坐在档口，内心感叹那笔隆胸的钱算是白花了。没隔几天，她又做了手术取出假体。

她不停地折腾，整日心都是不安的。如果再没有那些根本就没有意义的、毫无目标的折腾，她不知道自己还能不能过下去。晚上，她一个人孤零零地躺在因为缺了一个人而显得空旷的双人床上，无法入睡，从一数到一万，再从一万倒数回到一。她脑海里仍旧是那些捉奸的场面以及白花花的相互撞击的肉体，王贵海的喘息声与女人受了欢愉的叹息声一齐闯进自己的知觉，那样清晰，又那样地不受控制。

她翻个身，那一男一女叠加的身影就会有韵律地起伏出现在她侧边。她转过来，他们又出现在这一边。她仰面躺着，他们又鬼使神差地出现在天花板。

她瞪大了眼睛不敢睡。

她很快就瘦了，被痛苦、愤怒与无奈折磨得脱了形。所有人都看见了她在受折磨，只有王贵海看不见。或者说，不，他也看见了，他甚至对此是有一些兴奋的。有一个女人可以为自己欲生不得欲死不能，在他看来，这是一种天大的荣耀与本领，是一种超过了生理感观享受的另外一种享受，他体验到了一种前所未有的快乐并且深深地乐在其中，他丝毫不将她因此而受到的伤害与痛苦放在眼里，甚至内心里巴不得她更加痛苦。

这痛苦于他来说更像是一种变相的鼓励与肯定。于是他更加卖力地出轨，结识各色女人，在与她们交媾的重要时刻脑补妻子常五月的坐立不安。这样，许对他来讲只是平常的甚至是有些寡淡的女人，也立时三刻变得活色生香起来，他由不得自己不亢奋。

他不停地给她以刺激，甚至不再屑于去毁灭那些鲜活的、明显的、带一点挑衅意味的证据。他以一个高高在上的姿态，有些变态地欣赏着妻子常五月那因痛苦而扭抽、但又强迫自己镇定或忽视、妥协的神情。

他跟行里很多男人都是同道中人，阿成说，什么是好哥们儿？一起嫖过娼。

常五月终日在悲愤交加里度过。能想的办法她都想过了，但是不见他回头，她不知道自己的痛苦与在乎其实在他们的婚姻里是起了相反的作用的。

她像花一样委顿。她甚至听信了一个网友的胡言乱语，花几百块钱请了一个做工粗糙、看起来就很廉价的小狐狸挂饰。她以为这样就可以狐狸精上身，使自己身上也增添一些狐媚的手段来留住自己的男人。

为了能留住王贵海，她是什么方法都愿意去尝试的。

3

这一天便又来了这样的一个机会，五爱街里一个女性朋友去参加一个法会。那个把一句"有佛法就会有办法"挂在嘴边的女人认为，西藏来的高僧或许会为常五月解决婚姻上遇到的难题。

五月没有半点怀疑和犹豫，她几乎是机械地犹如抓住了另外一根救命稻草一样随那人去了法会现场。

去之前，她还是精心地装扮了一下自己的。毕竟要接触陌生人，她害怕被人一眼就望穿自己的失意。于是她选了一件藏蓝色薄灰呢子大衣，里面套了一件长袖白色针织毛衫，穿了一条低腰浅蓝色的牛仔裤。犹豫再三，她还是选了一双穿起来并不会让人感觉到舒适的黑色高跟鞋。大衣板型很正，上面收身，到腰极细，自腰以下又一点一点扩开，扩成一个圆圆的宽下摆。她个子本就不矮，这样的衣服穿起来把她整个人线条拉得更长，显得她愈发苗条而又高挑。

她很久没有仔细端详过自己了，于是在镜子前伫立良久，却始终也没想明白，到底哪里出现了问题才使得她的老公愿意去向外他求。所有能够寻找的原因都被她寻找过了，她有生以来从未如此这般像用显微镜一样仔细观察和剖析过自己。实际上她是有一些绝望的，如今的自己，就像是一具行尸走肉。她知道她其实已经永远地失去了王贵海，也永远地失去了婚姻与快乐。她认为再也不会有任何一件事情能使她重新焕发生机，但为什么还要乐此不疲地去寻找解决的办法呢？其实她只是想把自己空闲的时间全部填满，她用忙碌去对抗痛苦。所以从严格意义上说，常五月并未对法会抱有任何幻想。

这下，她们来到了法会现场。现场早已经被布置过了，楼下用来展览货品的展台被抬上二楼办公区，办公区被腾出一小块区域，地上摆着"卍"字形的酥油灯，还没有点燃，周围饰以鲜花，香水百合的香味一阵阵飘过来，那幽香沁人心脾。

展台用黄色布幔包裹着，上面安放佛像，佛像周围有一些她叫不上名字的法器。

据说西藏的高僧还没有到。她们很是无聊地跟主人闲扯了两句，女主人热情得过分，所有的动作都略显夸张。常五月知道这带有属地热情的成分，她其实是一个十分敏感的女人，从小就很懂得领情的，于是也十分认真地回馈与恭维，一点儿也没显出来应付的意味。

宾主聊得甚欢的时候下面有人上来报告，说是上师已经到达了门口。屋子里的人纷纷离座起来迎接。她也有些被这紧张而严肃的情绪给感染了，心竟不由自主地悸动起来，"怦怦怦"地乱跳，仿佛生命中一个非常重要的时刻即将来到。

她强自镇定地跟朋友站到一处，在队伍的最末端。眼见着从铺了红色地毡的楼梯上冒出两顶僧帽，那帽子的形状她从未见过，黄色的，四周紧贴头颅，而沿前额向上却有一个像铲子一样的装饰斜着立起。两位僧人因楼梯窄狭而一前一后，面色异于东北人，大约是因为长期与紫外线接触，那种黑，是一种带有原始野性的黑。

常五月并没有将目光失礼地定格在两人的五官上，她及时地收回了自己的目光，柔顺地低垂下上眼睑，平和地注视着地面。但是后面上来的那个年轻的僧人裸露在外的古铜色的半边臂膀还是停留在了她的脑海里。因她是第一次见到这种装束，也是第一次在还没有供暖的北方的早冬——阴寒得使每个人都瑟瑟发抖的季节，看到这样的装束，便不由得在心里发出没有解答的疑问："他不冷吗？"

于是常五月又抬了一下眼皮，目光正好与那年轻的小僧在半空中狭路相逢。他朝她看了一眼，她也朝他看了一眼。他就对她微微笑了一下，还打了一个揖手。她不知道应该怎样回应，于是也有样学样地跟着还了一个揖手。因为是第一次做这个动作，多少有些放不开，所以动作便有点儿僵硬。她看到他又笑了一下，这一次的笑是比上一次的幅度还要大一些的。

4

僧人们被众星捧月一般拥进了里间主人宽大的办公室。众人分宾主落座，但因为人多，屋子里几乎没有下脚的地方了。两人坐在上位，跟主人聊了些近况，又聊一些佛法。她几度想插进去询问自己的问题，想看看他们有没有解决的办法，但几次也没有开口。人太多了，她还不习惯在大庭广众之下暴露自己的隐私。于是她沉默着立在一边专心致志地想着自己的心事，她完全没有想到，在人群中有另外一个不由自主的眼神不时从她脸上轻轻扫过。

他似乎也在疑惑，这个女人如此美丽又如此地忧愁，这个女人如此不安又如此地娴静，这个女人如此……直到那个是他叔叔也是他师父的僧人开口请他到外面去打点，他才轻轻地退了出去。

因为她是立在门边的，所以他在退出的时候经过了她的身边。经过她身边时他的脚步是有一些迟疑的，那时他还在想，众生皆苦，这位女施主的苦逃不开爱恨情仇与悲欢离合，唯有佛法才可以度化，让她在此生有一个究竟的解脱，只是她自己还不知道罢了。

他对她生出了一些怜悯来，在还没有完全了解她的情况下，他就已经对她生出一些怜悯来了。

使他没有想到的是，她也跟着他一并走出了办公室。她走路轻轻的，是踮起脚的，他专心想着她可能会有的心事，所以未加注意。回过头来时，他们两个险些就碰到了一起。他脸一下子就红了。

对他来说，他有戒律。比丘的戒律有二百多条，其中一条是不得近女色。他没有与女性施主近距离接触的经历，单独在一个空间里也不行。但他闻到了她身上的女性气息，有点儿香，又带点儿甜。这令他不觉为之一荡，但他很快稳住了自己。

至于他对她略多的一些关注，他将之解释为对众生的慈悲。同体大悲。在佛的眼睛里，男人女人都是众生，而众生皆苦。更何况他学过佛的不净观，他曾经不止一次如此这般地观照，长期反复修习使他深谙那些套路了。

于是他退了一步，脑海里按修习的层次首先将她幻化为一具腐尸，腐尸化为脓血，她又成为一具不具性别辨识度的白骨，自那白骨中生出白色的令人恶心的蛆虫，无数的毒虫穿梭其中。他觉得自己的心安静了下来。脸上的红晕因其肤色是不易被人察觉的，所以也并未引起常五月的注意。

常五月也向后退了一步。他个子高大，肩膀又那样宽阔，他的手臂一看就充满了力量。她忽然觉得自己像个小女孩儿一样站在他面前，有些手足无措。她也莫名其妙，为什么自己会跟着出来。也许是里面人太多了，她只是想出来透口气？也许是她认为，这一对僧人她跟谁去讨要解救婚姻的药方都是一样的？

两人之间倒有短暂的沉默，常五月都想再逃回去了，但是脚却并没有动。

"要不，你帮我点酥油灯吧。"

他打破沉默，伸手递给她一只红色的透明的塑料打火机。

噢，塑料打火机。

她本能地伸手接过去，手指碰到他的手指。他惊讶于她的手指冰凉，她惊讶于他的手指火热。他裸露一条臂膀，手竟还那样热。他们朝酥油灯阵走了过去，点灯的时候她开始向他倾诉她的烦恼。

"我老公跟人跑了，我为他做了很多事，甚至去隆了胸。我不知道怎样才能挽回他，我很想念他，想念从前，想回到从前。"

他点灯的手停顿了一下，想到了她的胸。他管住自己，并没有使自己朝她的胸脯上看。但再点灯时，烧着了手。他的手哆嗦了一下，不过因为自小生长的环境粗放，他觉得那并不算得了什么，所以打火机没有脱手。点燃的酥油灯闪着灯花，漂亮地映进他们的眼眸，小小的灯芯散发的热量一旦集中起来，也炙烤得两人脸皮有烧灼感。

"你们有办法吗？比如符什么的。"

显然，她并不知道僧与道之间的区别，但是她自小是相信超自然力量的。农村里有太多关于神鬼的传说，虽然不辨真假，但毕竟过早地根植在她心里过，打下了印记。

那个叫小罗的僧人保持着沉默，他毕业于四川成都某佛学院，老家在马尔康，三岁就出家了。在佛学院时他们也出去打篮球，跟在世间的年轻汉子一起。熟识以后他们会问他一些尴尬的问题，比如说，如果这辈子没有品尝过男女之事，你们不想吗？

当时他对这个问题是嗤之以鼻的，甚至认为肉体上的渴望是无须经过特殊的克制的。

"这不是很平常的事情吗？"他反驳的声音似乎就在昨天。他仍旧记得，他回答之后对方露出了略嫌猥琐的笑容。那时他在心底里甚至是同情那个向他发问的年轻男人的。他那样年轻，就被欲望驱使，在以后漫长的一生中，他将永无止息地同他的欲望做没有止境的斗争。

而他心如止水。

他有佛。

5

他的佛呢?

他在找寻心中的佛。

一回头，常五月仍旧仰着头充满期待地看着他。他的目光瞬间就退缩了，然而在退缩之前，他看到了她的胸部。那里只有小小的起伏，隔着衣服的包裹，像未经发育。但是她线条十分美好，有一种清新的单薄的美。

心就一动。

欲念像毒蛇啊，那使他产生深深的罪恶感。

就很想躲开她。

最后一盏酥油灯点完了，他劝了她两句，具体劝了些什么自己都有些模糊不清了，只记得是劝了的。之后人群从办公室里涌出来，法会就要开始了。

他控制着自己的目光保持平和，但又总忍不住向她投去看似不经意的一瞥。念经的时候他看见她哭了，所有人都虔诚地闭着眼睛在祈祷着自己的希冀。而她，在为另外一个男人流眼泪。

那是他生平首次体会到痛心，原来痛心是那样的。不由自主的，无法形容的，不可抑制的。众生多么可怜啊，她是多么可怜啊，因她一直在痛心啊。

法会结束后，主家做东请大家吃饭，她被安排在他身边。有一些人朝他索要微信，她没有要，也不知是不想要还是怎样。加了一圈的微信，他鬼使神差地将手机主动递给了她。手机屏幕上有他的微信二维码，他心跳得很厉害，怕被拒绝，那会使他觉得尴尬。但她只是回过神来一样先是眼神一惊，然后看了他一眼，之后就掏出手机扫了他的二维码。

常五月看着他的微信名，这才得知他叫小罗。她问他，你叫小罗？

他点点头，拿回了手机。

"那我就叫大罗。"她笑了。

这源于东北一个十分令人莫名其妙的念头：如果对方叫小，自己可以叫大，这样可在无形中获得比对方高的辈分。成为对方的长辈是北方人的一个执念，所以小时的他们，尤其是男孩子们，会执着于被别人称为"爹"，仿佛占了莫大的便宜。

王贵海小时就喊过别人"爹"，因他自小发育并不迅猛，个头也不压众，就有人高马大的男孩儿欺负他，让他叫那个跟他同岁或者只比他大一两岁的孩子为"爹"。

常五月忽地想起这个隐喻，由小及大，直接开口说出像是玩笑。

小罗很宽厚，或者真不明白这中间有什么弯弯绕绕，就很乖顺地叫了她一声"大罗"。之后，他又加了一句："从此以后，我叫你作大罗了？"

6

小罗叔侄在当地停留了一晚，次日早由小罗驾车返回四川成都。小罗在成都有落脚点。

临行前，他犹豫再三，并没有给常五月发微信告知。其他新结识的沈阳的信众给他发过来微信，向他问候扎西德勒，祝他们一路顺风。

叔叔已经四十多岁了，也是自小出家，目光很定，生活也十分规律，拥有很多信众。叔叔曾经是他的榜样。两人已经收拾停当了，薄薄的晨曦中，小罗抬起眼来，看见叔叔被晨光笼罩。小罗认为自己不跟常五月告别是对的。他要当叔叔那样的僧人。小罗坐上了汽车的驾驶位，摸到了方向盘，一给油门，驾驭的感觉回来了。驾驶是有快感的，他想起自己驾车去往五明佛学院的经历，沿途净是悬崖峭壁，直上直下地陡峭，稍不留神车跟人就会葬身石砾间，那吓退了多少汉人司机。莫说司机，乘客一个个都脸色煞白，偏过脸不敢朝窗外看。

可常五月单薄的身影却如鬼魅般出没于东北早晨的薄雾中。

他有些丧气地发动了车子。

这一路注定是寂寞的，叔叔也不善言谈。对于自小出家的他们来说，口业也是业，身口意三门要守住，不能造下下地狱的根，这是佛门对弟子的训诫。他也一直严于坚守。

然而每至停车之地，他都要拿起手机看有谁给他发了微信。但收到的每一条微信他都没有回，因为实在没有要紧的事儿。而下一次休息时，他还是要第一时间把手机拿出来。他终于意识到自己其实只是在等一个人的微信，一个刚刚认识数小时、于他来说基本算是陌生女人的微信。他点开她的头像，看着空白的对话框出神。他甚至想把她删掉，他的手指都点到了删除键，但又放弃了。

沿途的风景不单纯是风景了。他路过的每一棵草，每一棵树，每一片田野，每一处房屋，每一个在他从前认知里的无情生命，此时仿佛都具有了特殊的含义与感情。它们像都在诉说，诉说思念，也诉说烦恼。他像是听得见、听得懂。这使他觉得困扰。

他，开始有了属于自己的心事吗？但，谁来听他的心事呢？他的心事是不能对别人说的。

车奔驰在高速公路上，行至一半，他们休息，他再一次掏出手机，主动给她发去了信息。发完了信息后他像触电般将手机扔出去很远，他害怕她给自己回信息，也害怕她不回。两样都使他恐惧。他终于可以体会到那种痛苦，简直是痛不欲生，简直是生不如死。

想了想，他又把手机抓回放在自己手边。他像做了贼一样，同时还担忧着被叔叔看到她给自己回信息。其实给自己发信息的女信众不是没有，但他单就害怕叔叔看到来自她的信息。

他是焦灼了，火像从里面开始燃起，燎灼着他。他首次感觉到自己生命的荒芜，像一大片滩涂，寸草不生。他开始质疑，这使他更为惊惧。他不应该质疑的，那是从小打进他生命里的烙印，烙铁一样，不是烙在他皮肤表面，而是烙在他骨骼、血液里的。

他想起也曾经有老家马尔康的姑娘向他投来有特殊含义的目光，那时他是毫不费力地抵抗住的。怎么这一回如此不同呢？他不能够理解自己，不能够原谅自己。

然而当收到来自常五月的信息时，他对着那信息痴迷了，他不假思索地回复了。想见她的渴望变得迫切，他恨不得生出翅膀，一瞬再飞回到她身边。几度，他甚至想掉过头去驰车重回沈阳，回沈阳干什么不重要，但是一定要回去。千刀万剐、披星戴月也要回去。

他努力克制自己，但越克制，那种渴望却越是强烈。他觉得自己几乎被烧灼得要成为一具干尸了，他内心十分清楚可能自己再也无法忍受清规戒律的生活了。

他对自己太绝望了。

他只有加速地向前驶去。

7

小罗十分清楚自己发生了什么，他不能阻止那件事情的发生，他没有那种力量可以阻止。于是，他很自然地任那件事情发生了。

在他们认识半年以后，他给她发了一条微信。常五月看着微信，有些不敢相信自己的眼睛，她知道他的身份，这个身份……她站起来，忽然间发现，她已经很久没有关注过王贵海了。

他现在的女人是谁？她毫不关心。

他到底还是解决掉了她的痛苦，只是用了另外一种使她更为痛苦的方式。但是这种甜蜜的痛苦使她内心久违地激荡，渴望伸出触角，一个模糊的身影变得越来越清晰。欲望进入了轮回，声音、彼此的触碰，甚至是电话里的对话都使他们觉得对方于自己来讲太过性感。

大胆的用词出现了，这常使双方感觉火烧火燎，恨不能下一秒就见到彼此。事情朝着他们无法控制的方向前进，他们不管前面是火坑还是地狱了。

他们终于谈到了离婚，也谈到了还俗，种种世俗层面的东西被摆在桌面上了，然而竟不能吓退他和她。

他们清晰地意识到，事儿大了。

小罗不想使自己冷静下来，他觉得自己像一艘偏离了航道的船，不可能再准确地回航了。风把他送到了命运事先为他安排好的地点，他是别无选择的，只在于如何对身边、尤其是对家里人交代。

在马尔康，出家为僧是一种荣耀。中途因为女人还俗的先例不是没有，但从此后恐怕再也无法在乡亲面前抬起头来。尤其是母亲，想到她沟壑纵横的老脸会闪过的失望，他便觉得自己太过残忍。

他的这种举动，会害得母亲再无脸面出门。

然而他无法放下五月，他渴望她，一种单纯的男人对女人的渴望，纯粹得像两个氢原子一个氧原子就会合成水一样。他以最快、最无师自通的方式完成了至一个男人的蜕变，他在梦里、在想象里，其实已经犯了戒。而且是一次又一次。

他甚至跟妹妹谈论起常五月，妹妹张大嘴巴，惊恐明显地显露于面孔上——哥哥从来没有主动谈论过任何一个女人。他由此惊觉自己的失控，他有短暂的惭愧，但旋即放过了自己。他是太过想念那个女人了，不由自主。她的头发、脸、五官、身体，她的腰很细，一把就可以握住。那个叫王贵海的男人，噢，佛祖知道他有多么感激他对于婚姻以及对于她的背叛。

他甚至开始规划他们的未来。

所以当常五月从沈阳飞抵成都，他的眼睛便再也不能离开她。如果他能再等一秒，他一定会再等，但是他不能够。

8

小罗去接常五月，穿的不再是僧服。他知道自己永远错失了一个脱离轮回的机会，但是他情愿再受一世甚或几世的轮回之苦，让苦去淹没他，使他换这一生跟常五月在一起的一点点甜。

他对自己的信仰说了无数遍对不起。他斜倚在老家马尔康老屋的一条木栏杆上，天旷远得大气磅礴，茂密的原始树林冒着腾腾的蒸汽，那蒸汽像有手臂一样朝着他胡乱地挥舞，之后又缓慢地消散。五彩的经幡、风马随风飘扬。看见立于路边、山间的玛尼石堆，他仍旧会停下脚步虔诚地匍匐跪地。他知道自己还是信仰佛祖的，只是，他背叛了佛祖。

这几十年来，佛祖一直劝说他放弃人世间的七情六欲，他一度信受奉行，也认为那些是轮回与痛苦的根本。他想要解脱，更想要救渡。他没想过自己最终竟然沉沦了。情与欲，使他万劫不复了。他比没有相信过这些的人更深知其中的险恶，然而他还是决定飞蛾扑火。

他回不了头了。

很难得的独处的时光，两人相对坐下。常五月本来以为会有生疏或者隔阂，这也都是太过平常的事儿。但是没有，半年来，他们像一刻也没有分开过那样对彼此熟稔。

小罗的手覆盖上常五月的手，两人的目光在相距不到十厘米的半空中相遇就再也无法分开了。如果不把她拉进自己的怀抱似乎说不过去，对自己也没有办法交代。

常五月感受到他两条臂膀的力量，没有丝毫的迟疑，没有孱弱的颤抖。一种绝对的雄性力量。她觉得自己站在高山上，风吹过来，把她吹得飘浮起来。她并不害怕，满心都是欢喜，她飞越了高山与大海、平地和丘陵，她许久许久没有那样快乐过了。

按道理，下一步应该顺理成章。毕竟身体都是成熟的，毕竟条件也是成熟的，毕竟都期待了那样久，毕竟都渴望得再也无法忍受下去了。

但是她没有离婚，他没有正式还俗。于是一切又突然间停止了。

那是夜，静，没有灯。那是个对小罗和五月来说都十分艰难的决定，但为显郑重，他们沉默地停止了正在进行中的一切动作。

眼睛在这时起到了作用，眼睛是在黑里唯一亮着的东西；手在这时起了作用，手会说话，走到哪儿说到哪儿；呼吸在这时起了作用，呼吸声代替了一切他们不能直接说出来的情爱与欲念。

到最后他们不得不分开，使彼此冷静下来，但没过多一会儿，又不得不重新靠近。他们变成了两块磁石，不是他们想靠近，是磁性的相吸使他们不得不"砰"的一声又黏合在一起。

她多么喜欢听见他的心跳声啊，一下又一下，那样有力量。他多么喜欢听见她的心跳声啊，一下又一下，那样有力量。

他们靠近又分开，分开了又靠近。几个小时，将彼此都折磨得够呛，直到他们最终下定决心，不得不分开。

很近地，他们分住在了两处，但马上思想与意念又重新在一起了。他咀嚼着，而她回味着。他和她都陶醉于对刚才情景的回忆之中，不能自拔。想象却在黑暗中天马行空地任性延伸，到达了一切他们想到达的极乐。

那就是极乐，那种极乐与佛祖所说的极乐不同。他知道，但是他向往那种极乐。光是想象他就已经感觉自己无法承受，于是他果断地重新从床上爬了起来，来到她住的酒店楼下。

王贵海。常五月觉得那是一个遥远得令自己陌生的名字了。她很奇怪他的背叛居然曾带给她伤害。她甚至有一点儿理解他了，爱上一个人，是多么棒的一种体验啊，谁能控制得住？

然而爱情却在此处停步了。

9

这令小罗猝不及防。他受到了大大的伤害，而且是莫名其妙的。

常五月忽然告诉他自己怀上了王贵海的孩子，她要回沈阳了，一切计划都取消了。

变故来得太突然，他愣在当场。平生首次痛恨一个女人。不久前，在他和她还在电话里谈情说爱的时候，她居然跟另外一个男人有了肌肤之亲。这就是曾经使常五月痛不欲生的背叛，他终于感同身受了，以这样一种方式。

常五月将沉默的他推出酒店房间，他不肯离去，却也不敢再踏进去。望着那扇门，想着佛祖的话。人世无常啊，情爱更无常。苦海无边，回头是岸。

佛祖说这些话是想救他没错，但佛祖从来没有问过他想不想回头、想不想获救。是苦海没错，但他愿沉溺其中。

他不想回头。

已经没有岸了，对于他来说，已经没有岸了。

他早做好了破釜沉舟的准备，他是个什么都豁得出去的男人，一个拥有极其简单朴素逻辑的男人。

常五月站在门里，望着那扇刚刚被自己紧闭的门，脑子里尽是跟小罗一起回到他马尔康老家的情景。她终于端得清楚，在这样一个地方，自小出家的小罗如果因为女人还俗会意味着什么。她感到惊心，从没想过会有如此深远的影响，那等同于他们一家从此后在这样一个狭小的社会里死亡般隐没。或许不对，是生不如死。在他的老家，甚至有亲属用极端的方式迫使想要还俗的家人回心转意。这过程不是惨烈，也不会浪漫，只能是充满了血腥。

她从没想过。

小罗知道自己在做什么吗？他将一生生活在对寡母以及对家庭的愧疚中吗？他知道母亲已经决定如果他敢还俗她就自杀吗？他如何能消解这其中的利害与因果？

很快，她比小罗更清晰地估计了形势，她下了决断。那是常五月，在五爱市场混迹多年的常五月。她懂得看行情知道何时出手最好，也懂得看涨落明白何时收手最好。

她曾为情所困，但始终知道自己究竟在干什么。

仍旧是爱，但知爱有所止；仍旧也还是爱，但也知爱有诸般无常；但仍然还是那么样地想爱，在她的想象中，她果断地打开过那扇门，一把将小罗拽入房内……

她不可遏止地想念他，正如他不可遏止地想念她。

但她没有，她盯着那扇门，直到走廊里响起小罗落寞的、离开的脚步声。那声音像一部电影的片尾曲，有道尽因果只话桑麻的娓娓道来的平和，有洞明世事、无可奈何、人力难及的悲壮。

事隔多年，常五月仍旧觉得这一手来得漂亮，她没因一时的欲念而毁了一个男人的清白，他仍旧可在他的那条早已注定的路上朝前走。

这在她绝对值得赞赏。

她不知，小罗此后为自己修了一个关房，在里面闭关，出关时间待定。他用苦行切断自己对常五月的欲念与情爱，他自此后日日忏悔曾经对一个女人动过凡心。不净观、白骨观、无常观，什么观都没能救他逃出欲望的泥潭。

一日想她念她，他便一日不会也不敢出关，直到万念俱灰。这就是佛说的寂灭无常。

10

常五月回到沈阳后正式向王贵海提出离婚，王贵海惊讶于常五月居然会想要放弃他！她不是应该日夜以泪洗面，天天琢磨着怎样重新把他的心赢回来才对吗？

一抬眼，见常五月脸上的表情不像是在开玩笑。男人就多少有些慌了，于是竟舍下脸皮死也不肯离，还十分厚颜无耻地说他最爱的永远都是她常五月，外面那些都不过是玩玩而已。

男人嘛，逢场作戏很正常，看开点儿。你看行里那些人，老郭、阿成、张俭……有省油的灯吗？如果实在看不开，以后他不出去扯去就完事儿了。

常五月却坚持。

王贵海这才警惕起来，看着常五月，问："你外边有人了？"

"没有。"常五月撒了谎，也不能完全算是撒谎，是真的没人了。

她眼睛紧紧盯着王贵海，王贵海则试图在她脸上找出她"外面已经有人"的蛛丝马迹。但他一时也没有看出破绽，只好自我解嘲般拿出一根烟来，点上，深深吸了一口，之后透过烟雾眯起眼睛，像猎人打量猎物一样打量自己的妻子。

"你一定是外边有人了。我告诉你常五月，你要是敢给我戴绿帽子，我让你和他都吃不了兜着走。"他吐出浓浓一口烟雾，五月则强忍住喉咙里的那声咳嗽。她不动声色，她已经太久没有对他动过声色了，那些遥远的过去像是发生在上一辈子、上上一辈子一样，已经对她的今生今世产生不了太大的影响了。

没多一会儿，王贵海又讪讪地笑了，扔了烟，过来强硬地抱住她。常五月身子一僵，但并没有急于摆脱，只将头偏过去一点儿，说他嘴巴里烟味儿太重了。

王贵海笑嘻嘻地说："气我呢，是不？想让我吃醋？你不是那样人。"

常五月听得出他话里的怀疑、惊讶，以及可能已经被背叛的被他压抑着的愤怒。

其实还有别的，什么呢？一点点自欺欺人的、不肯接受现实的自大与软弱。

常五月不再憎恨王贵海，她开始怜悯那个曾经是自己丈夫的男人。男人抚摸着她的身体，使她感觉厌恶，他无法再唤起她的热情。

王贵海也不爱任何人。她，或者是外面的女人。他都不爱。

他只爱他自己。

真正爱上一个人，不只想得到，还会想得到的后果，还会想给对方一个交代，如果不能交代，会克制。

常五月难掩厌恶，王贵海仿佛受到了羞辱一般"啪"地扇了常五月一个巴掌，他骂她"臭婊子"。

常五月捂着脸对他冷笑，奇怪自己的丈夫不就是喜欢婊子吗？但她这个婊子喜欢的已经不再是他了。

获得自由的常五月有时会将小罗的电话号码一个数字一个数字按出来，但并不按呼出键。她一直未再婚。她想，自己曾经爱上过一个男人。一个男人。就是一个男人。那个男人，也许某一天出关呢？他会来找自己。她要使出浑身解数留住他，让他好好见识见识她的手段，不使他再回到马尔康。如果他不来找自己呢，自己会不会去找他？能不能找到？如果找到了，她便要使出浑身解数来留住他，让他好好见识见识自己的手段，带他离开马尔康……

可是，他真的愿意离开马尔康吗？

常五月低下头，想到时候自己可能已经老了，皮肉都松弛下来，不好看了，浑身上下一丁点儿油水都没有，什么手段都只剩下花架子了。想到这里，她有一些泄气，期待也变得茫然起来。

有时她后悔没有果断地拉开那扇门，拉开了也就拉开了，有什么了不起的呢？但她就是没有拉开。她听任他离开了。

极其偶尔地，她梦见小罗。所有未完待续的情节都有活色生香的续集，他和她都很满足。醒来后，她想起多年前那一晚小罗家人曾对她说过的话：在佛法里，人生就是一场大梦。白天是白梦，夜晚是黑梦。白天过一种人生，夜晚过另外一种人生，两种人生交替出现，其实亦真亦幻，都是假的也都是真的。

太深奥了。

她不懂。

但她希望夜晚那一种在梦里的人生也是真的。她是真的想再一次沉入那梦境里去，再做一回那无边的春梦。在那场梦里，他和她，是什么顾忌也没有的了。

想一想，她就笑了。

马尔康，马尔康，马尔康。

她在纸上涂鸦般写着。

买张去成都的机票吧！

常五月拿出一枚黄铜色五角硬币，正面就是去，反面就是不去。

硬币被高高抛起……

出人头地

1

这一天，睡到半路的郑彩凤毫无征兆地醒来。清冷的月光洒在身侧，她敏锐地听到儿子的呼吸声与以往似有不同，便伸出手去摸了摸儿子的额头，发现儿子姚平发烧了。

她轻轻地唤了几声儿子，但儿子已经烧得昏昏沉沉。郑彩凤不免有些慌乱，她跳下床，穿上衣服，给虚弱得东倒西歪的儿子也穿好了衣服。

"妈带你去医院。"

儿子任由她抱起，下巴无力地耷拉在她单薄的瘦肩膀上。下楼时她要侧过头才能看清楚楼梯，所以不敢快走，怕一脚踏空会把儿子摔出去。但又急，觉得自己应该争分夺秒。所以到一楼，郑彩凤已经累得满头大汗。

这种时候就想到远在广州打货的丈夫姚大强，他在身边就好了。然而他不在，夜风中，她往上耸了耸儿子，拦下一辆出

207

租车。

街上几乎没人，车子跑得飞快，到医院看病的速度同样飞快，年轻的值班医生按部就班，在简单查体后只给她开了血象化验。这使郑彩凤悬着的心放不下来，她认为儿子这次病情与以往的普通感冒不同，但医生已经叫下一个了，郑彩凤于迟疑中起身，犹犹豫豫地去交了钱，然后带着儿子排在冗长的队尾等待抽血化验。

等结果时她发现儿子又烧起来了，郑彩凤向护士讨来一根温度计，三十九度二。这个骇人的数字令她慌忙跑到急诊台，医生总算给开了退烧针，她的心这才放下一点儿。

血象结果出来显示并无大碍，医生建议郑彩凤将孩子带回家继续观察。

"如果再烧起来呢？"郑彩凤还是不放心。

"超过三十八度五就用美林。"他几乎头也没抬。

郑彩凤本还想继续再问些什么，但医生的脸上已经显现出明显的不耐烦。张了张嘴，她没敢再问。

看看表，凌晨两点钟了，还上行去吗？她有些犹豫，不开门的话一天的费用就白搭了，但——她低下头瞅瞅怀里的姚平，决定还是先回家再说。

医院大门外等活儿的出租车整齐地排起一溜。她径直走到排头车辆，抱着孩子坐进车里，回程依旧飞快，她竟有些不适应，直到司机慵懒而沙哑地告诉她说："到了。"

"到了？"

郑彩凤扭头朝车外张望了一下，泼墨一般的夜色中，熟悉的建筑物映入眼帘，这才确认司机真正把她们送达了目的地。付了车钱，她先下了车，守在车门，看着儿子从里面笨拙地爬出来，一跃跳到马路上。

路灯下，他笑得十分灿烂。他像是好了。

郑彩凤这才身子一松。也许医生判断得对？他没什么大事儿。是我太紧张了。

独自带娃的郑彩凤内心时常上演这种前一秒怀疑、后一秒肯定、下一秒又自我推翻的戏码。这使她痛苦焦虑。她也曾跟远在广州的丈夫姚大强说过这事儿，但姚大强认为这不叫事儿，因为一般女人都爱胡思乱想。

"一天没事儿瞎合计啥？"

丈夫选择忽略她的焦虑，肯定的答复虽常使她短暂放下对生活的戒备，但转瞬又不免生出惶恐来。她怀疑自己实际上没有做好成家和养育一个孩子的准备，但因为惯性、因为爱情都好，她早已在懵懂中完成了这一系列的人生大动作。

不能再回头了。

"妈妈，等我长大就给你买那辆大汽车。"

儿子的声音打断了母亲郑彩凤飘忽的思绪，她收回随出租车飘远的目光，觉得姚平这一点倒跟他爹姚大强有一拼：都会画大饼。

她俯下身抱起儿子，儿子又软又薄的头发被风吹得乱了，两只眼睛在漆黑的夜里灯一样亮。她并未觉出这是儿子的刻意讨好，她将之归结为儿子"懂事儿""孝顺"。她从未想过在儿子过于狭窄的世界里，她这个母亲的喜怒哀乐其实可以影响儿子的快乐与悲伤。

敏感的姚平之所以十分善于捕捉母亲情绪的微妙变化，其实无关爱与不爱，只是一种求得最优解的生存方案而已——他已经失去父亲的荫庇，他不能再失去母亲的保护。要想不失去，至少，他要讨得母亲的欢心。

当然，这一切均发生在他不自知而母亲也觉知不到的情况下。

"买什么颜色的？"

"蓝色。"这回答被夜风送出去很远。

小区里静悄悄的，只听得见脚步声。上楼耗费力气，郑彩凤抱着儿子，只能走一层歇一下，再往上走一层，再歇一歇。开始儿子还吵着要下来自己走，后来却不吵了，伏在她怀里默不作声。这绝对不是一个好兆头，郑彩凤紧张地将自己的嘴唇贴在儿子额头上，发现他又烧起来了。

她忘记了累，一鼓作气地上了楼。开门，进了屋。没等气喘匀，先去找体温计。找到了体温计给儿子夹上，但旋即又命令儿子将胳膊张开取出了体温计。

她忘了将刻度甩下去。

她猛力地、发泄般地甩温度计，又开始胡思乱想。儿子得的什么病？会不会是白血病？高烧不退，电视上都是这么演的。

一想，就怕，手都哆嗦了。她慌乱地将体温计重新塞进儿子腋下。

"夹住，千万别掉了。"

不能上行了，她明白。

转身去了厨房，到厨房才发现其实无事可做。可是等结果的那五分钟对她来说太过漫长，总要找点事儿做。她伸手扭开灯，昏黄的灯光照着破旧的带有油垢的厨具。她顺手拎起一只水壶，拧开水槽上的龙头。那白色的塑料水龙头还是她自己安的。因为不会，所以安歪了。但她没敢拆下来重安，怕再安装一次反而不如这第一次，好在并不影响使用。

水接满了，她将水壶坐在燃气灶上。蓝色的火焰"扑"一声自灶眼吐出，形成一个小小的圆圈。火焰跳跃着包裹了壶底，壶底已经是黑尽了。她没有扣上壶盖，静静地，一个人，在厨房，听那火炙烤水壶的声音，先是"咝咝"的，接着"哗"一声，咕嘟着，水翻开了花。她盖上盖子，关了燃气灶，转身回到了卧室，看见儿子姚平正无精打采地斜躺在沙发上。

"难受吧？"她关切的目光落在儿子稚嫩的脸上，因为发烧，儿子两颧有两坨浅浅的红晕。

她没有等待儿子答复，将体温计拿出来对着灯光照，又是三十九度。她颓然垂下手臂，感觉有些茫然。再要咋办？还去医院吗？后来想想那年轻医生的嘴脸，觉得他真是不济事。于是给姚平喂下了退烧药，抱他到床上睡。

"睡吧，睡醒就好了。"她边掖被子边告诉儿子。儿子紧紧闭着双眼，出气声很重。

郑彩凤抬头看了看正面墙上的时钟，已经三点多钟了。倦意袭上来，困，但因为担心儿子，她睡不着。这种滋味不好受，明明困累至极，又精神得要命。明明身体命令自己要赶快去休息，但大脑又坚决不服从。她要到很久以后才明白这是自己在跟自己较劲，自己跟自己打架。一个自己，试图消灭另外一个自己。谁赢了，她都是输家。

她回头再瞅了儿子一眼，小人儿倒像睡着了。一双淡淡的眉毛微微地拢着，像有什么重大问题使他备受困扰。灯光让他另一面的脸埋入阴影，看不清。她轻手轻脚走到门边，把灯按熄了。儿子在床上不自觉地动弹一下。她没敢再出声，不知是怕出了声音吵醒儿子，还是害怕儿子醒来但烧还没有退。

屋子里很静，她看着屋内床上那一小团黑影，模糊的，又是清晰的，他的身体轻微起伏着。她靠着墙站了一会儿，再轻轻走回到床边，但仍旧不敢踏上床去。因为那是房东提供的一张旧床，上床下床往往发出吱嘎声，还会有起伏，那样也许会将熟睡的儿子吵醒。

她甚至连大气也不敢喘，似乎声音会惊扰了这屋子内暂时的安宁。病魔伺在儿子床头，郑彩凤不知他究竟意欲何为，是想吓唬一下她这母亲，还是真想掠夺走儿子的健康？她心里没有把握。

这种想象放大了她的恐惧，狭小的空间陡然成为一座孤岛，而她只身被困于岛中央，四周是茫无涯际的波涛汹涌，没有渡她的船。叹息声划破几乎不再流动的空气，所有的空气都静止般悬于半空。她倍加思念远在广州的丈夫，认为如果丈夫在身边，他一定会想出更好的办法以应对眼前困境，她对此没有丝毫怀疑。这想法是根深蒂固的，仿佛早在她出生之前这想法就已经被植入了基因。

日后她会被这指望给害苦的。

五爱街的很多女人，都曾经有过这种指望。

2

姚平的病情总是反复，总是烧，吃了药能顶一会儿，但药劲一过又烧上来。这种情况已经持续半个多月了，也去了大大小小的医院，又都说他没病。

她急得抓瞎，人要崩溃，唯一的指望是丈夫，就不停地给他打电话想要个准主意，但丈夫并没有给她任何指点或安慰，反而在电话里质问她："怎么连个孩子也看不好？"

她被埋怨得起了急，在电话里跟丈夫大吵一场，再加上孩子病总也不好，心里哪能不发焦。她气急下摔了电话，却没敢朝地上摔，只摔到床上。电话摔到床上时发出一声闷哼，被弹起来，经过几个弹跳，落势一点一点衰弱。她呆呆地望着那电话，儿子姚平从旁边走过来，拿起她的一只手，放在自己额头上。

"妈，你瞧，我不烧了。我好了，你别生气。我好好学习，等我长大了当医生，研究一种药，吃了永远也不会发烧的药。"

她看看儿子，一把搂过，觉得所有的委屈和疲惫都付出得值，但很快又发现不对，儿子的身体又像火一样烧了起来。她惊恐地推开儿子，发现他甚至在轻微颤抖。是颤抖还是抽搐？她扳过儿子窄窄的肩膀，脸色一点一点沉下去，之后拿了提包，抱起儿子，冲出门去。

但是检查结果似乎陷入轮回，急诊室的大夫沉吟良久，建议犹豫着往外走的郑彩凤，如果实在不放心可以挂个专家号。

啊，还有专家号？专家号一个二百多块，但是顾不了许多了。因为贵，专家号反而容易挂，也无须等太久。

专家是位年迈的男大夫，头发已经全都白了，并不太稀，反而很浓密，有序地堆积在头顶。他有着肥胖的身躯，白面包一样发起来的胖脸。营养很好，面皮是发亮的，透着光，只是眼皮耷下来，动作也有些迟缓了。

她领着儿子过去刚要坐下，忽然有人敲门，紧接着从门缝里探进一张中年女性的脸。那女人也穿着白大褂，跟他是同事？她没有看郑彩凤母子，目光轻而易举掠过他们，没有丝毫避讳地对那老专家说:"人到了,您老方便给看看不?"

"进来吧。"专家低着头。

郑彩凤反局促起来,不知自己该不该坐下。她回头见到那中年女医生朝身后一招手,一个十五六岁的少年从门边走了进来。女医生跟老大夫很熟稔地寒暄了几句,说一些闲话,仿佛现场只有他们那几个人。这使郑彩凤感觉受到了屈辱,她很生气,想发作。她不是不会当泼妇,在五爱街,她太擅长这个了。但这庄严又文明并且带一点富丽堂皇的地方吓住了她,那老专家的身份与女医生漠视的神情吓住了她,她怕发作起来反而只会令自己更难堪。

"妈,我有点儿累了,站不住了。"儿子虚弱的请求打断了她的愤怒。她哈下腰,沉默地将儿子抱起。专家已经开始为那少年看病,动作、说话都慢慢悠悠的,一点儿不着急。

郑彩凤知道他们这些人,一眼便能惦出对方的斤两,他们一定吃定了她并不能也不敢提出任何抗议。

"谁让自己无能呢!"她恨恨地想,艰难地吞咽下一口唾液,将头转了过去,不去看,保持着沉默。

儿子在她怀里不安地蠕动,烦躁地扭动着身体。她知道这动作意味着他又开始不舒服了。郑彩凤很心疼,但也很无力。她从未如此渴望过金钱以外的东西,是儿子付出健康的代价才使得她有机会重新审视这个社会。她渴望掌握权柄与资源的那个人是她,或与她有着千丝万缕的关联。她曾经以为金钱已经是成年人的世界中最重要的东西，原来并不是。她还曾经以为所有人真都是平等的，原来还不是。她突然间异常清楚自己所处的位置，她因了这尴尬的位置而心生出歉意。不是对自己，而是对自己的儿子——姚平。

当她将儿子倒换到另一侧手臂上时，那走后门的少年总算是看完了病。她长出一口气，抱着孩子坐在就诊凳上。老专家迅速变换脸色，不苟言笑，问询的话也少得可怜，郑彩凤的陈述屡被打断。当他看向郑彩凤时，目光中像没有看到郑彩凤这个人一样。他只是做了一个抬头看她的动作而已，眼皮都不肯撩动一下。这种居高临下使郑彩凤更加胆怯，说话都有些结巴了。

老专家长有老年斑的白嫩的双手翻动着姚平的检查单据，随后"哗哗哗"地摇一支笔，如同一个老迈成熟的船夫在摇自己摇了一辈子的橹。他在病志本上龙飞凤舞地写着，写完又在电脑上点了几下鼠标，让郑彩凤先带孩子去验个支原体，如果支原体没事儿，再做一些其他的血液化验。他说这话时神情很严肃，让郑彩凤吃惊，胆就跟着虚起来，腿也有些软，但还是勉强站了起来。本来她已走到了门边，但又折回来，问老专家，儿子会不会是啥重病。

这疑问她一直存在心底。

老专家没看她，只淡漠地低头交代："先去验血，结果出来再说。"

她不知道自己是怎样走出来的，儿子说走得动，但她还是执

216

意抱起他，抱得死紧，怕一松手儿子跌地上能碎一地似的。

支原体检查结果出来了，数值爆表。大夫说再高下去有可能上行感染到脑部，引起支原体脑膜炎。她恨不能给老专家跪下，也就原谅了他给别人开后门。

3

姚平还没有痊愈之时，郑彩凤就有了新的人生决定。她决定要将儿子培养成材，要让他出人头地。她自认有了更为开阔的眼界，有了更为高远的见地。他们那一代还天真地认为只要挣到了花花绿绿的钞票就会拥有一切，然而事实上钱再重要也不过能当个开路先锋。在某些特定情况下，这敲门砖甚至不能敲得开所有它想敲开的门。

于是一个改造儿子的计划在心里慢慢酝酿成形。从前她是不怎么关心儿子成绩的，她认为分数这个东西有一点儿就行，甚至早早打算好要子承父业的，在五爱街做买卖呗，只要会按计算器就行。所以家长会上老师说姚平成绩不好，上课不能专心听讲，还老是溜号，她只是讪讪地笑，回到家顶多讲姚平一句，更不会打。

但现在情况完全不一样了，好好学习可能是姚平通往另一个世界的唯一路径。这事儿由此而变得重要且刻不容缓了，于是每天放学，郑彩凤都会搬张凳子坐在姚平对面看着他学习。姚平看作业本，她看姚平。这个数算得不对，那个字写得不工整。但儿子总跟她捣蛋，没写五分钟，起来。问咋的了，说有尿，要去尿。倒是真有尿，"哗哗哗"尿完了，没坐五分钟，字还没写到一行呢，又动弹。这一回问又要干啥，说是口渴了，要喝水。"不许去。"她恼怒起来，儿子倒乖巧而顺从地坐下了。这一回换郑彩凤不忍心了，停了一会儿，她开口道："去吧去吧，一天净事儿。"

让姚平去了吧，又后悔，觉得自己没有坚持住原则。这不利于姚平养成好的学习习惯啊。她又开始焦虑，对姚平就更严厉一点儿，但严厉过后，又是后悔，认为姚平才多大的孩子呀，还没一块豆腐高呢，像他这么大的时候她天天在干啥？满街筒子疯跑。于是不免又要向姚平开绿灯，做出一点儿让步。

这样秃噜反仗①的结果是她自己先就厌倦透顶，觉得学习可真不是一件容易差事，更何况太多的题目她也弄不清楚，有时竟还要姚平反过来纠正她，使她脸臊的啊。怎么办呢？

她就将主意几乎是顺理成章地打到了她所认为的更懂专业也更懂得科学育儿的老师身上去了。也没更好的方法，就是送礼，因为生意不错，郑彩凤的手笔就大，老师通常跟她客气客气，也就默默地收下了。

礼送出去效果就出来了。老师对儿子姚平真的也更加关注起

① 东北话，指出尔反尔。

来。姚平一回到家就围着她跟她讲，老师今天上课叫了他三回，有个小朋友一堂课举了好几回手也没有轮到过一回；老师让他当小组长了，说这样可以锻炼他的组织和领导能力；老师今天让他考全班生字了，他自己不需要考不说，还感觉自己像个小老师，别提多自豪了。

郑彩凤十分欣慰，觉得这钱没白花。钱还是有些作用的，只是到达一定的高度后，它所能起到的作用实在有限罢了。

往下发展的剧情就顺理成章得多了。

有一回她找老师说自己要出趟远门上货，孩子又不能一个人留在家里。她认识的人中大多数也都是起早贪黑的买卖人，没有多余的时间帮她照管孩子，再说了，就算是他们有时间她也不放心，一个个粗人！

说完等老师的反应。老师还是经过了短暂的权衡的，最终因为拿人家的手软而相当识趣地开了金口，说："如果就一晚上，我带家里去吧，添双筷子的事儿。"

郑彩凤就等这句话了，但姚平不干。打生下来他没有一天离开过母亲郑彩凤，每天晚上，当洗得光溜溜的姚平穿着带有奥特曼图案的三角裤衩，像一条泥鳅一样滑进被窝里，他会一把抱住母亲的圆膀子，翘起鼻翼，像一只小巴儿狗一样猛劲地在郑彩凤身上嗅，说他喜欢妈妈的味道，没有这种味道他会睡不着。

姚平脆弱地哭了，问母亲是不是也想像父亲一样抛弃他，不想要他了。

这本是孩子最真实的恐惧，但郑彩凤认为太孩子气了。她自己粗枝大叶的成长经验被完整地复刻在儿子身上，她是完全不知道成长是一个漫长而艰难的过程，每一个细节都可能将孩子推往截然不同的方向的。

从这天开始，儿子的命运朝向有了质的转变。这种转变像以往的任何一种转变一样，是在儿子姚平以及母亲郑彩凤、父亲姚大强完全没有知觉的情况下，以一种居心叵测的方式沉默地进行的。

儿子当然拗不过郑彩凤，他被送往老师家。姚平本是带着气愤过去的，产生了小小的不合作的要报复的心理。他本打定了主意，但他习惯了迎合，害怕被抛弃。并且，他习惯了看别人的脸色以调整自己的行为，是乖顺惯了的。他早早放弃了对自我发展的探讨，以为拿乖顺听话就能换得生活的安定与平静。

所以到了老师家里后，他几乎自然而然地乖顺起来，甚至是大气都不敢出的。老师一家子脸都很严肃，老师家里也有一个孩子，不过比较大了。他学习的时候，老师让姚平不要发出任何声响，不要影响哥哥学习。可是姚平自己的作业还没有写，老师没时间辅导他，就很体贴地告诉他不用写了，明天他不需要交作业。这一点使姚平分外高兴。老师还告诉他，这件事不能告诉同学，也不能告诉妈妈。姚平很懂得地点了点头。

自那以后，郑彩凤三天两头拜托老师，老师不是太愿意，老师的爱人也有意见。家里凭空多出一个外人，虽说是小孩子，但也总感觉有诸多不便。但是郑彩凤把钱往老师手里一塞，老师和老师的爱人又觉得可以继续忍受了。老师的孩子学习也不太好，有些东西老师也辅导不了，郑彩凤交给老师的钱便又到了其他的辅导老师手里。

有一次姚平听老师跟她爱人说，如果没有姚平，以他们两口子的工资，日子过得紧巴紧曳①的；有了这份钱，孩子补课的钱也解决了，生活问题也解决了，还能攒下一些。

每次考试之前，老师都会丢给他一张卷子。每一道题都给他讲一遍，再让他做一遍。如果不讲呢，老师在监考的时候，会不时转到他身边来，用手指头点一点这里，点一点那里，他的成绩就肉眼可见地上来了。

他成为母亲、母亲身边的朋友们口中的好学生了。三方都很满意。母亲以为自己高明，用金钱摆布了老师；老师的手段也不白给，摆布了姚平；姚平觉得自己才是那个最大的受益者，他有好成绩可以对所有人有一个交代了，收获褒奖，而且无须付出努力。

4

郑彩凤对于儿子的好成绩常常现出一种故作姿态的烦恼来：

---

① 东北话，指钱紧，没有富余。

"就差一分。唉！美中不足。"

语气十分遗憾。

张姐说她身在福中不知福，她满足并且陶醉于这种责备。

六年级上学期，一些家长开始想办法为自家孩子寻找好中学。郑彩凤并不着急，儿子姚平没有本市户口，不能按片划分学区就近入学。但是这城市里有几所算不错的私立中学是不考虑户口因素的，中考成绩却相当有名，甚至压过这里最好的公立初中，不过要通过考试来选拔学生。她呢，早就打定了主意，并且成竹在胸。

姚平并不想去参加考试，他已经六年级，这个年龄，是可以清楚地知道自己的好成绩是怎么来的了。他总是想从这种虚幻光环里逃出来，却又欲罢不能。他有些恨自己，也有些拿自己无能为力。

但他也知道母亲的要求是不能够拒绝的，于是被动地去考试。考完了他反而镇定，因为心知肚明事情已经走到了揭晓谜底的时刻，严苛的处罚也许能令他好受一些。他也需要解脱，长期扮演一个与自己迥然相异的角色早就使他感到厌倦。

他在等，噢不，他在盼那一时刻的到来。他做好了承受任何结果的准备。

但他很快发现自己还是太天真，最不能接受结果的不是他，而是他的母亲郑彩凤。母亲在得知结果后先是固执地认为是那些招生的学校搞了猫腻，为此她特意跑了一趟学校去向老师求得一些行业内幕，以佐证自己的判断。

"姚平成绩一直名列前茅，怎么可能？一定是学校有问题。"

但班主任老师并不认为这结果意外。她很平静。

"你要知道，这种学校选拔好学苗，出题的范围会宽，还会拔高的，这并不代表姚平不优秀。"

这是什么意思？她大惑不解。老师见她目瞪口呆，知道她并没有完全懂，或者懂了，但不愿意相信这个现实。于是起身，拢了一下头发，不愿意跟她多说了。"太忙了，要不等有时间我跟你细唠吧。"

郑彩凤机械地站起来，机械地看着老师走远的背影。她伸出一只手，却并没有出声召唤老师。好像有什么东西错了似的，但是是什么呢？

那天晚上儿子回到家，她看着儿子，忽然间觉得儿子似乎也陌生了似的。

"儿子，你过来。"她召唤儿子，儿子过来了。儿子走路真快，带着一股风，儿子大了。她忽然间迟疑起来，也许，老师说得对。那种私立学校，为了创出口碑，考试出的题目往往刁钻古怪，不正常。是。对。他们不正常，不是她的儿子不优秀。她没有错，儿子也没有问题，班主任老师更没有问题。如果班主任老师出了问题，那就意味着她当初的决定是有问题的。她不能面对这样一个结果。她对自己的责备已经够多的了，是不能够再多了。更何况真闹起来结果也不会发生什么实质性的改变，丈夫知道了更加会责备他，就像当初儿子发烧时那样指责她：怎么一个孩子也带不好？

这样一想，她不由得胆战心惊起来。

儿子已经走到她面前："妈，什么事儿？"

这打破了她的沉思。

"没有。没有事。"她说。慌乱中抬头看看儿子，旋即又将目光掉开，她不敢去看儿子。但随后她又叫住了转身要离开的儿子："你是怎么考到那么多一百分的？"

她紧紧盯住儿子的眼睛，儿子偏过头，回避了她的目光，这个小动作让郑彩凤心往下一沉。

她换了一种问法："在老师家里，老师辅导你功课吗？"

儿子没有说话。

郑彩凤明白了，她知道，小学考试监考都是本班班主任，没有多么严格，评分也是本班班主任，要想动什么手脚，实在太容易了。

两年前就从广州回来的丈夫姚大强刚回到家，没有察觉到她的心绪不宁。丈夫回来后直接躺在床上，没有脱袜子。他是汗脚，脚臭得要命。儿子提醒她："妈，你今天没让我爸去洗脚。"

"对，得去洗脚。"她要求丈夫。其实心里并不坚持，感觉一切都失去了意义。丈夫却并不知道妻子心里已经发生了妥协，他以为不去洗脚有可能引发一场家庭战争，于是不情不愿地趿着拖鞋出去洗脚了。等他重新回到卧室，躺在床上，竟突然间想起儿子升初中的事情来。

"怎么样了？出成绩没？"姚大强问。

"噢。"她有些慌，"没有。"她回答，"但是我听说，这些私立学校走后门的风气很严重。而且学风也不好，互相攀比。再有，听说××学校被称为××监狱，说有的学生因为压力太大承受不了，跳楼自杀了。"

她并不打算把自己发现的真相透露给丈夫。

"那么严重吗？"丈夫似乎第一次听说，很吃了一惊，"现在家长都有病，那图啥呢？本来是想孩子成材，结果没成材，先挂了，成啥材也没用了啊。"

他翻一个身，后背是竹质凉席印上去的一个一个浅浅的小小的长方形印记。郑彩凤很害怕他继续问下去，好在很快就听到他的鼾声，郑彩凤长出了一口气。

那晚，她有些睡不着，但又不敢折腾，怕丈夫问她有什么心事，到时她不知道该怎样回答。

只有一次，她实在忍受不住，轻手轻脚地出去了。走到儿子房间门口，想进去，把儿子拽起来，问他怎么那么傻，为什么不早点把真相告诉她。但她没进去，她知道，是她逼儿子放学后一定要去老师家里补课、做作业的，有时甚至让儿子在老师家里过夜。

她缩回手，摸黑来到客厅，坐下。安静地在黑暗里，她很想哭，但是她不敢。

5

姚平最终去了一所学费昂贵的私立中学，然而在这所谓的国际化学校里，他的成绩一直很一般。她对此并不满意，但老师说他们重视的是学生整体素质的培养，偏重人性化教学，让郑彩凤不要那样急功近利。

郑彩凤不明白，学校收那样一大笔钱，就是为了让家长不急功近利吗？老师看出了她眼睛里的疑惑，反问她："应试教育的苦头你还没有吃够吗？即使你没有吃够，问一问你的儿子，他有没有吃够？一个人总要爱上他所做的事情才有可能做好它。你问问他，他爱学习吗？作为家长，你关注过你的儿子为什么不爱学习吗？兴趣！兴趣是最好的老师。不要总是拿出一副高高在上的家长式的作风来，对孩子颐指气使、呼来喝去。"

"颐指气使"郑彩凤不太明白是什么意思，但她明白什么叫"呼来喝去"。

还有另外一些事情她也想不明白，综合素质教育跟分数冲突吗？她不能理解，这种成绩让她对学校很失望。老师看出了她的不满，只好使出撒手锏："我们也要知道自己家孩子的情况。每个孩子的情况不一样，说句大白话您也别不爱听，真正的尖子生谁能来咱这学校啊？到那种好学校去，给人家提鞋人家都不要，孩子的自尊心更受打击。"

郑彩凤这才被真正说服，她笑笑，主动把话给拉了回来。本来是想兴师问罪来的，结果却被人明里暗里地抢白了一顿，而且老师似乎十分清楚她的儿子如果不进入这所学校，其他学校也根本进不去。老师的话使她重新去面对现实，她只好落落寡欢地跟老师道了别。

一直到走出校门，她仍旧能感受到那老师落在她后背的鄙夷的目光，那目光像针一样刺痛了她的末梢神经，使她感觉得到每一丝细微而真实的痛楚。

她的车子就停在学校对面，一排排笔直的树木亭亭如盖，但车头却因为树荫的移动而暴露在阳光下。因为已被暴晒了许久，一开车门便有一股闷浊的热浪朝她袭来。她蹙着眉头屏住呼吸坐进驾驶室，伸手摸了摸方向盘，方向盘有些烫手。于是关了车门，将空调打开，脑袋里则在思考着该向现实妥协还是再想点儿什么办法拼一拼？她始终不愿意相信姚平没有能力把学习搞上去，总觉得儿子是被自己当初那个蠢决定给坑害了，如果遇到的是另外一个负责任的老师呢？没准儿姚平能考上市里最好的初中。

郑彩凤那时的心理比儿子姚平上小学时更为复杂微妙了，小学时她仅仅是不信任自己，仅仅是过于相信老师，仅仅是想让儿子有朝一日能有机会出人头地。但经过小学的变故，她对儿子实际上是有一些愧疚在里面的。这点惭愧，使她将所有责任揽在自己身上，加深了对自己的自责不说，也使她失却了重新审视自己儿子能力与兴趣的机会。郑彩凤所做的第二件错事就是她拼了命地想要弥补这个错误，想要弥补的心情迫切得使她失了理智，她几乎完全进入一种癫狂而痴迷的状态。

车里很快变得凉快起来，她发动了汽车，头脑又短暂地变得清醒了，觉得儿子不是学习那块料的想法占据了上风。她是有一些想放弃的。但当汽车掉了头，缓慢转了弯，她看着后视镜，一打方向盘，想法却再一次发生了改变。

郑彩凤的韧性不合时宜地出现了，尤其是当她想到丈夫姚大强。姚大强从广州回来后每天除了打麻将就是跟朋友出去喝酒，家里的事不大管，孩子的事更不过问。那几年他在广州，电话里有时倒也能说出几句温情的话来，她当时也是盼他回来的。能早一日一家团圆，如果有什么事儿，大家也好打个商量。

没想到回来后两人的关系似乎更为疏远了，常是说不上三句话就要吵上一场。想象里的久别胜新婚只能徒然地留在想象里，不但热情没有，体贴也是没有的。有时她不舒服，希望他能留家里照顾照顾自己，他倒是也在家里待着，但人在心不在，不是看电视就是呼呼睡大觉，让她看了更来气，索性放他走。

郑彩凤不甘于栖身如此这般的婚姻，然而要提离婚也不可能。一则因为所有人都在有意无意地告诉她，结婚多年以后所有的夫妻感情都这样。二来她也害怕离婚以后分割了财产，丈夫用不了几天就会败光自己那一份。那钱是她辛辛苦苦一分一毛赚回来的，她难免把钱看得过重，感情的事她反而因为经历了过多的失望而不太在乎。

她实在害怕离婚后将自己搞得倾家荡产的丈夫，最后会跑回来吸她和儿子的血。

顾忌这一层，忍气吞声的那个人也就只能是她了。这是很无奈也是很现实的事。

她叹了一口气，上了立交桥。那立交桥呈圆拱形，有一个缓缓的拱形的坡，两边是白钢的骨架结构，做成了排列整齐的造型。其实她也不太想回家，但又没什么地方好去，所以开着开着还是回了家。

到了家她感觉很意外，男人居然也在家，正躺在沙发上，抠着脚，抽着烟。烟灰掉到沙发上，烟缸里反而干净。他手机放在一旁，脚搭在茶几上，穿着一条大裤衩子，露出肥腻的上半身，肚腹处黑色的毛发紧贴着肚皮，很像老家养的黑毛猪，还是老母猪。她看不下去，实在无法将婚前那个精神、利整、能言善道、体贴入微的帅小伙，跟眼前这油腻、懒惰、肮脏、自私的中年男人联系在一处。是同一个人吗？

郑彩凤感觉有些恍惚，但一肚子的心事似乎也只有向他去诉说，便试着跟他说起儿子学习上的事儿。姚大强总是觉得郑彩凤对儿子过于关注："他爱咋样就咋样呗，你管他干啥？"

郑彩凤听了来气："他是谁？他是咱儿子，不然我管他干啥？"

"咱儿子咋的，养大的呗，剩下的他得靠自己。我和你咋的了？爹妈管了还是给我们啥了？不也都挺好的吗？"

郑彩凤不知道丈夫如何定义"好"，但谁又不想好上加好呢？再说，他们靠吃苦耐劳打拼了半辈子，生活也不过仅止于一日三餐、有车有房罢了。这种止步于物质却并没有实现阶层跃升的人生看似成功实则脆弱，一旦遇上需要动用关系或资源的事情就会陷入被动，哪怕是看个病。那次，幸亏儿子得的不是急病重病，不然……

那件事后很长时间她不能睡安稳，发过好几次噩梦，总是梦见那专家一直在给别人看病，怎么看也看不完。儿子在她怀里越来越虚弱，眼瞅着就不行了，可大夫还背对着他们在给走后门的人看病。她一激灵从梦里醒过来。

那种感觉太过可怕，那段四处求医看不着一张笑脸的日子她不想过，她也不想某一天儿子或者儿子的儿子会陷入那样的命运里去。如果想不被动，就只有自己成为掌握资源的那个人，成为制定规则的那个人。但丈夫对此却丝毫没有意识。

她早是有些看不起他了，于是不自觉地冷笑一声："你就是不想管，也没有那个能力管，当了甩手掌柜的还要给自己脸上贴二两黄金。我倒问问你，动物世界的畜生都知道不光生、不光养，还得保护、还得教，你——"

"对。"丈夫恼羞成怒地站了起来，肚皮上的肥肉因动作幅度太大而轻微颤抖，"我就不合格，我就畜生不如，你跟畜生睡觉你是啥？"

他"咚咚咚"地走了出去，隔一会儿听见他大力拉开衣柜的声音，又隔一会儿他衣着光鲜地夹着个包出现在客厅，径直奔大门，换鞋，开门，走了出去。动作一气呵成。临出去时他骂骂咧咧地将门重重摔上："也不看看自己啥×样，龙生龙，凤生凤。"

郑彩凤望着丈夫远去的背影，控制住想追上去跟他干一仗的冲动。阳光照进宽大的客厅落地窗，宁静而平和地铺在地板上。她虚弱地坐下，一种茫然与失落深深攫住了她。她翻开电话，很想找个人好好谈一谈。但是她并没有真去找谁，家家有本难念的经。再说了，家丑不可外扬。

她环顾一下四周，空荡荡的家使她越发感觉到孤独。她从前以为，这个家是因为丈夫远在广州而令自己孤独，后来她才知道，近在咫尺才更让人抓狂。

苦闷无望的生活使郑彩凤变得暴躁，暴躁引发失眠。丈夫为了自己不被影响要求跟她分房睡，这举动更让她暴躁。

"干脆离婚好了。"她的语调尖酸刻薄。

除却儿子和家庭，生意其实也比从前更难做了。电商冲击太大了，市场里没有人，从趟子这头可以望见那头。大家都没生意，于是就围坐在一起甩扑克，也说一些抱怨的话，还有一些人试图转型，但成功的少，失败的多。有些失败者重新回到市场里，来守着一天也没有几个顾客的摊档，那种守候更像是一种难以更改的习惯，当然也有一些不甘心和万一能重返巅峰的侥幸心理。郑彩凤熟悉这种惯性与不甘交错在一起的感觉，很像她现在对自己的儿子。

使儿子出人头地已经成为几乎一无所有的郑彩凤的一种执

念，就像那些想不出其他生财之道的五爱老业户一样，他们固守在自己局限的认知里可怕地坚持着。

6

才上初一，姚平已经一米七多了，学校实行半封闭化管理，一周只能回家一次。发自本心，他是不愿意回家的。当然，也不愿意在学校里待着。学校老师其实管理得很严，作业也多。他们对外宣称重视所谓的素质教育，要培养兴趣，但实际上也唯分数至上。大人的世界总是充满了自相矛盾的谎言，这使他们这些孩子无所适从。

晚自习要上到十点多，大家忙着写作业。明晃晃的灯吊在头顶，四十几个人交换着从各自身体呼出的气体。从教室一头望过去，只有一片黑压压的、千篇一律的脑袋。有的人极累极倦了，就用一本书挡住自己的脸，睡着了，但没一会儿，就被另外一本书打醒。

军事化管理让生活节奏变得有秩序而规律，早晨几点起床，几点早餐，几点早自习，几点晨读，几点上课，几点下课——不，他们几乎没有下课的时间，不是上一堂的老师压堂，就是下一堂的老师提前在门口等待，或者，利用课间的十分钟进行一次小考。没有音乐课，没有体育课，什么都没有，哪怕学校里有音乐教室，有游泳池，有篮球场。入校以后敏感的姚平很快就发觉，那些都是道具——招生或者敛财的道具。

他因此而厌倦学习，也厌倦学校。

但不能说。对老师不能说，老师会觉得不爱学习的学生不是一个好学生；也不能对父母说，他们会用惊恐的、莫名其妙的、痛心疾首的表情看着他，让他觉得自己像罪犯一样。尤其母亲，每至此时，她会痛哭流涕地历数在他身上所花的时间、金钱、心思，这些都成为他不得不背负的债。这些债像山一样，压得他喘不过气来。

这种生活于他来讲是一种煎熬。他也非常清楚地看到，似乎他身边的每个人都身处"煎熬"之中。

大家都在煎熬，大家却都不愿意放手。每个人都有不放手的原因。父亲是"要不是看你妈是个正经过日子的人，我早不跟她过了"。母亲是"要不是因为你，我早就不忍了"。老师是"带完你们这一届，我再也不当班主任了"。他的是"……"。

如果顺从他们呢？他不是不愿意顺从，实际上他也一直在顺从。他从未意识到除顺从外他也可以勇敢地去做自己，至少说出自己的真实想法。他反而常担心自己顺从得还不够，所以才并未抵达自己的理想生活。

姚平整日生活在过于迷茫之中。每天，他只能勉强完成作业，上课老师讲题，他常听着听着就找不到老师已经讲到哪一道题了。他不是不想举手发问，但当他提出那接近幼稚的问题时，老师嫌恶地丢给他一个大大的白眼，而同学们则哄堂大笑。有几个调皮捣蛋的男同学尖着嗓子起哄："大哥，听啥呢？丢人现眼。"

此时，他是不能表现出自己的愤怒的，更不能骂回去。因为那样会被人称为不大度、小气："都是同学，能有什么恶意？撑死了就是嘴贱一点儿，你不搭理他不就得了。"

还会有人说他开不起玩笑。

世界让他备感困扰，他不知道该如何跟这个世界相处。

下一个学期开学前，学校别出心裁，让他们去参观养猪场。目的可能是在于，教育他们如果不好好学习就只能去喂猪？他麻木地看着那些被养得毛光爪净的猪，看见它们有清洁的猪舍，看见它们有固定的作息时间，看见它们的饮食被统一配给，为了长膘直到半夜还在日光灯的照射下大吃大嚼，总觉得这情景似曾相识。不是跟他们一样吗？只不过它们的名字叫猪，而他们的名字叫人而已。这发现使他更觉惆怅，他总像怀揣了满肚子的心事，总是没办法使自己快乐起来。

每个周末都是母亲郑彩凤来接他，父亲很少来。他总是忙，张口闭口都是大生意，再不就是想当年"我在广州混"的时候。初听还可以，再听就没什么意思了，如果总听，就觉得多少是有些厌烦了。更何况他与父亲那样不同，父亲是粗声大气、大开大合的性格。他不是。他凡事喜欢放在心里，咀嚼，还会反刍。尤其夜里睡不着觉的时候，或者发呆的时候，他会将心思和往事拿出来，翻开，自己瞧着，自己咂摸。有时想清楚一些事，更兴奋得睡不着。大多数时候是想不明白，只好将那些心思和往事仍旧搁在那里，等有时间，再将它翻出来，并不丢弃。

周末校门外都是车。好车往往停在显眼处，条件一般的就把车停在不大引人注意的地方，家长也不等在大门口。学生似与家长达成了某种共识，也不声张，在校门口很安静地跟同学说再见，然后去老地点找到自家的车，拉开车门沉默地坐上去回家。

母亲郑彩凤接到他以后往往很聒噪，问东问西。问十句，他不答一句，但她还是要问。她不觉得儿子不想跟他说话是因为没什么好跟她说的，她觉得儿子个性沉闷，跟谁都这样，所以更需要开导与引领。

她常自以为是地替他做许多决定，而吊诡之处在于做决定之前她居然会询问他的意见。询问的时候十分郑重其事，显得很民主。可一旦他提出反对意见，她则现出惊讶来，表示不可思议。如果他坚持下去呢？她会耐心而慈悲地开导他，说是为了他好。如果他胆敢再坚持下去，这种坚持便成为一种罪恶与反叛，是对母爱的辜负与背弃，那么就等着母亲细数从他出生开始为他所做的种种服务与牺牲吧，那些细节，听着听着，他自己都觉得自己罪恶滔天。

母爱深如海，但他常觉得母亲的爱像一座大山，看起来雄伟、壮观，背负起来则太过沉重。

所以结果均以他无声地臣服而皆大欢喜。母亲此时又总要充满疑问地再一次向他确认："你真是这样想的吗？"

"真是。"他虔诚地点头。

反抗如果没有意义，就不要再去反抗。

"我儿子懂事了。"

姚平不知道这句话是不是在夸他，是他懂事吗？是他不得不懂事。

"妈没白生你。"

他懵懂地看着母亲。

"知道体谅妈妈的苦心了。"母亲进一步强调。

他低下头，有些伤感。

对现实的无力使他沉迷于游戏，虚拟的世界里一切似乎都尽在掌控。他上课玩，下课也玩。老师有时会发现，有时不会发现。如果发现了，他不会跟老师顶嘴，就说一些软和话，再发点儿根本不会兑现的誓言。发誓的时候要恳切真诚，表情一定要庄重。老师尽管半信半疑，但最后大都会选择相信。他讨厌这样的自己，却无法摆脱这样的自己。

他尤其厌恶发布成绩，成绩一直在提醒他自己有多么无能。老师公布成绩时他往往低着头，这样会使老师对他不那样苛责，觉得他还有那么一点点自尊心："不像班里的某某和某某某，还笑，觍什么大脸笑？对不对得起你爸你妈给你们掏的那个钱？"

对老师来说，他还有的救，还值得救。

郑彩凤也是这样觉得，郑彩凤不知道他不但学不进去也根本跟不上。那些在好学生看起来粗浅的概念，他觉得是头一次听。

英文卷子发下来一大篇子，那些字母组合认识他，但他不认识那些字母组合。也不是没有试过一个一个地查，但效率太低了。有一次他尝试弄懂一个问题后再继续朝下写，于是作业没写完。老师叫来家长，说他不写作业。他赔礼道歉，保证没有下次，态度让老师和家长都十分满意。写完作业的方法有很多，抄，乱写，请枪手。但是枪手不好请，因为在那所私立学校，似乎每一个孩子都不缺钱。

郑彩凤给姚平请了一对一的家教，姚平本意不想补课，但习惯了顺从，所以没有提出任何异议。补课时太多的东西他是听不懂的，也问，还是听不大懂。补习老师就继续给他讲，说："这个问题很简单啊，你看这个角是直角，又是等腰三角形，所以这个角一定是四十五度，所以这个角的外角就等于一百三十五度。"一环套一环的知识点让姚平摸不着头脑，有些解题的思路竟然需要借助小学学过的知识。但那于他来说太久远了，他几乎全部都忘了。有些，甚至从来就没有被接收过。

一对一家教于郑彩凤来说是希望，对于姚平来说，则是一种更深的绝望。郑彩凤无意中将儿子推了进去。

所有无意为之的恶，大都不是因为恶，而是因为无知。

补习老师在高额回报面前回避了姚平基础太差这个问题，一直对雇主郑彩凤说着虚伪的、客套的、夸赞她儿子的话。全天下似乎只有郑彩凤会相信那些鬼话，那些话却像针一样刺得姚平痛楚难当。而且母亲还会在老师走以后向父亲以及向他去重复：

"老师都说你不是笨，只是不努力、不认真。"

姚平不知道该怎么使母亲明白，其实这句话就是"他根本不中用"的意思。有几次他想跟母亲谈谈，但母亲不要跟他谈，说他净说些用不着的，就是懒，不想学，不上进。

"有跟我废话这工夫，能背多少个单词了？跟我在这儿说这些有什么用？"

这些质问令姚平哑口无言，他垂着头继续去补课，但成绩总没有太大的起色。这在他其实是意料之中的事，但郑彩凤总觉得问题出在补习老师身上。名师出高徒嘛，她相当执着。于是再换一个补习老师。补习老师越换越贵，姚平成绩却还是那样。

郑彩凤还是不认为问题出在自己儿子身上，况且已经投入那么多时间、精力和金钱，停掉反而会前功尽弃，继续投入才有可能赢得最后的胜利。沉没成本太高了，她输不起。她从没意识到，输不起的只有她一个，不是她的儿子，也不是她的丈夫。她神经质一般给自己和姚平打气："不到最后一刻决不放弃。"

她被自己感动着，完全不晓得自己已经像是一个赌徒，越输越想一次性捞回本。而他呢，不是不想通过努力好好学给母亲看，实在是那时候他在学业上已经不是"查缺补漏"的问题了，简直是"女娲补天"。落下太多，根本就追不上了，更何况他也确实不想再追了。他的世界早已经被学校和母亲填满，他是没有多余的精力再去填满自己了。

郑彩凤换的老师，最后一批，十分神秘，价钱高到郑彩凤于此讳莫如深。有些题怎么讲姚平也不会，怎么办呢？老师让他把那道题的答案背下来。

中考那天学校让所有学生穿上耐克 T 恤，因为那上面有一个大大的红色对号标志，是一种吉祥的预兆。没有任何一个家长、老师和学生觉得这行为诡异，他们学的是知识文化与科学逻辑、理性思维，但他们却在考试时以一种近乎迷信的方式去祈祷最后的胜利。这像是狠狠在抽教育本身一个大耳刮子，十分响亮，但所有人都闭住了自己的耳朵，他们听不见。

不，他们不去听。

等学生进了考点，家长和老师并不走，里三层外三层围着，谈谈说说，不谈不说的则默默蹲守在某个不起眼的角落，不知内心有着怎样的感想。

姚平在考场上摊开卷子，聚精会神，十分认真地做了几道，发现会的少，不会的多，就有些绝望。干脆放弃吧，他奉劝自己。然而想到了郑彩凤，他又有些恐惧。一偏头，发现旁边的孩子已经翻了一面。天呐，都答另一面了。他看看自己的，自己的正面还没有答完。姚平意识到这很有可能是他人生中最后一次考试了，反而没有先前那样紧张。

"腾①点儿吧，到时间就交卷。"

翻过去，拣会做的做。做到大题时，他汗下来了，这一次是兴奋的汗。居然有补课中出现过的题，文字略有改动，但他识得

———————
① 东北话，读四声。腾点儿，拖延时间的意思。

它们的本来面目，数字也有一些出入，但问题不太大。他手抖了，掌心出了一层汗，温润，湿滑，让他几乎握不成笔。他抑制不住地颤抖，极力搜索记忆。这种兴奋无法用语言形容，简直是酣畅淋漓。

有了这样一道大题垫底，他生出勇气与信心来。他从未靠实力赢取过什么，他其实一直是想赢的。而今有这样一个唾手可得的机会在手边，他的贪念被完全勾引了起来，一发不可收拾了。他陷入那贪念里，本来想放弃的心也被抛到九霄云外去了。

初中时同学跟他开过的一个玩笑一闪而过，说他那远视的眼神考试不打小抄算是白瞎了。想起这句话，他心里咯噔一下再一次擂起战鼓，鼓点打得一声比一声紧，他手心又很快泛潮了。偷偷看一眼老师，极快速，也没看清楚老师有没有在关注自己。老师坐在高高的讲台上，似乎是在看他，又似乎并没有。还有一个巡考的，走来走去，走来走去。当他走过去的时候，旁边的同学已经开始检查了。

只一眼，他瞟到了答题卡上的答案。

没有来得及天人交战，他在草稿纸上按顺序写上 ABCD，然后在答题卡下面依次画下一条条小横线，再经过权衡重新涂了答题卡。

他几乎未经思考便一气呵成完成了以上一系列的动作，直到所有考试结束，他几乎成了这一方面的高手，他为此锻炼出来极强的心理素质，而他沉默寡言的外表似乎于此有不小的助力。监考老师不是没有怀疑到他，但在他紧紧逼视姚平的时候，发现那孩子呼吸平稳、脸平如镜，只眉宇间有一些小小的懊恼间杂无可奈何。他做出笨拙的努力，挣扎着与跟自己智力不相匹配的试题做着殊死搏斗。老师甚至在他的脸上看到了"视死如归"，于是掉开目光，不想再为难这个已经被为难得好像走投无路的孩子了。

也不是一帆风顺的，那个被打小抄的孩子在意识到自己的卷子有可能被偷窥时，曾十分谨慎地用手臂遮挡住了答案。另外一个老师也曾十分注意他，拿手指点一点他的桌子以示提醒，但那已经是最后一科了，他的表现光明正大。因为他想，查出来也好，取消资格也好，老子根本不想考这破试。

他这种大无畏的精神居然误打误撞地使具有多年监考经验的老师对自己产生了怀疑，因而并未深究。

出成绩了，姚平压线进入本市一所市重点，虽然不是省属重点，但毕竟是一所公立学校。姚平本身还是有些意外的，但因他常年面色平静，所以反显得这结果于他来说似乎本该如此。郑彩凤惊喜至极，觉得在姚平初中时，她为他做出了正确的选择。

7

高中以后姚平发现老师不太管，凡事点到为止，所以干什么就更加自由。至于学习，他对郑彩凤说自己可以学明白。要想考试成绩过得去则有许多方法：打小抄，花钱让同学放水，改成绩单，有一次还去老师办公室偷过卷子。那次动静不小，事情曝出来把他也吓得够呛，全靠同学仗义才没有把他给供出来，事后没被供出来的同学请了东窗事发的同学一顿大餐了事。当然也有完全想不出招儿的时候，所以他成绩就有些起伏。

一有起伏郑彩凤就去问老师，老师就让她不必太紧张。高中的学习生活像打仗一样，有一些起伏再正常不过。

姚平个子又蹿起来不少，一米八多了。很奇怪，郑彩凤和姚大强个子都不算太高，姚平个子却越长越高，已经高出姚大强一个头了。他不胖，五官平平无奇，只是为人继续保持诡秘的沉默，这反倒成为一些情窦初开的女生眼中的加分项。胆大一些的女生对他就有那么点儿意思，做得很明显了，但他不为所动。这一点又使老师对他极为欣赏，说他不浮，有定力。

但是夜里做梦他梦见了那大胆的女生，梦见她就会醒，醒就睡不着了，瞪着天花板。身体的秘密像勃发的太阳，快速成长着。他总是忍耐得极其辛苦，那种渴望与压抑在他身上可以同时出现，打得天昏地暗。他在那欲望里绝望地喘息，有时会自己动手解决，脑海中会出现一具非常具体的女生的身体，所有隐秘的部位一览无余。

所以第二天见到那女生，他脸先"腾"一下红了，再之后就是避之唯恐不及，像触了电一般，见了鬼一样，脸上现出厌恶的表情。别人都以为他是厌恶那女孩子的轻浮，厌恶男女之事，其实他是厌恶他自己。厌恶自己的懦弱与肮脏，也厌恶自己的不优秀。

他知道，如果对方了解真实的他，就不会再对他产生一丁点儿兴趣。人都会因为不了解而产生兴趣，真正了解了，会厌恶。他熟悉那种厌恶，并深以为惧。

在学习上他更加吃力了，初中还能听懂一些，高中能听懂的就更少了。他也有过重新振作的打算，就先从不打小抄开始吧，但每至考试展开卷子，他又像着魔一样不能收手。于是就告诉自己这是最后一次，下不为例，下不为例。但到了下一次考试的时候，他仍旧管不住自己的眼睛，仿佛眼睛已经不再是自己的了，忍不住总是要偷看。

成绩出来以后，因为自己心里清楚是怎么一回事，也就无法发自内心地高兴起来，脸色因此而显得冷冷淡淡的。在老师、同学、家长们眼中，这成为一种谦卑和与年龄不相符的内敛，另有一种暗自发力的上进与韧性。他希望自己真是那样的人，但他最明白自己真的不是。还有人因此而断言，他未来将是能做大事的人。

他被自己搞得很苦，痛苦那样需要消解，短暂的寻找快乐的方式还是游戏，有时也看看网文，都是些讲"废柴"成材的故事。他沉湎于其中无法自拔。

母亲郑彩凤对他还是有一些几乎是出自本能的不放心的，总是寻找借口到他房间里来找寻他没有好好学习的蛛丝马迹。她进来，先看看他是否在看书学习，随后拿眼寻找手机。见到手机被姚平放得离他很远，感觉十分满意。其实如果她肯走到桌前，用那双中年女人的饱经沧桑的手掀开书本，就会发现藏在一本书底下的另外一部手机。那是他用积攒下来的零用钱去手机市场买的。

高二下半学期，学校请各个省级重点学校的老师来讲课。他开始不清楚学校做出这一决定的意图，直到他发现这些老师中有些是历年语文考试的出题人，还有一位是其他科目的。初中时最后给他补习的老师在跟他玩些什么把戏，他这才真正明白。

他觉得世界比他还要肮脏，他对这个世界充满了比对自己还要深的厌恶与憎恨。

随着高考的临近，他越发焦躁不安与矛盾，也越发沉默。母亲郑彩凤做了许多好吃的，变换着花样。半夜还要送进来一杯热牛奶，那牛奶里放了糖又打入一枚鸡蛋，郑彩凤总要看着他喝完才满意地拿着空杯子离开。

他用一枚硬币预测自己未卜的前途与命运。能考好？不能考好？能不能考好取决于有没有机会，近来他一直在关注高考舞弊案，看看大家都受到了什么样的惩罚，研究究竟有没有漏洞，他想象自己在考场上被抓现形的样子，常常白天就是一身冷汗。

家人以为他是考前紧张，所以故意营造轻松的氛围。可是氛围越被刻意营造得轻松反而越使他觉得紧张，有时他竟觉得自己像是被赶进屠宰场的猪一样，终于意识到自己的命运，但一切又都已太迟。他常想，如果，如果能重新活一回就好了，那么他就……如果第一次打小抄没有得手就好了；如果在那之后及时收手就好了；如果上小学时妈妈没把他扔给老师就好了；如果老师肯对他负一点儿责任就好了；如果老师没有告诉他可以走捷径就好了；如果，如果从小学开始就打好基础，知道踏实地努力就好了；如果在面对母亲的时候能坦诚相告就好了……

在惶惶不可终日中，考试的日子终于来临。那一天天气晴明，天空一碧如洗，浅蓝中带一点儿淡淡的云白，树木葱茏，花与草遍地，护城河的水很清澈，潺潺地流动着，一切都那样生动有趣而可爱。

他忘记了早餐是怎样吃下去的，觉得眼前的一切事物都有些模糊与飘忽。母亲肥胖的身躯包裹在一件修身的旗袍中，而父亲姚大强觉得妻子多少有些造作。她终于心不甘情不愿地脱下那件旗袍换上了正常衣服，她在前面走，姚平在后面跟随。

到了考点，学生们鱼贯进去，他却不肯下车。拿了一本英语书，其实什么也没有看进去，偶尔看两行，发现竟然有不认识的单词，不知道是什么意思。他一下子就慌了，却并不敢"唰唰"地翻到后面去看单词表，因为太惧怕郑彩凤问他怎么了，还有比他还要着急慌乱的表情。那是一种压迫。

母亲说还有三十分钟，让他先进考场。他眼睛并没有离开书："不急，再看两眼。"其实能看进去什么呢？不过是在拖延时间。但时间是固定的，其实无法拖延。该来的一切都在路上，所有的结果都谈不上意外。至少他深知这一点。但不知道的人又太多，比如眼前，郑彩凤就是一个。

临考试只有十几分钟了，他不得已下了车，背着书包，还拿着手机。母亲让他把书包扔在车上，他并没有同意。背着书包，朝前走，感受到来自母亲的追随的目光，他再一次想到母爱如山这个词，但真正怪罪起母亲和母爱来，又让他觉得自己十分卑鄙猥琐。

进了考点，书包和手机被要求放在桌子上。他深谙此道，将书包放下，脸色也终于平静下来，一点儿也没有引起老师的注意。另一位老师拿着扫描仪，他抬起双手，像一只大鸟张开自己的翅膀。扫描仪没有发现异样，老师放行了。但是旁边的学生没有那样幸运，他被要求搜检身体，裤腰有个口袋，里面有几张小抄，当场就被没收了。姚平回头瞅了一眼，觉得他真是蠢。那小抄就算被带进考场，他有机会拿出来抄吗？人做什么要做成不像做什么的样子才容易成功。如果做一个小偷，一眼就让人看出来是小偷，那不被人发现才怪。

他对照了自己的座位，笔直地走进考场。垫板和草纸发放完毕了，老师又将卷子和答题卡发放完毕，要求写完了自己的姓名就搁笔，否则算违纪。

"姚平"，他写下来，接着是准考证号，他对照着，一笔一画地写，没有一丝马虎。写完了就搁了笔，他像个老手一样看似不经意地环顾了一下四周：他左边坐着一个女生，正前方是个男生，穿着白色的T恤。如果他肯侧身，一切还有希望。但那男生的个子也太高了，跟他差不多，后背几乎完全挡住了自己的卷子。后面的他没有看，看了也没有用，不太有价值。打小抄时他从没有抄过坐在自己后面那人的，他不敢回头，那太过明显，他是怎样都不敢回头的。

他右边还是一个女生，这个女生长得很有特点，丑。他对她发生了兴趣，认为她学习成绩一定不错，不由得多看了她一眼。

五分钟过得很快，打铃了，可以开始答题了，他到此时才想到一个细节，他前面、左面、右面，全部是由另外一个老师发的答题卡、卷子、垫板、草纸。他看了一下，他的答题卡跟他们的是不一样的。他转回头，抬起脸，跟老师的目光碰撞在一起。这一场考试并没有那么顺，长得不太好看的女生答完就将答题卡扣了起来，还用一张一面是空白的草纸盖上。另外一个人似乎跟他半斤八两，也在东张西望，他嗅到了同类的味道。前面看不到，而后面，他根本不敢看。

即使是看了，他也知道自己无法做什么。他的答题卡是A答题卡，而别人的，是B答题卡。

他有些绝望，同时又感觉也没什么大不了的，内心深处，甚至是早盼着这样一天似的。事实上，他并不愿意生活在自己编织的谎言里。

第二天，他生出想逃的念头，是硬着头皮参加考试的，已经不想再抄了，没做任何努力。他不知道是怎么考完试的，只知道是考砸了，一切全都完了。最后一科考完，他走出考场，脸上泛着阳光一样刺眼的白，他看见母亲站在街对面，用手搭起凉棚遮着北方 6 月已经暴躁的太阳。他思考着出分数的时间，一种轻松与一种莫名其妙的失落将他重重包围。他将书包甩在肩膀上，朝母亲笔直地走了过去。

8

等待放榜的日子是令人心焦的，那一阵郑彩凤像着了魔，有时想象儿子超常发挥，结果考进了 985、211，大家都来恭喜她，她喜笑颜开，迎来送往，好不热闹，也好不风光。有时也想或许儿子会考得差劲一点儿，但怎么样也能过一本线，当父母的也就满足了。

当这一个畅想结束，她又使自己陷入另外一个畅想。于是深更半夜的不睡觉研究志愿，有时自己研究，有时在儿子姚平屋子里跟儿子一起研究：500～530 分都报什么，超过 530 没到 560 报什么，万一真干到 600 报什么。姚平脸上充满倦意，最重要心里有底，知道自己的分量。

但是郑彩凤不知道，莫名兴奋，一折腾就是半夜。有时明明有困意了，躺到床上准备就寝，也闭上了眼睛，却就是睡不着，不得已又睁开眼睛，眼睛却亮得发贼。姚大强也被吵得不好睡，因为经常被她扒拉醒，听见她充满憧憬的声音在暗室里响起，带着一点儿莫名其妙的亢奋："你说——如果儿子真考600多分怎么办？"

"怎么办？还不得把你给乐疯啊。"

姚大强翻个身，将后背留给郑彩凤。郑彩凤是有一些不满的，但想到儿子姚平，所有的不满又被化解。她不在乎丈夫跟自己貌合神离，不在乎两人对彼此互不关心、互不打扰的生活状态。她只在乎儿子的前程。

终于等到放榜，接近6月尾了。那几天也不下雨，也不阴天，太阳老高老毒辣地挂在天空，晒得人没有精神。姚平平静地坐在书桌前，打开电脑。她站在他身后，心比目光还要焦急，抻着脖子期待地看。本来还害怕姚平会撵她，但是姚平并没有。这让她心里又淡定不少，认为儿子的成绩一定不错，心里有数，不然不会这样淡定。

结果查出来以后，发现分数并不理想。也不能说是不理想吧，简直使她无法想象。

"怎么会这样呢？搞错了吧？！怎么去找分数？"多年前熟悉的情景突然再现，与之一同出现的是她当时几乎出于本能的反应。她从姚平身后跳起来，姚平仍旧坐着没有动。"一定是有问题。"她想到很多冒名顶替上大学的新闻，就像当年想到招生的学校存在猫腻。

丈夫姚大强倒很镇定，仿佛早就预料到会有这样的结果。他的表情于她来说更像是一种羞辱，他没有丝毫的诧异与怀疑。他比自己高明，他什么也没有付出，他一直在冷眼旁观，他早看透了一切。这种想法蚁噬一般折磨着郑彩凤。

她觉得姚平完蛋了。

但事实上，是她——郑彩凤完蛋了。她的希望完全破灭了，而不是姚平的，也不是姚大强的。但那爷儿俩好像都对于这一点心知肚明，这就像是一出讽刺剧，她深深地被这讽刺意味给刺痛了。

气氛因此而变得低沉，像家里有一个使家人无限留恋的晚期癌症病人，处处张挂着哀伤。姚大强最先受不住这令人窒息的氛围，说有应酬，夹了包先跑了。这使郑彩凤更加哀伤，她觉得自己和孩子都需要人来安慰，再说，万一儿子想不开呢？

她对丈夫的失望尚未完全生起，对儿子的担忧又占据了上风。是啊，万一姚平想不开呢？她越想越觉得这并非没有可能。分出来了，那样不堪。但是姚平面不改色，这绝对不是什么好苗头。

她又慌了，分数反而不重要了，她跑到儿子房间，发现姚平不知什么时候不见了。这让郑彩凤大吃一惊，简直屁滚尿流。她又急三慌四地跑出来，发现卫生间的门开了，姚平从从容容地走了出来。

她在心里叫了一声苦，不过经过这么一出，她更加觉得分数没有那样重要了。姚平问她怎么了，她说没事儿。姚平狐疑地看着自己的妈妈，迟疑地回到自己房间。郑彩凤刚刚历经了一场不为人知的失而复得，那种珍而重之的心情使她不由自主地跟着儿子一道进入了他的房间。

儿子仍旧坐在书桌前，她则坐在床沿上。两个人也不说话，后来也不知是谁先开口，大意是事已至此，还是早些研究研究能上哪个学校、能报什么专业更好。于是姚平拿出报考通讯来，两个人几乎头碰头，找到姚平的一分一段专业，拿尺比着，讨论这个学校怎么样、那个专业怎么样。但其实学校和专业都不能令郑彩凤满意，都是大专类院校，但她并没有把这种失落写在脸上，最多也就一闪而逝。

姚平总是能十分敏感地捕捉到这种失落，说："学一门技术也没什么不好。"

郑彩凤低低地"嗯"了一声，眼睛跟着那一行行的文字朝下落，忽然看到当地某大学竟然有个本科招生，姚平的成绩正好符合分数要求。一看是3+2，有三年在国内念，两年需要去国外念，学费当然相当昂贵。郑彩凤一下子来了精神，手指点到那专业下面，告诉姚平："就它了。"

她激动地喘着气，不就是钱吗？

姚平还是微微犹豫、挣扎了一下的，他一直觉得自己不是学习那块料，只想学门不会使自己陷入难堪的手艺，早点儿走出校门，这样也没什么不好。但，他看了一眼狂喜的母亲，再一次妥协了。

9

姚平从国外回来后，照例要找工作的。郑彩凤听说外企好，在那里上班的中国人都不说中国话。她想儿子在国外待了两年，说洋话应该没问题。她不知道那所破学校是国外的野鸡大学，姚平在国外接触的也都是中国人。所以外国话虽然会说两句，却并不灵光，远没到挥洒自如的程度。

不过到底是跑到国外镀了一层金，一般的工作姚平有些看不上眼，但找高档一些的工作也吃力，光是语言就不过关。后来他在一家新开的培训机构找到一份教英语的差使，跟父母说是先熟悉熟悉国内的大环境，用以过渡。没想到，教了几天竟然叫调皮的学生寻到了破绽，让他在课堂上出了丑、露了乖。同事很快掂出他的斤两，其中有国内名校英语专业的毕业生用英语来同他说话，他答得磕磕绊绊，也使自己的处境更为尴尬了。

坚持了没多久，他就被人辞退了。郑彩凤替儿子打抱不平，说中国人就是这样，见不得别人比自己出色。

姚平陆续又找了几份工作，却没一份干得长，好在不需要他养家。有时已经是失业的状态了，但他每天早晨仍拎个公事包出去，做出去上班的样子，家里也没有人察觉。

一天晚上，几个同学找他出去喝酒。那几个同学比他早步入社会，有两个混得有一点儿小成绩，有点儿吹牛的资本。开始是他们吹姚平听着，他知道自己没什么好吹的，这些年他就没什么好吹的，就只是听，一杯接一杯地陪着喝。喝到半夜，酒气冲上头，他突然间站了起来，举起酒杯，说："你们谁有我牛×？老子上高中就逃学嫖过女人。"

大家短暂地愣过一阵，然后哈哈哈地笑了，当笑话听。姚平看他们笑，琢磨着是不相信的意思，于是又"霍"一下再一次站起来，把细节都描述得绘声绘色。他从未想过自己居然是一个讲细节的高手：一天早晨出来本来是想上学的，但是突然心生厌倦，于是没有去学校。坐车去了某市郊，到了那儿下了车，也不过就是漫无目的地走。走走走，走过一片棚户区，看见个三十岁左右的女人穿着睡衣出来倒痰盂。那女人都转身了，又回过头试探地问他，说小兄弟玩玩不？鬼使神差地，他就跟在后面，进了屋。女人脱了衣服，他慌张仓促但却完整地完成了从男孩儿到男人的进程。

完事之后女人管他要钱，他当时兜里只揣了一百多块钱，已经都交给她了。但女人嫌钱少，威胁他，说如果不给够某个数就跟他去学校举报他。

他抬头看着女人，突然为自己刚刚与之做过的事情感到彻底地厌恶。这一次他非常清楚自己厌恶的并非自己，而是面前那个女人。那女人象征着真正的肮脏与罪恶，而他竟于此处获得充满了肮脏与罪恶的快乐。那快乐使他害怕得战栗，他更加害怕自己永远不会摆脱她的纠缠。

"你们猜怎么样？"姚平摇摇晃晃的，大排档露天扯出来的电线上挂着明晃晃的灯泡，晃得人晕头转向。"我把她整死了。"

大家又是哄然一笑，都说他醉了。

"你们别不相信，我姚平本也是干大事的人。"

隔了两天，郑彩凤正在市场里跟人甩扑克呢——反正也没有顾客，却接到一个陌生的电话，居然是警察局的。可笑不可笑？她家里没有人作奸犯科，警察找不着她。警察却说是大事。大事能有什么事？警察说，你儿子杀了人了。

开玩笑。

她跑到警察局，知道了事情的前因后果。儿子姚平失业很久了，酒后吹牛，结果一个同学事后想想不对，报了警。

关键警察一查，居然时间、地点、案件都对上了。警察还说，当年这个案子里的女人亲人远在西北，警方辗转打电话让家人过来认尸，家人嫌路远费用高，没人来认。那时案件经费少，也没什么线索，查来查去没查出结果，最后不了了之。

"这孩子，怎么什么牛都敢吹？"郑彩凤不能理解。她让丈夫拿上钱，要跟警察说清楚，先把儿子保出来再说。等出来以后，她要好好教育教育儿子，不能什么都说，祸从口出，病从口入。再有，经过这件事也要懂得认人，像那种将玩笑当真并且报警的朋友，以后还是少来往为妙。

不过警察说，姚平已经撂了。

撂了是什么意思？他还是小孩子……

警察说，还小孩子呢？犯案的时候就已经成年了。

她脑袋"轰"一声，感觉这回世界可真全都塌了。

连审带判，该案来来回回、前前后后约莫一年多才算全完事。那一年郑彩凤一头的黑头发大半都白了，她并不去染，只到处托关系、找律师，想把姚平捞出来，却也没什么结果。

但还是到处托关系，她肯花钱，钱不算什么。后来有人说能给她办，说认识法医。法医给姚平开个得了某种病的证明，也许姚平可以得到"保外就医"的结果。那人还对她说，某某某的儿子，就因为爹有通天的本事，所以虽然把人打成重伤，却被"保外就医"，弄出了监狱。

"有这个啥不能办？"对方伸出两指，做出一个数钱的动作来，"关系网啊。上上下下，门生故旧，顶雷替包的，种种情况，不一而足。王子犯法与庶民同罪？永远不可能。只有平头老百姓犯了事儿要依法制裁。什么是法？钱就是法。权就是法。规矩都是人定的，哼哼哼。"

她了解那个"哼哼哼"的意思，她也相信。她总是想起那一年她带着发烧不退的儿子姚平到处去求医，被从这一个科室支到另外一个科室。急诊、门诊，满楼跑。她被支使得晕头转向、昏头涨脑，可谁也无法断定儿子姚平究竟得了什么病。后来有大夫建议她去看看专家，到专家那里，儿子都烧得剩半条命了，但那个走后门求医的人还是排到了她们前面，而且不需要挂号。

那时起她就想，莫说她当时还没有挣到多少钱，就是真挣到许多钱，办事也不如某些人一句话、一个电话、一张一指宽的条子好使。所以她才让儿子好好念书啊，好出人头地。如果这世界永远是不公平的，她不想儿子成为这种不公的牺牲者。她希望儿子成为资源的掌握者、规则的制定者，有话语权，不要像只蝼蚁，只能任人践踏。她逼儿子学习，看重他的成绩，不是像丈夫说的那样，自己飞不起来，于是下个蛋，想让下一代替她飞。

不是那样的。

她是成年人，明白这世界的残酷与真相，她只是不甘心。

她"唰唰唰"掏出钱，对方说让她等。她也不去市场卖货了，在家里一圈一圈转，等。好不容易等到一个月，她去找人家，人家又让她等三个月。等了三个月，又让她等半年。等了半年，又说这个案子太严重了，人命关天的大事情，还是要她等。

这时候有人提醒她，说她丈夫姚大强家外又有了一个家。外面的女人大胖小子都养出来了，她才想起，姚大强好像确实三天两头不着家了，她怎么没有注意到呢？

她很愤怒，拿着刀，追丈夫，说儿子已经这样了，你怎么还有心情出去找别的女人快活？还是不是人？长没长心？丈夫在前面跑："你天天疯子一样，但我们老姚家不能断了后。你不能生，还不能让我找别人生吗？儿子都是被你害死的，要不是你逼他……"

她举着菜刀，听到这话又突然停住。菜刀的锋刃在傍晚夕阳的映照下闪闪发光。好像哪里不对劲，但她也说不上来。儿子真是让她害死的吗？全部是她一个人的责任吗？她还能生吗？

丈夫的骂声传过来，骂她是神经病。这个词儿再一次激怒了她，郑彩凤没有时间继续思考下去，只知道好像是自己也不想活了，他既然不在乎他们母子的死活，那么他们三个就同归于尽吧。

这样闹了几天，丈夫和家人在她再一次发威时叫来了精神卫生中心的大夫，说她精神病发作了。几个彪形大汉，把她按倒在地上，用膝盖顶住她已经瘦下来的干瘪的后背，菜刀被扔在不远处。路灯次第亮起来，一直延伸到城市的尽处。

那天晚上风有点儿凉，来来往往有许多下班的人。路上有男人也有女人，有大人也有孩子，还有老年人。风把路过的、美丽的女人的裙子吹起来，也把她们美丽的头发吹起来。她们扑闪着水汪汪的大眼睛，迷惑不解地看着那个大声呼喊"我没有疯"的女人。她们回到家里对自己的亲人、第二天又对自己的同事们说："昨天晚上我下班时遇到一个女精神病，她的儿子嫖娼杀人判了死刑，她接受不了疯了。丈夫只能把她送到精神病院。听说她管儿子管得很严，那孩子压力大才去嫖的娟。"

她们不无感慨地说："一个健康、正常的女人对家庭和孩子的一生至关重要。"

郑彩凤躺在束缚床上，认定自己可能真的是疯了。一个不疯的人，是不会被关进精神病院里的。这不科学，也不文明。

她刚被注射了一支安定，眼前的世界模糊起来。

第二天醒来，护士拿给她药，她顺从地张大嘴巴，一口吞了下去。饶是见多识广的护士也有些奇怪，说："昨天闹得还很凶，今天就这样听话了，真是不可思议，果然是一个精神病。"

于是像哄小孩子一样拿话语去鼓励她："你这样就对了，早点儿好早点儿出去。"

她低下头想了想，笑了，抬起头来看护士，问她："我出去能见到儿子了不？儿子能放出来了不？"

"能。"

"那好那好。"又抬头问，"你不骗我？"

"不骗。"

"需要多少钱？我有钱。"

她向口袋里面一掏，当然那里并没有一分钱。她犹豫一下，做一个爽利地掏钱的动作，然后捏住钱的样子，递了过去，问："够不够？"

医生说，妄想型，她得的是妄想型精神病。

是啊，她是曾经有过太多的关于这世界的妄想啊！

剩余价值

1

我在二楼的消防通道碰到了张姐，她正讲电话，说话有哭音，问对方医生怎么说，还问有没有生命危险。见到我，跟我点了一下头算是打过招呼，接着背过身去继续讲电话。

不知道她家里谁病了，应该很重。又够这两口子喝一壶的了。

我叹口气，只想逃回热火朝天的五爱街。那里不由分说的喧嚣与热闹、哗哗流淌而入的钞票和写在人们脸上的赤裸裸的欲望反而使人生变得简单，会让人暂时忘记人间疾苦。

我手还没碰到消防通道的门，后面便响起张姐略带嘶哑的声音："老妹儿，等会儿，你是不是认识大夫？"

我停下来，家里确实有亲属在医院任职，于是转身面对张姐："刚才听你打电话像谁有病了，咋的了？"

"我妈。"张姐一屁股坐在消防通道的台阶上，两个胳膊肘支着膝盖，两手无力而软弱地耷拉下来。

"癌。"张姐双眼失神，目光呆滞，蓦地从眼中流淌出两汪泪来。要强要惯了的她似乎不愿意面对充满了无助与沮丧的自己，于是顺势将前额抵在叠起的小臂上。我便看不见她的脸，只能听见她吸鼻涕的声音极大却又极其克制："想进医大，但是没床位，你能不能帮我找个人安排个主任给她做手术？咱也不认识好的主刀啊。"

这事儿有些难办。医院是个庞大的人际关系网，不要说我认识的人不在医大本院，就算是在同一个医院，里头的关系也错综复杂，他并不是所有科室都能说得上话，别人也不一定都会给面子，更何况还是外院？

但我还是问："什么癌？我问问，看能不能帮上忙。"

"肺癌，还有子宫肌瘤。"

"子宫肌瘤可以先忽略不计，肺癌得归胸外管吧？我没拿电话，回档口打电话问问看他怎么说。"

到档口我拿了电话又重新回到防火通道，打电话却没人接。我对张姐说，一般这种情况他可能是上台去做手术了，等下行我再打，联络上会第一时间给她回复。

不等下行，亲属给我回了电话，我把张姐母亲的情况跟他说了。他说如果非想在医大做可以帮着联系安排一下床位；还有一种方案是住进他们医院，再走正常程序请医大的教授过去会诊。这样能省一些钱。再说本院好照应，病房也好安排。

得了好消息我忙给张姐回电话，张姐很激动也很高兴，经家人商议决定采用后一个方案。

一切安排停当，手术定于一周后进行。没想到胸腔打开，医生发现张姐母亲的癌症已经"飞了"，这种情况下，切除原病灶会让癌细胞扩散得更加迅速。手术意义不大。所以胸腔被打开后又被缝合，张姐母亲被转入科室重症监护室。

没两天，老太太陷入半昏迷状态。大夫说也就是三两天的事儿了。家属都是明白人，知道再高明的医生也是治病治不了命，内心便已接受这个事实。

但女人们还是难免哭天抹泪，男人们则沉默地在医院的吸烟区抽烟。张姐的老父亲日夜不肯离老伴病床左右。老人家已经六十多，满头华发，那几天在医院也熬得够呛，人看起来眯眼不睁、十分憔悴，但对老伴儿表现得忠心耿耿，树枝般干枯的老手紧紧握住结发妻子的手指天誓日："你走了我决不再找，我就个人过。你放心吧，我没事儿不麻烦儿女，他们也不容易。过两年到寿路了我上那头找你去，咱俩还是夫妻。"

老太太去世后张姐哭得最伤心。她虽为家中长女，但懂事儿懂得晚，从小就叛逆难管，十五六岁就跟社会小青年混在一起，逃学、早恋、未婚同居、奉子成婚。在她的少年乃至青年时代，张姐每一步都踩在父母所能承受的最高限度都不止。打，骂，母亲恨铁不成钢的狠话飘出来时，已经不像是一个母亲在责骂自己的女儿："不要脸""贱货""让人白玩儿""死外边也别回来"……

看着母亲痛苦到扭曲的脸，张姐自己脸上则现出蔑视与鄙夷：难道要活得像你吗？

这个"你"原先到底活成什么样呢？

透过张姐在母亲葬礼上的哭诉，我们大致可以梳理出那个年老女性的半生图谱。

丈夫不着调，吃喝嫖赌什么都干过，还曾经把相好的领到家里头来。

一言不合，就会被丈夫拳打脚踢。那时张姐妈常被打得鼻青脸肿。即使这样她仍旧不离不弃，勤俭持家，吃苦耐劳。"家里拣一块大豆腐也得先尽着我爷、我爸和孩子们吃，到她上桌基本上什么也不剩了。"

"舍不得吃，舍不得穿，挨打受累，隐忍半生，一辈子没享过福。"

这样的一生听起来就让人心凉胆寒，那是人过的日子吗？然而老太太的骨灰此际正安静地躺在拥有旺盛哺育能力的东北黑土地里，时间已经为她画上一个完整而不无遗憾的句点。亲人们偾张而出的悲伤洒向大地，长埋地底的老妇在号恸崩摧的哭声中得到了最后一点儿满足：至少，在儿女们心中，母亲是隐忍而伟大的。然而，作为一个普通家庭妇女，被人发自内心地赞颂伟大就是一种成功吗？那些失去自我的牺牲与成全就显得有价值、有意义了吗？

当然这属于我自己的疑惑，目睹一场一个普通女人死亡的疑惑。

葬礼结束，张姐仍旧不能释怀。死亡使回忆变得清晰具体，往事的枝节纤毫毕现。

当年离家出走后，张姐住进男友家，之后怀了孕，因为没到法定年龄只好打胎，到结婚的岁数后再一次怀孕，男方家里才不紧不慢地张罗着结婚。当时张姐无业，张姐夫眼高手低，今天有收入，明天没收入，玩心也大，不肯主动负担起家庭责任来。年轻的小两口只能靠两公婆接济度日。但生产是笔大费用，婆家不肯出，张姐夫又不着家。

是张姐妈得着消息第一时间赶来，拎的挂面、鸡蛋、小米，给她掏了住院费，白天还留在她的婆家伺候月子。老太太事儿不多，话更少，有活儿就跟她的婆婆抢着干，低眉顺眼，伏低做小，婆婆说的话再不中听她都忍耐着。

张姐从没因母亲的打骂流过一滴泪，但坐月子时她不由得鼻酸，心里恨自己：如果她肯上进一点、争气一点、自重一点，她母亲的腰板儿或许就不必弯成那样。

初尝人世艰难的张姐是在生产后开始理解自己的妈的，尤其张姐的女儿竟跟她年轻时一样不让大人省心。小丫头刚上高中，正处于狂躁的青春期，也在学校里谈起了恋爱。张姐因为有自己的前车之鉴，所以对她管教得相当严苛，于是这对母女间出现了与当年她和她妈几乎一模一样的战争。只不过张姐的角色发生了转变，变成了被嫌弃和被鄙夷的那一个。

张姐没想到自己拼尽全力，那样努力挣扎，到底还是活成了她妈的翻版。

究竟是为什么呢？张姐找不到答案，最终将这些归结为命运的极端形态——报应。

2

为了排遣张姐的悲伤，那些日子下了行我们就去张姐家陪她。我们出耳朵，她出嘴巴和眼泪。这一天，张姐的自我反省大会开场没多久却有人敲门，张姐拿手背抹了眼泪，走到门口哑着嗓子问是谁，原来是她爸。开了门，她爸似乎没想到女儿家这么多客，反局促起来，我们只得就此起身告辞。

下了楼，这帮老娘儿们才贼一般重聚在一起。王姐说："老头儿今天来肯定没好事，要么为钱，要么为女人。男人一生就这两件事儿。"

她还说，她公公去年死的老伴儿，不出一个月新老伴儿就走马上任了。

"如果我死你姐夫前头，不知道他会不会也像他爹那样猴急。"

王姐的哀伤被另一个姐妹的玩笑打断："你对姐夫也太没有

信心了，有几个老爷们儿会老实巴交地在那儿等你寿终正寝？他们一般在你没蹬腿儿的时候就找好下家了，有的还不止一个呢！"

气得王姐直骂她狗嘴里吐不出象牙。

然而王姐猜得没错，老爷子当真要再娶。张姐当时坐在客厅沙发上静静地看着自己的父亲，张姐夫给老丈人递过来一支香烟。爷儿俩都点上，烟雾袅袅盘旋向上。张姐夫轻咳一声先表了态，说，应该，应该，找。

张姐虎躯一震，伸出两条肥壮的臂膀，一把将客厅里那张钢化玻璃茶几给掀翻了。

"我妈才过完头七。"

"才过完头七咋的？人死不能复生！早晚都是娶，晚娶不如早娶，早娶你爹还能早受益。你爹都这么大岁数了，还能享受几天？"

一时间，张姐竟找不到话来反驳自己的父亲。

所以老太坟头土未干，张姐老爹就把后老伴儿领到家里来了。老头儿相当满意，瞅着后老伴儿眉开眼笑。后续的老伴儿比张姐爹小十一岁，是个慈眉善目的农村老太太，只面皮略黑，其他一切都看得过去眼。老太太话很少，有一儿一女。女儿已经出阁。儿子在小北手机市场卖手机，没搞对象。之前娘儿俩在小北租的房，跟张姐她爹搞了对象后，老太太便火速把行李卷儿搬到了老头儿家。

那时老太太还不知道那房子的产权不属于老张头。那房是张姐做买卖挣钱后用自己女儿的名字买下的：一来为女儿储些不动产，二来为父母改善居住环境。老两口原先那套平房冬天烧炉子，夏天躺老热，离她婆家的房子还不近。厕所是公厕兼旱厕，尤其冬天，没人收拾，秽物冻上了又叠一层，再冻上，再叠一层。上个大号只能弯腰屈膝扎马步，不敢全蹲。所以张姐经济上稍一宽裕，就给老两口买下了这套房。

但不敢落父母名下，怕婆家不乐意，于是用女儿的名字买。到了冬天她让父母直接搬了进去，只说去猫个冬。女婿当然不好说啥，倒是婆婆不阴不阳地提过两句。当时张姐夫也在旁听着，张姐想丈夫应该能在这时候站出来替自己说两句公道话吧，毕竟做买卖主力是自己。

哪一天不是张姐不等闹铃响就爬起来，悄没声儿地起早上行？上西柳上料是张姐，上南方上货也是张姐。从前火车票紧张，上哪儿去买坐票？都是站票。上车前，张姐跟个爷们儿一样将票用嘴一叼，肩膀上扛个比她大好几个号的大包，一身臭汗挤上去，饿虎扑食般去抢占所谓的有利地形。到了晚间，张姐钻进塞货的火车座位底下一睡就是一宿，火车底下飕飕来风，轰隆隆的车声震得她耳根子疼……

江山是她打下来的，钱是她靠自己辛苦挣下的，难道就因为她结了婚，自己挣的钱就不能跟她的姓，只能跟婆家的姓？难道这些钱不能归她自由支配，如果她支配了就算是倒贴娘家？更何况房子写的还是张姐夫他们家后代子孙的姓儿，他们怕个啥？有啥吃亏的？

但是张姐夫两只眼全神贯注于电视，像根本没听出这婆媳两个之间的火药味儿。张姐气不打一处来，直接撑了婆婆一句："那钱是我挣的，我乐意咋花就咋花。法律上还有我一半呢吧。再说了，那房写的是我姑娘的名儿，慌什么？我爸我妈也不是孙悟空，他们活不了五百年！"

婆婆转过头来云淡风轻地对自己孙女说："你瞅你妈，挣两毛半钱神气得不得了。这家已经装不下她了，跟长辈这么说话。你们说说，我倒是说啥了？话都不让我说了吗？别说是亲家，就是两旁不相干的，瞅着人家为难走窄了咱还得伸把手帮帮呢，我说啥了？"

说完就开始掉眼泪。

张姐本来还想要替自己争一争：什么叫为难走窄？像你们家生活条件多好似的。当初不跟我娘家一样穷？这几年要不是我拼死拼活地干，恐怕咱一家大小还挤在不到四十平米的小单间里。再说了，啥叫帮？她那是正常的长大成人的女儿孝敬自己爹妈，咋能叫帮？说得像她娘家人活不下去靠他们老张家人接济了似的。

但张姐知道，在她和婆婆之间，只要婆婆的眼泪一掉下来，她这个当儿媳妇儿的就算是有天大的理也没了理。如果不想战火扩大，她只能选择息事宁人。

这样的生活让张姐觉得迷茫，不是绝望，也不是无望，而是迷茫。她找不到婚姻的意义和价值。为什么结婚呢？从前的女性讲究"嫁汉嫁汉，穿衣吃饭"，因为在经济上受制于人，所以在婚姻里处于从属地位。可现在是新时代了，很多女人都靠自己解决了穿衣吃饭的问题，所以那个千百年来女性嫁人的重要原因变得无足轻重了。那究竟为什么结婚？单纯在情感上有个依靠？在精神上有个寄托？可结婚后有太多男性游离于家庭之外，他们不参与婆媳矛盾、子女教育、家务劳动……主动边缘化，模糊处理自己的家庭角色，更不会体谅、理解、爱护自己的妻子。如果妻子抱怨，他们甚至会反向指责："一天就那点破事儿没完没了地唠唠叨叨，小心眼儿。""我妈都那么大岁数了，你跟她一般计较个啥？""带会儿孩子你这当妈的还功功劳劳的，谁不当妈？""擦个地能把人累死吗？"……

这种情况又哪里谈得上谁成为谁的依靠或者寄托呢？

张姐没想到，母亲在婚姻里的境遇会被自己完全复刻。她们是两个时代的人啊，究竟是哪里出现了问题呢？根本不是时代的原因！她觉得结了婚以后自己活得有些畜生不如——毕竟生产队的驴遇见个好掌鞭的还知道心疼它呢，但自打她结婚为人妻、为人媳后，婆家第一觉得她做什么都是应该应分的，第二永远认为她做得不够。

这让她十分疲惫，对婚姻生出无穷的厌倦来，甚至想过离婚，母亲生前她还跟母亲提过。年迈的母亲听了什么也没说，只轻轻拍拍她的手，告诉她：身为女人，你要先学会认命。

认命……

女人是什么命？

用她妈的话来说，劳碌命？

这个命是谁给定下来的？天吗，还是人？她的命是在她作为女孩儿降生到这世界上那一刻就已经被注定了吗？

命运的凝视与压迫使她喘不过气来。

然而她更加好奇，又是谁制造了所谓的女性命运？命运背后到底有着一双怎样的翻云覆雨的手？

3

张姐在档口里数着钱，数着数着走了神，想到了父亲娶的后老伴儿，不知道老爹跟她过得怎么样。听闻所有续弦的老太都包藏祸心，她有些担心，甚至后悔大包大揽地发送了母亲——她当初那样做是想给父亲多留下点儿钱来养老，没想到这有可能便宜了外人。另一个层面，她深深为母亲不值。母亲辛苦半世，却叫个外人捡了个大漏。如果她知道自己省吃俭用攒下的钱都被丈夫用来再婚了，内心会作何感想？这不公平。然而还有最糟糕的情况，到最后很可能还得由她这个长女来当她爹的接盘侠。

这怎么能行呢？

她觉得自己应该做点儿什么，哪怕什么也不会改变，但，至少，尽力了。

这样一想她就再也坐不住了，当下从腰包掏出手机给丈夫打电话说了自己的担忧，并让丈夫帮着拿个大主意。丈夫用还没睡醒的口吻大大咧咧地对张姐说："你家那点破事儿我参与好吗？掺和多了该说我是为了钱，老头儿那几个钱我还真没看上。"

张姐深吸口气吞下一句脏话，一面站起来解下腰包，一面在电话里要求丈夫"撒冷①起来赶紧上行盯着点儿买卖"，说完不等对方答应就挂断了电话。这也是张姐跟丈夫过日子总结出来的作战经验——只下达指令，不听他申辩。不然两口子光磕哒牙就能嗑哒到晌午头子，到那时候啥事也办不成。

"不让干活儿屁事没有，一让干点活儿，不是脑袋疼就是屁股疼，浑身没一处好地方。看个档口，给家里挣钱，钱挣来了大家花，倒像是我求着他。都给我干呢！真是上辈子的孽！"

张姐回到娘家时，见老爹正在厨房里热火朝天地忙活，挺卖力气，忙得一头油汗。但红光满面，精神头健旺，一点儿也不像刚死了老伴儿。张姐看了脸色就变了。也难怪，她亲妈活着的时候，饭好了都是张姐妈给丈夫盛好端上桌，慢一点儿老头儿都会开骂。

现在倒好，他倒屁颠屁颠地伺候起人家来了。真是一物降一物。

_____

① 东北话，麻利的意思。

后老太太面子上的事儿还做得过去，见张姐登门，热情洋溢地迎了上来。张姐并不领情，上厨房一把夺下老爹的锅铲，"咣当"一声摔在地上，眼泪也跟着下来了："我妈伺候你一辈子，你跟个大爷似的，横草不拿竖草不动，啥也不管。现在却狗儿似的伺候人家，你不说找个老太太是为了伺候你的吗？"

老头儿挂不住脸，骂女儿不孝，问她凭啥上来就破马张飞 [①]、横踢乱卷的。

"咋叫孝？给你娶三妻四妾？要一丁点儿脸不？我妈哪儿对不起你？你晚上搂新老太太能睡得着觉吗？这就是我妈跟你受苦挨累一辈子的下场吗？"

老头儿气得嘴唇直哆嗦，手指一路指到张姐鼻尖子上："我找个老伴儿犯哪朝王法了？哪朝哪代不让找后老伴儿？"

张姐一跤摔坐在地，手掌拍得大腿噼啪作响开始哭号："我的个妈啊！你咋死得这么早啊？你咋不把你苦命的闺女也给带走了啊，让我过这不省心的日子。我还不如死了好哇。妈呀，我的妈呀！你一辈子图个啥呀！"

哭声一声高一声低，扯人心肝。那老太太自然沉得住气，一转身回屋了，根本不搭理张姐那茬儿。老张头看看没趣，竟也尾随着老太回屋跟着赔小心去了。

张姐自觉继续哭下去实在没意思，只好又自己起来。

泪眼模糊中，她四下打量那间老屋，想起从前隔三岔五地回

---

① 东北话，形容一个人不由分说，连吵带喊跟人打架的样子。

来，每一次只要进了院儿就能看见母亲在阳台上探出脖子来瞅她，母亲总是见到她人影儿闪进来才开始炒菜，就怕她吃不上一口热乎的。

那时的娘家可真是娘家呀！

现在？

她叹了口气，抹干了眼泪，推门进了卧室，对亲爹说："爸，这房你知道，你外孙女的名儿。如果你执意再娶我也不能拦着，但是我不能再用人家婆家的房子养你了，婆家不答应。你有退休金，再加上卖平房的钱也够你租房子养老了，你们得赶紧找房子搬出去。"

老太太一听这话终于沉不住气了，一蹦多老高，对着老头儿直接就破口开骂，说他爹是个老王八羔子、老骗子！

张姐冷笑一声下了楼，但想到上边正被陌生老太骂得狗血淋头的父亲，心里多少还是有些不是滋味。

走出小区她没有直接回家，坐马路牙子上看着车来车往。西下的日头将树影映得斑驳，长夏虽将尽，但余威尚存。时近黄昏空气还是既闷且热，再加上经过一天的炙烤，这世界所有的水分似乎都被蒸腾殆尽了，愈加燥得令她心焦。她用两只胖手交替着抹额上的密汗，脚底下几只蚂蚁来来往往，正不辞劳苦地奔忙着。

张姐看着这些细小的生物不由得悲从中来，觉得自己活得真还不如个蚁呢。

4

次日，老张头来跟女儿张姐要房了。

老张头也怪没出息的，跟女儿玩埋汰的，一哭二闹，骂骂吵吵，搅得四邻不得安生。此外老头儿还去拜访了刚刚脑出血后出院的亲家，想从亲家嘴里掏出一句"永远不赶他们走"、甚至"把房子过到他名下"的承诺来。

刚刚出院的公公半躺在轮椅上勉强支应，婆婆的电话早偷偷给张姐打了过去，让张姐撒冷回去，说："你爸刚出院你又不是不知道，有个三长两短的我跟你们老张家人没完！"

张姐气极，厉声跟婆婆说让她打110，还让婆婆去告自己的父亲私闯民宅，并且嘱咐婆婆如果她爸再来就别给他开门。

说完张姐又立马摘下腰包往婆家赶，她人还没到婆婆的电话又追了过来，说公公突然间头一歪开始淌哈喇子，呜啦呜啦地又不会说话了。婆婆声儿都变了，张姐汗也下来了，说那赶紧打120啊，千万别碰他。婆婆"啊啊啊"六神无主地挂断了电话。等张姐赶到时救护车也已经到了。救护人员正往下抬人，急救担架后头跟着慌了神儿的婆婆，大夫正问谁是家属。

婆婆往前凑了凑，张姐挺身拦在婆婆前头，说，我是他儿媳妇儿，我能做主。

张姐让婆婆回家等信儿，但婆婆不放心，也要跟着。急救车的后门关上，张姐看见那几个围观的、交头接耳的邻居中有父亲孤单的、刻意想将自己隐藏起来的身影。那身影在张姐眼中便无限地落寞。父亲背已有些佝偻了，因为闯了祸，又自知理亏，表情讪讪的。想上前，又不敢。他不时朝女儿瞥一眼，但一旦目光跟女儿接触上，旋即又迅速低下头，像个做错了事的孩子。

急救车呼啸着开出，张姐一扭头，落下了泪。她竟不知这泪是为此刻躺在车中的公公流，还是为车外在风中徘徊的亲生父亲流。那一刻张姐突然间决定，以后不再提撺父亲和他那后老伴儿走的事儿了，愿意娶就娶吧，愿意住就住吧，愿意把钱都给老太太就给吧，愿意狗儿似的伺候人家就伺候吧。那么大岁数了，还能再折腾几年？何苦让他为一个房子舍皮赖脸地吵上门来？

可是她的妈——

思及此，泪竟然止不住了。

公公情况紧急，到院就进了抢救室。家人相继赶来，小叔子疑惑，不明白为什么刚出院又住了进来。婆婆不是压事儿的主儿，哭哭啼啼地把事情前前后后跟大伙儿说了一遍。这一说不打紧，夫家人把张姐围在中间，你一言我一语，唾沫星子淹人，那目光，也恨不能把她给生吞活剥了似的。

张姐不作声，认为那是她亲爹闯下的大祸，理应由她这个女儿来扛。所以不管婆家人怎么骂，她都只能低下头听着，一句也不回嘴。

公公的手术进行了两个多小时，术后，公公被推入普通病房。可没多久老爷子血氧眼瞅着直线下降，90、85、80……老头儿又被送进了 ICU，这回医院下了病危通知书。每个人脸上重新现出焦躁与不安来，张姐独个儿坐在一张候诊椅上，她不敢往婆家人那堆儿里凑。婆家人也没有人过来接近她，仿佛他们原本不是一家人。

普通病房又来了通知，说是如果人在 ICU，那么普通病房就得给腾出来，所以东西需要外撤。婆婆年迈，早支撑不住。于是几个人商量着搬东西的搬东西，回家的回家。转眼间，医院只落得她一个人独守。

公公会怎么样呢？张姐焦虑不安。一定要挺过来呀。如果挺不过来，她就成那个家的千古罪人了。可后来又一想，怕成为千古罪人吗？她早就是了，无论是在娘家还是在婆家。怎么会落到这步田地？自己做得还不够多吗？还是——做得太多了？

坐到半夜，终是有些困了。她和衣偎在椅子上打了个盹，没一刻又醒来，加上有些冷，反而精神了，睡不着。有几个门诊打吊瓶的患者上来，坐她不远处安静地输液。隔没多久，一个十七岁出了车祸的女孩儿被通知不治。那孩子的母亲这几天一直守在 ICU 门口，听到消息腿一软，哭倒在门口，声儿都不是好声儿，听得她头发恨不能一根根奓起。

更睡不着了，没有一丝困意。因为是夜，哭号就显得异常清晰。那哭声揪人的心，使张姐不由自主想起同样躺在 ICU 的公公。公公会闯过这一关吗？她不敢往下想。

第二天一大早，主治医生来给出了新的治疗方案。头引。气切。问张姐的意见，张姐说，切，切。

声音有些抖。

情况是不是不好？

她抓住医生的手腕。

医生看看她，目光游离了一下。张姐的手沉重地松开了。

上午十一点多，公公溘然长逝。

5

接连送走两位老人，张姐没有力气再折腾，更不想去看那刚续了弦的老爹。因为见了也不知道要说什么；说了呢，又有可能干起来。所以有些人，哪怕是至亲，反而不如不见。不过老爹倒没闲着，在后老太太的催促下，竟然把思想工作做到了外孙女的头上。外孙女立场十分坚定地站在了自己外公那一边，回来就指责张姐这个亲妈心狠，把一间"破"房子看得那样重。

"难道重得过你亲爹晚年的幸福生活吗？"

不懂事的年轻人总是那么容易把人心想得简单纯粹，又总是那么容易慷父母之慨。

女儿昂着脖子就像小公鸡昂着鲜艳的鸡冠，口气大得不得了。张姐不想跟这个幼稚的年轻人辩论，自以为得胜的女儿便翘着胜利的小尾巴耀武扬威地走出了张姐的视线。

张姐看着那扇熟悉的房门，对眼前的生活生起无边的厌倦。所以当老师通知开家长会，张姐便想让丈夫去。丈夫却跟她翻了脸："去不了，爱念不念，爱念啥样念啥样，跟我有什么关系？"

"她是你女儿。"

"我女儿咋的？我缺她吃少她穿了？咋的就学习一条出路啊。破学校也是，一天天咋那么多事儿？我上学时没这么多事儿不也长这么大吗，不也挺好吗？学校那些老师收礼也是你们这些家长贱，给惯出来的。"

"砰"一声，丈夫也把门重重关上。

在她们家小住平复丧夫之痛的婆婆稳稳当当地坐在客厅的沙发上，告诉张姐要体谅丈夫丧父的悲痛心情。

"再说他一个大老爷们儿懂啥啊？我和你公公过日子那时候，孩子啥事儿都是我去，你公公从来就没露过面。现在的女人都太矫情了，啥都指着老爷们儿，自己是干啥吃的？"

张姐回怼的话都到了嘴边，但想到如果不是父亲来闹，公公可能不能以如此速度驾鹤西游，又生生把那不中听的话给咽了回去。

次日下午一点半开家长会，主要议题是文理分科。斗大的字不识几个的张姐听得很仔细，甚至认真做了笔记。通过老师的综合分析，张姐认为女儿学文更适合，老师也同意她的看法。谁知填报时女儿竟选了自己并不擅长的理科。

"我能学好理科。"这就是女儿学理的唯一理由。张姐想让她再慎重地考虑考虑，毕竟这不是儿戏。但女儿小脖子一抻、小桌子一拍，对着张姐摆出一张大无畏的战斗脸："你就是不肯相信我！你就是看不起我！人家妈都相信自己的孩子，你看看你，有你这么当妈的吗？也对，你信得过谁？我爸、我爷、我奶、我姥爷——你亲爸，你都信不过。"

这句话戳到了张姐的痛处，手扬起来就是一个嘴巴子。抽完两个人都愣了，张姐眼泪涌出来，说，你爸没骗过我我会不信他？你爷你奶……

老太太还在她家，张姐硬生生把到嘴边的话又给咽了回去。至于她自己的亲爸，她更不知该如何向这个自以为是而又懵懂无知的女儿解释些什么。

再说，女儿多么像从前的自己啊，当年她非要跟现在的丈夫走时不也跟她妈说过同样的话吗？

张姐咬紧牙关，女儿却突然间爆发。

"我走！你就是想控制我，一切都是你说了算，我死了你就满意了。"随后跑出去。

张姐木然地站在客厅中间，婆婆狠狠搡她一把，说孙女要是有个三长两短她跟她没完，随后追了出去。张姐夫不在，说是跟哥们儿出去喝酒去了。

没一刻钟，楼道里响起"咚咚咚"的沉重的脚步声，婆婆气喘吁吁地重新出现在门口，进门就一屁股瘫坐在地上，叫她："快去！快去找你闺女。她一个小姑娘，真出点什么事儿，你这个当妈的得后悔一辈子！"

张姐想说我现在肠子就悔青了，但她什么也没说，鞋都没换就跑了出去。

几个小时后，张姐在一个网吧找到女儿。她正跟网友诉说自己在家里惨遭的种种非人待遇，说那个令她窒息的、不自由不民主的家她是一分钟也待不下去了，她想远走高飞。

张姐站在乌烟瘴气的网吧里，觉得时间和空间都在往回流淌，情景何其熟悉。然而她，也跟她妈曾经一样，对眼前的一切无能为力。

两年后，女儿终因理科成绩不理想而落榜，连专科都掉了档。

亲爹和后老伴儿仍旧生活在从前的楼房里，每年的采暖费父亲都跑到张姐这里来报销，时不时再管张姐要点儿零花钱。如果张姐不给，父女之间就会爆发战争。

6

女儿复读那年，张姐在五爱的生意做不下去了，于是重新找了个门面开了一家棋牌社。

婆婆竟于那年遇着了自己生命中的第二春。老年人的爱情反而直接，没两天就确立了关系。要进行下一步前，婆婆提出由张姐陪同去立遗嘱。婆婆想要在再婚前将自己名下的财产整利索儿的，不想将来给张姐留下任何罗乱。

"这么多年，你也不容易！"

张姐看着面前这个满脸皱纹、跟自己明争暗斗了那么多年的婆婆，嗫嚅了半天，却只叫出了一声长长的"妈"来。

做完了公证没几天，张姐的亲爹再度登门造访。这一次，老头儿让张姐拿出十万块钱来给"弟弟"在沈阳买婚房。老头儿给张姐都说乐了："我妈都死好几年了，我咋又多出来一个弟弟？"

"她儿子不是我儿子？"

老头儿理直气壮。

"你当儿子我管不着，但我没弟弟。"

张姐回过头来，快到中午了，该给打麻将的人做午饭了。

"我儿子不是你弟弟是什么？"

张姐扭过身看着这个让自己哭不是笑也不是的老爹，无可奈何地一摊手："什么年代了？还父债女偿啊。"

但她也知道跟亲爹讲不出什么子丑寅卯来，于是只对父亲说自己没钱。

"爸，你看我五爱的买卖都干不下去了。我要是有钱我给买，可我真没钱。"

转回头，老太太又支使老张头过来跟张姐商量，要在现有的房子里给老太太的儿子完婚，还说等他们百年后这房子继续由她儿子住。作为回报，她儿子会对老张头尽到一个亲生子的责任，为其养老送终、摔盆打幡。

"爸这辈子就想要个儿子传宗接代。"

张姐听了也不动怒，直接告诉她爹，说房子她已经押给小额贷款公司开麻将社了，让她爹和后老伴儿回去求神拜佛保佑她麻将社的生意能红红火火地开下去，要不然小额贷款公司那帮人可都不是善茬儿。

"爸，如果你不信我让你看看字据。"

自那后老太太终于不提让张姐出钱给儿子买婚房的事儿了，却又凭空整了一份新的协议。协议上写着，如果将来老张头先她而去，她有权继续居住在那所房子里直到死，还非让张姐按个手印确认不可。

张姐朝父亲嘿嘿冷笑，说死不按。老张头找了两回看彻底没戏，后来将自己尾指手印印了上去拿回去跟老太太交差。

7

女儿复读高考后来麻将社帮忙，起初张姐执意不允，认为那不是女儿该来的地方。但女儿坚持，也就让她来了。

这天一个常客过来打麻将。那个常客是个女人，老在牌桌上跟张姐丈夫眉来眼去的。

张姐又不瞎，看了很久这种西洋景了，却懒得去管。她和丈夫早已分居，彼此没话。她有个头疼脑热的也都是自己料理，从来不指望他。所以张姐于此十分大度："我在他这儿得不到啥温暖，咱也别阻挡人家给别的缺爱的女人送温暖。温暖一个是一个，爱找谁找谁吧。只要别再整出个孩子来跟我闺女分财产，我就心满意足了。"

也不是没想过离，但是离了财产怎么分？过这么多年日子，感情虽远未水乳交融，财产上却早已无分彼此。如果真要离，她知道丈夫，干活儿不往前冲，跟她争夺家产一定不遗余力。她不愿意女儿看亲生父母为钱反目成仇。再说，那份不大不小的产业，合在一起勉强算是身家，拆开来，先别说她的那份，丈夫那份两天半就得被他败光，这样的话最后损失最大的不还是她的女儿吗？女儿再怎么叛逆，她的心还是疼着女儿。一个家总有一个人要懂得顾全大局，而顾全大局就意味着很多时候你只能忍。忍字头上一把刀，如今才深切体会到那况味。

"来生吧。"有时她极宿命地想，"来生，做自己。"

至于今生今世，也就只能这样了。所以她并不在乎丈夫跟什么样的女人胡扯乱拉。

可这一点年轻的女儿不理解。女儿看出门道后直接过去把桌子给踹了，随后抓起塑料凳子就要削那个女的。"上这儿犯贱来了！当我们都是摆设？再来把你腿打折了你信不信？"

那女的就开骂，说，我他妈咋的了？

丈夫拉着闺女，那女的看有机可乘就要对张姐的闺女下手。

那张姐能干吗？虎啸一声就扑了上去。

那是母女俩第一次联手打退打算入侵她们生活的算是"敌人"吧，维护了家庭的基本主权与完整。将敌人打退后，闺女告诉亲爹，搞破鞋搞到家门口，你不要脸我还要！

被闺女这么一骂，丈夫下不来台，老腰杆子一拧，转过头指着张姐的鼻子开骂："瞅瞅你教出来的好姑娘，有这么跟当爹的说话的吗？"

张姐女儿气喘吁吁、泪流满面，胸脯子朝前一挺："我倒是想让你管，你管过我吗？不是抽大烟就是喝大酒，要不就出去打麻将，连家都不着……"

张姐终于体会到了母亲临闭眼时所说的那种值得。

婆婆的黄昏恋居然因为那个遗嘱公证而告吹。婆婆没什么反应，只是很平淡地通知了大家这个结果。

女儿大学毕业后参加工作，但一直不嫁。这使张姐不能够理解。她那一代人嫁人生子、传宗接代理所当然，但女儿不愿意妥协于荷尔蒙的发酵，也不把习惯成自然当成步入婚姻的主要动机。于是婚事延宕下来，搞得张姐惶惶不可终日，每天下班回家进小区走道儿都溜着边走，总感觉邻居们背后都对此指手画脚、议论纷纷，讲她女儿的是非。

女儿理解母亲，却并不打算妥协。

"人就是那样奇怪的动物。哪怕面前是个坑，只要人人都往里跳，谁不跳谁就是异类。"

张姐的女儿看过了家族中女性长辈们的生活，甚至经历了她们中一些人的死亡。在她眼里，姥姥、奶奶、妈妈、小姨、婶娘，她们活得并不开心幸福，婚姻于其间的意义更乏善可陈。但由于种种原因她们并未反抗，而是强迫自己去学会认命。这种压抑本性、强调付出、故意忽略、歌颂伟大的生活模式在她看来像枷锁，更像陷阱，然而又最像是一个滔天的骗局。如同希腊神话里的海妖，看似美好堂皇的爱情、婚姻的外皮下，包裹着的是一代又一代女人千疮百孔，被压榨、被剥削且不被尊重和看见的半生。

如此这般地伟大，令她心生怯意。

"包括我姥爷后娶的老太太，她那么作我妈，给我妈出各种难题、下各种绊子，难道纯粹是因为自私自利、爱自己或者爱我姥爷吗？真是存心跟我妈对着来？可能也不是。其实她就是想榨干自己最后一点儿剩余价值，为儿子铺路而已。"

格桑花开

1

梅志勇是个温暖的人，这么多年过去，我仍旧十分想念他。

那时他和他姐梅君在五爱地下卖童装，我们本无交集，因为行里有人为郭小慧做超度法会而同他结识。细想起眉眼来，其实并不惊艳。他只是高，跟他说话需要仰头至七十度才能正常对话，所以常是他俯了身体低就我们这些矮个子。

是挺体贴的一个人。

第一次照面是个匆忙的过程，之后彼此各忙各的。有时跟他姐姐梅君聚在一起，常听她吐槽其弟眼界高，对象左一个右一个换，但没一个能修成正果。而他是梅家唯一的男丁，更何况有千万家财需要有人继承，梅君对此便有诸多牢骚。

但这种事我们旁人能说什么？只有不咸不淡地劝两句罢了。

真正跟他熟悉起来是因为我家庭生了一场变故。女儿未满周岁时，丈夫搞大了另外一个女人的肚子。对方不肯作罢，孕肚到了八个月，非生不可，B超显示还是个男孩儿，但她有习惯性流产的前因，于是住进医院开始保胎。

丈夫还是想瞒的，婆婆却等不及出面了。

婆婆想必为此事筹谋了很久，从开场的单刀直入，到最后"女儿还是跟着妈妈好"的晓之以理。我沉默地坐在姑子家楼下小广场的公共座椅上静静地听着，直到心里发凉，意识到在那个家里，这该是一个只对我一个人隐瞒的公开的秘密——夫家所有人都知道了。

而婆婆之所以会选择那样一个场所来跟我摊牌，也是有路数的：一来离家楼下远，以免我张扬起来丢他们的脸；二来又有亲人在身边，如果真起了冲突，也有现成的人手出面来料理我。

我抬眼看她，她表情很复杂，极其微妙。我曾以为她是一个再普通不过的老妪，时间只给过她皱纹。在此之前，再彼此看不顺眼，我们也从来没有正面交过恶。所以由她出面来通知我、跟我谈判，使我觉得格外无所适从。其实更为强烈的感觉是愤怒，再往上走一层，还有一种情绪，是屈辱。

我站着没动，婆婆小心地观察着我的面部表情，以便决定她下一步的策略，深色瞳仁由此变得闪烁而又充满了疑虑。

我还是没有表态。我在心里告诉自己要镇定，童年的经历在此时发挥了好的作用，我早就知道在面对突如其来的事件时，过早、过激的反应会使自己一览无余地暴露人前，更容易让对方捉到我的破绽。

沉不住气的婆婆声音便高起来，她头也昂得高高的，只拿苍老而多皱的下巴对住我："这婚，你离也得离，不离也得离。想从我们家拿走一根针一根线？没门儿！你拖也没你一毛钱好处，我大孙子进了家门，滚的照样是你们。是你没本事，不然你老公能跟别的女人上床？早就看不上你了，是你自己死皮赖脸。再说了，你也得识点儿趣，人家怀的那是儿子，你有本事生出儿子来吗？我是看得起你来跟你谈谈，不然，直接就能撵你走！你以为你是谁？"

不得不承认，婆婆的每句话都像针一样戳得我痛，每一个字都能让人勃然大怒、失去理智。但我没有，竟笑了。

"我告诉你，"笑完后我对她说，"有你这样的老人才能养得出那样的儿子来。撵我？你们可以试一试。"我也朝她一挑下巴，顺便朝她走近一点儿，"你儿子有公职，我刚刚才辞职。不相信咱照量照量，碰一碰，看看谁怕谁。你儿子那工作证我都能让它作废你信不信？"我又朝她走近一步，她倒后退了一步，脚底下一个趔趄，险些跌倒。

"是。我确实独身一人在沈阳，没亲没故。但，你忘了，也因此，我才光脚的不怕穿鞋的。来吧！"

说完我转身欲走，却见梅志勇不知何时过来的，正站在不远处惊愕地看着我。我又一笑，低了头。显然，他全都听到了，说什么都是多余的了。这么戏剧化的场景，天晓得为什么要发生在我身上。

我抬起头看他，装作事前约好一般，走到他近边才轻声对他说了一句"带我走"。

婆婆在后面跳着脚地骂我。

骂吧! 我心里头恨恨地想。气死你。

梅志勇走在我旁边,将我引领至他车前,替我拉开副驾驶的车门。我坐了进去,这才意识到这位是个有钱的主儿——那时沈阳满大街跑的还都是拉达子和桑塔纳2000呢,他已经开上了越野。

婆婆在远处定定地看着我,仍旧在不住地咒骂,白头发被风掀起,枯瘦的手在半空中胡乱地挥舞,似要抓住些什么,也似要驱赶开什么。今天这一幕不知道在她回去后又会演变为什么样的版本,但我已经不在乎了。我还有什么可以在乎的吗? 工作没了,家要散了,老公跟别人孩子都快要生出来了……

工作? 生活? 家庭? 好像什么都是破碎的了,并且再也粘连不起来。想到以后变成彻底的未知,这才开始感觉到恐惧,神情便现出一点儿恓惶与无措。本来也是想哭的,但当着梅志勇的面毕竟不方便。我大呀,他小。再说,我也不惯于在人前流眼泪。

人什么都没有的时候最容易好强,就剩下好强了嘛。

梅志勇不知道该往哪里开,这个小我两岁的大男孩儿没敢问我,只能见路就走。有时明明原本想直行,但因为前面是红灯,他便灵机一动变了道,结果就拐了弯。

这样开下去也不是办法,后来我想起夏岩来,于是授意他如何走,七拐八折,到了夏岩家的楼下。

那是一栋陈旧的灰色建筑物,庞然矗立于大佛寺后身。因为是开放式小区，公共设施没人维护，入户门早就没了。我带着梅志勇上了楼，跟夏岩和盘托出我的情况。夏岩其实并没有替我的婚姻做结案陈词，她做那一行，听过太多这种故事，早就觉得不足为奇。不过她教给我一个可以使对方胎儿保不住的方法——半夜去某路口烧她画给我的符。

黄表纸画的，几下挥就。画完之后她装好递给我，嘱我于当天夜里十二点在十字路口烧掉。烧掉以后不要回头，进家门前拍打拍打身上，然后再进屋，但并不保证一定有效。

去不去烧，决定权在我。

我毫不犹豫地接了过来，那时我认为对方肚子里未出生的孩子是对我婚姻最大的威胁。其实后来想想，不尽然。

从夏岩家出来天色已晚，是下班的晚高峰，街上车和人都多起来，太阳已落到山后，只剩余晖，呈放射状斜斜铺在天际，血红一片。那一片血红里，城市的轮廓就显得有些暮气，落进失意人眼里，更添一点儿凄凉的味道。

"我的事，不要对别人说。"

我对梅志勇说。

他只点点头，没有看我。

"包括你姐。"

我追加了一句。

他又点点头，还是没有看我。他一直紧紧盯着自己的鞋尖，仿佛脚尖上正有什么特别吸引他注意力的东西。

没什么好交代的了，我拎了东西转身就走。他却一把拽住我："姐，我送你回去。"

我坚持不需要，因为夏岩家离我家不过两个路口，实在不太远。而且我不喜欢他事后的态度，那种小心翼翼的同情。我不需要同情。同情我干吗呢？又不是不能摆平。看，这张符不就可以把事情悄无声息地解决在萌芽当中，而且一点儿后患都不留，这手段是不够干净利落还是不够独辟蹊径？

精明的梅志勇看透了我受到伤害后脆弱却又故作坚强的那套小把戏——真有信心处理好，谁会把希望寄托在奇门遁甲上？

但他没明说，我又很倔强，执意不肯再上他的车。我一再强调我没事儿，张牙舞爪，说，这点小事儿在我这儿根本就不算事儿，老娘什么没见过？

他沉默地听，看着我，后来抓住我胳膊，几乎把我拖到车门口，拉开门，硬把我塞了进去。"姐，求你了。谁摊上这事儿都会难受。让我送你，不然你去我那儿住几天也行，我有空闲的房子。我怕你出事儿，那样我一辈子良心不能安。"

有意思不？他不安干什么呢？又不是他伤害了我。但事儿一经他点破，又使我再也绷不住了。毕竟忍得很辛苦，心其实如刀割。和丈夫谈恋爱时种种最甜蜜的场景电光火石般闪现，我强迫自己不要再去想。昨天有多欢乐，今天就有多疼痛。昨日之日不可留了，人要面对现实。但劝了自己很久还是忍不住又要去想，实在不明白我们之间为什么会突然变成这个样子。那些生生世世的誓言，牵手时的悸动，一日不见如隔三秋的相思，一一浮上心头。见不到时写给彼此的信我都还留着，他写给我的信，是要叠成心的形状的，每一封都洋洋洒洒一写就是几大篇。说好了要白头到老的，天崩地裂都不能分开我们的。怎么就会变？怎么就能变呢？

我无法理解，当然更加不肯去相信。但就算不相信，事实也已经在眼前了，还有活证，我想欺骗自己一下都不行。这又如此令我感觉到一种切肤之痛。因为在沈阳，除了他，我并没有旁的亲人。

被最亲的人兜头来了这么一下，其实当年，这是曾经要了我半条命的。

眼毒的梅志勇，他把一切看在眼里。那点儿理解、体谅、担心使我在他面前变得不堪一击，眼泪几乎唰一下就下来了。我别过头，风就吹干了刚下来的那层泪。但紧接着，另一层泪又跟着下来。我是有多么不想哭啊，于是一扬手，将那符扔出车窗外。

"砰"一声，我听到了重物坠地的声音。但很快，就被淹没在车辆迅疾行进的声音里。

2

那天晚上，丈夫很晚回来。我怎么睡得着？默默地坐在床边看外面的天，天黑下来，笼了全城。灯在黑里亮着，星星点点。想起从前读大学时晚上逛了夜市回宿舍，那时在路上也是抬起头来看万家灯火的。当时想的是，在这城里总有一天有一盏灯是为我而亮的。那是这个城市里最为安全最为温暖的地方，不但可以为我遮风挡雨，且能驱散我独在异乡的冷寂、孤单与疲倦。

屋子里是昏黑的，只点了一盏小小的台灯，小瓦数，便于我起床看女儿是否蹬了被子。女儿睡得沉实，胸腔随着均匀的呼吸起伏，饱满的脸蛋儿上微有红晕。许是热了，我伸手将她的被子朝下拉了拉。她倒是敏感的，小小的身躯微微动弹了一下，红润的嘴唇本来是向上翘着的，这时却轻轻吧嗒两下，又满足地微闭，余下一条小小的缝隙。

她知不知道自己的命运也许会发生改变呢？终究是要骨肉分离的。要么是跟着母亲，要么是跟着父亲，她只能从中择其一。如果早就知道会有这样一场劫数，我到底应不应该把她生下来？把她生下来究竟是对还是错？

这一夜注定是无眠的。丈夫回来时我不知道是几点，只听见他蹑手蹑脚地开了门，又进了房，他在门口静静地注视了我们一会儿。他的内心是怎样的呢？有被争夺的成就感？还是对婚姻和孩子有愧疚？跟我结婚，他后悔了吗？

他出去洗漱，很久才进来，之后沉默地躺下。我背对着他，听到了他轻微的鼾声，睁开眼，长久地与黑暗对视，一直到起床上行。

轻手轻脚地下了床，坐在床沿，看了一会儿女儿，在她脸颊上亲了一口，走出卧室。洗脸时我看着镜中的自己，显见得是憔悴了，便化了一点儿妆，觉得看起来仍旧是憔悴，到行里一定会有人问我，借口随即就想好了，就说孩子闹，睡不好。

　　出了门，楼道是黑的。摸黑下了楼，边下楼边流眼泪。黑暗里嘛，谁能看见我难过？楼道粗硬的水泥地面接住了我的悲伤。然而情绪到底还是复杂的，茫然、恐惧与失落交替上演，心里凌乱如麻，很想返身上去一把将他从床上拎起来，但是想想，还是算了。

　　下到二楼就见一楼隐有亮光，可以听见轻微的汽车引擎声。出了楼门，我看见了梅志勇的车，有一刹那，其实太想扑进他怀里号啕大哭一场。然而他太年轻了，他无法承载我的悲伤。

　　我站在楼门口与车里的他四目相对，低头开车门时，把眼泪抹干了。进了车，没作声。本是想问的，一直没走吗？不可能的。这么一大早的赶来干什么？怕我也像郭小慧一样寻死觅活吗？我怎么敢死？楼上有个不到一岁的女儿，数百公里外有我年迈的双亲。成年人活不成了也不会轻易去死。至于郭小慧？她是异数，从某种意义上来说，她更什么都没有。

　　那天，到行上那点儿路，是几年来我走得最不提心吊胆的一次。从前上行，多少是有些胆战的。十几分钟的路，通常都是走得急急的，中间不知道要左顾右盼多少回，突然而至的声响，常把我惊得出一身的冷汗。想到这里，倒开始气自己不知道天高地厚地混作，为什么要辞职呢？坐着办公室，喝着茶水，看着报纸，领领办公备品，占占公家的便宜不好吗？这样想着，灯火辉煌、亮如白昼的五爱街已经近在眼前了。我没随梅志勇一起去地下车库，而是叫他在地下停车场入口处停了车，自己一个人跳了下去。

3

数日后，我动身去广州看新版。

说起来，人倒霉真是喝凉水都塞牙。没辞职前，我在五爱街做生意也做得个囫囵，不想下了狠心辞了工作，倒接二连三地赔。运气不在我这边，前途未卜，至此才真正晓得这是个什么滋味。但也不敢撤出来，撤出来以后更没抓挠了，我只能硬着头皮朝前头走了，哪怕前头是个万丈的悬崖，也只能是跳一跳了。粉身碎骨变得不再可怕，更接近一种解脱。那时才真正理解了郭小慧纵身一跃的决心，所有的烦恼与不安一跳几乎全都可以解决掉了。

梅志勇借了我二十万，没打欠条。这在现在可能令人感觉匪夷所思，但当时我们要好的姐妹之间，这种事情却常有，只是数额没有那么大而已。

梅志勇给我的是一张卡，在他车里，他说："姐你先用，我知道你赔了。"

他做生意那么多年，谁赔谁赚，一搭眼就明了。其实身边其他人也知道我赔了，但他们不知道我赔了多少，也摸不清我的底细，以为我有丰厚的家底。其实我赔光了，也没有家底，并且没有退路。在另外一个战场，我更加一败涂地。

我把玩着那张卡，知道应该推辞一下，哪怕是客气一下也行。但是我不能，失去这个机会，我可能就万劫不复了。

"一有钱就还你。"我说。

"不着急。"梅志勇说。

我推开车门下去。

"明天不用再来了，我没事儿。"我告诉他。

"我只是顺便。"他说，"要不我也走这条道。"

"你能顺便进别人家的小区吗？"但我没问出这句话，我还是知道好歹的。心里想，如果有一天我翻了身，我决不会忘了你，为你，我也可以赴汤蹈火一回。

我去广州坐的晚班机，便宜。梅志勇半夜来接我，又送我。深夜街头，清冷二字足以形容。出了城，街道空旷得辽远，路的尽头是更加的无尽。穹顶天幕低垂，终与地平线相接，变为漆黑一片，上下混沌，无分彼此。

出城后车速很慢，他送我至登机口，长久注视着我，是牵挂的目光。人那时便易动情，心就恻然，鼻子自然一酸，却也不敢落泪。狠心挺直了后背往里走，晓得他再看不见我的背影时，才身体一垮，走路都显得彷徨起来。

然而这孤注一掷却并没有取得什么好成果，货还是不行。满档口的货，并不走量。我坐在档口里，有死的心。就在此时，透过丈夫的一个朋友，我知道了那个女人的孩子终究是没有保住。

这算是一个好消息吗？我不知道。

"七活八不活，其实是定数。"透露这消息的那个人对我说。我没说话。之后自己去医院求证，结果确实如此，我长出一口气。想来天还是可怜我，并没有把我的路封死。

那件事婆婆没再提过，丈夫也没提，我也没提，但从此我们之间却像有一堵墙拔地而起，是森然的壁垒。再忆当年，连惆怅都不剩，更像戏谑与嘲讽。

我并非一个极易释怀的人，但也不敢往深处去想，只好寄情于生意，然而生意却不见丝毫起色。那段时间我成为火罐店里的常客，隔几天就去拔火罐，后背全是黑紫黑紫的圆形印迹。那老板问我哪儿来那么大的火，我只好用开玩笑的口吻对她说，想见你，给你送生意嘛。

可能老板看到我还能开玩笑，认为我一定没什么大事，就坦然了，也不再刨根问底，这也让我轻松不少。

然而那些谈笑风生都是伪装出来的，至少有一个人知情——梅志勇。他静静地看着我扮演自己给自己设定的人生戏份，投入而忘情地演出。他不鼓掌，不叫好，也不喝倒彩。他只是安静而平和地于场边观看，如果我需要什么，他便沉默地递给我。

他一直无言地鼓励、默默地支持，如今想起，何等难能可贵，只是当时已惘然啊。

经济输血至五十万，我喊了停。梅志勇的表情很诧异，像推牌九本来拿到一副天九，但我非要扔牌。他不能理解，我则不敢看他的眼睛。我对自己完全失去了信心，已经开始浏览人才市场的招聘信息了，打算重新找一份工作，也许五爱街并不适合我。至少，不旺我。及时止损也是一种选择，未见得错。以我的学历，还有机会能找到心仪的对口的工作，充其量不是铁饭碗而已。

我想离场了。是有一些遗憾，但，人生哪能没有遗憾呢？人总是那样善于自己奉劝自己。

梅志勇拿来钱，这一次是现金。一扎一万，二十扎，"哗"倒在我面前。我心"怦"地跳了一下，眼睛粘在钞票上，就有些挪不动步了。梅志勇，这小子，他那么知道我。我抬头看他一眼，他热切地看着我，脸涨得通红。

我知道二十万于他不算什么，那时节他身家数千万，实打实的数千万。不像现在人做买卖靠银行，他都是靠自己，赚下的每一分钱都是真金白银。那时他买楼一高兴就买一层，几户全买下，再高兴上一层下一层也全买下。我看着他的脸，想因何命运就如此地眷顾他？真让人心生嫉妒啊。如果他的运气给我一半也是好的。

我仍旧没说话，沉默。我和梅志勇，我们是不说话也能够对话的两个人。这种默契仿佛天生，也仿佛在他知道我不堪那刻突然间产生，我俩像是被打通了任督二脉，至此就具备了这种沟通能力。

我低下头，躲开了他的目光。一个念头突然而至，这种关系需要小心维护，退一步是辜负，进一步，其实也是辜负。我想到了我跟丈夫，我们从波峰至波谷，用了几年的时间？这种联想使我脸稍微发烫，不能再想下去了。

"是金钱发生了作用。"我对自己说。

我抬头看他，笑了，说："你这是拿钱砸我啊。"

他也笑了，似乎没想到我会这么说。

"如果我再赔呢？"我正色道。

"谁能保证挣？"

"钱拿什么还？"我听见胸口"怦怦怦"的心跳声。会有答案吗？会是什么答案？他——梅君的弟弟，我想到了梅君，头一偏。

"给我打工。"他很平静，"我有好几个档口，你也不是不知道。总要可靠的人。"

"我可靠吗？"

他点点头："可靠。如果你欠了我的，你就不会跑。"

我一生怕欠人什么。宁可人负我，不想我负人。人负我，可以相忘于江湖；我负人，良心那关过不去。

我笑笑，欠那么多的钱，给他打一辈子工都还不起。后背却陡生凉意，是一种被看透的惊慌。被人看透不是什么好事儿，还是这个小我两岁的男人。那说明我嫩，说明我不是个老到的买卖人，我唬不了他。但他还是肯相信我能挣?！这也说明，我，或许，真是那块料?

我伸出手去，摸到人民币光滑的币身。触碰到钱的那一刻，我知道我投降了。

4

一场红门不期而遇，就这样打了一个漂亮的翻身仗。运气跑到我身边了。我很高兴，那段时间跟梅君、梅志勇走得很近。三人行，他管梅君叫姐，也管我叫姐。梅君说你现在有俩姐，多幸福。他低了头憨憨地笑。我俩在一起常欺负他。他很能迁就我们，背个包，拿个水，都是他的活儿。一个身家千万的小跟班，想想就令人心生自豪感。我们陪他一起去相亲，替他创造机会，在旁边看着他脸红耳热、抓耳挠腮。每至过年，我们都去对方的家里拜年，我给梅君孩子压岁钱，他们给我女儿压岁钱。

下行我们常一起出去吃饭，必是他买单。这成为一种习惯，没有人会掏钱，他像金主一样，我们当他冤大头。他见我爱看书，自己也买来看，但只有小学文化，常有不认识的字当拦路虎，就来问我。我伸脖子一看，见是自己认识的就装大，告诉他念什么。遇见不认识的，我就拿出初中体育老师那一套来，严厉地斥责他不知道应该自己去寻找答案，然后以迅雷不及掩耳的速度赶紧查《新华字典》，查完了再见到他就问他，嘿，小子，昨天那字儿后来知道念啥了不？若他不知道，便再教训一顿，告诉他念什么。若他知道了，就问他知不知道是什么意思。

下行时如果需要在一楼等候梅君，我们就蹲路边或者大厅的边上。我怂恿他，说我死盯住一个男的看，让他盯住一个女的看。等他把一个女的盯得扭头瞪他，他再一脸无辜地扭头看向我，却发现我根本没盯住一个男的往死看。他追过来要打我，我说别打别打，这回我也看。我们把男男女女盯得发了毛，如同孩子恶作剧得逞般相视大笑，梅君下来看到这幅情景就知道我们一定又在一起犯了坏。

最坏的一次是在沙岭，他亲戚开小卖店，走开了一下，我们给看着店面。他说小时候就爱玩儿这个，便拿出一条空的烟盒，往里面塞些杂物，再小心封住，扔到不显眼处，看来往的人贼一样将其裹在怀里拾走，屡试不爽。

某日，我到下面梅志勇店里去，老远看到一个人，穿西装、白衬衫，袖扣很讲究，不像中兴的货。那时中兴在沈阳算是高端消费场所了，他那一身装扮显然比中兴高级。以当时的我，还摸不透价钱。走近，那人正跟梅志勇聊得开心，见我来，志勇给我介绍："胡绍棠。"

"胡绍棠？"这名字雅。但也俗。我抬头看那人，显有四十，但保养得极好。利落的短发，方脸，至下颏处又略有一些收，便显脸部的线条柔和起来。但因为一双鹰眼，增加了这人感观上的攻击性，显而易见是一个厉害而精明的角色。

与梅志勇不同，他带有天然的男性领导者气场，是个吸引人的男人。他朝我伸出手来，一闪，一枚硕大无比的钻戒戴在手上。我眼朝下一瞄，柜台上一副卡地亚的墨镜，五爱街识货的恐怕都没有几个。

我伸出手去，由此认识了我人生当中另一个贵人。

2011年末，他倒灶后将手里一家医药公司低价转让给我，自此我脱离了五爱街。

离开五爱街后，我薄情的本性很快就显露出来，那些开心的旧时光，湮没在时间的尘埃里，如同大江东去，不复回头。有时想想，觉得那些浅薄的快乐多少带一点儿幼稚的成分，是不求甚解、得过且过的荒唐。我要的不只是那些。不断地让自己变得强大、更强大，成为对我来讲极其怪异也极其重要的证明题。我仿佛要一遍又一遍地论证，才能找到自己的存在感。对于快乐，似有隐衷，也可能是旧日伤痛作祟，总之我难以沉迷，也不能满足，甚而对于快乐是轻视的，觉得那虚假而又浮夸，更何况不能长久，总有一天还是要跌回谷底的，到时反而伤情更加惨痛。

因噎废食，说的其实就是我这一种人。

梅志勇早就知道。

但他觉得我或者可以改变。然而换了环境以后，天地不同，人的眼界心性又发生了潜移默化的变化，更何况天下无不散之筵席，谁跟谁不终须一别呢？

在最好时别离，剩下的都是过去的辉煌。如果勉强维持下去，结果只能成为彼此的鸡肋，食之无味，弃之又觉得可惜。不死不活，对大家都是一种折磨。然而也不能背叛，因为曾经深恶痛绝这样的行径，所以绝对不可步后尘。不能自己打自己的脸，这是基本原则。这其实更像是一种抗议，对曾经背叛的人的一种无声的抗议。

5

再见到梅志勇，他的憔悴出乎我的意料。我内心是惊讶的，但习惯了不露声色。这标志着我的成熟与城府，另一面，却昭示着我的无情和冷酷。

那是一年过年，我去他父母家拜年。他也在。他沉默着，一言不发，安静地坐在我身边。等我走，他大包小包往下扛东西，塞满了我的后备厢。我说，别拿了别拿了，太多了。

他说，知道你不缺。

还是固执地往里装。

我站在车旁，看着他弓起腰身，把头探进后备厢，认真地整理出空隙，将之塞得满满当当，几乎扣不上。但他不肯罢休，再捣动一回，重新摆放所有物品，那样执着。

有些人，给你多少都嫌多。有些人，给你多少都嫌少。

装罢东西，他帮我拉开车门。我进去，他关上车门，告诉我路上慢点儿开，注意安全。没有多余的话。车子启动，他往后退了两步，等我开起来，他又跟着朝前走了两步。后视镜里，他渐渐成为一个轮廓。我一拐，他就消失不见了。

心突然间空落落的，回忆就冒了头，想起从前他开着车载着我，半夜在楼道前等着我，打着车前灯，把一楼的门洞照得明晃晃的；想起他一摞一摞将钱摆在我面前，脸上闪着兴奋而激动的光，看着我的眼睛，透亮得像是天上的星。

那段过往不堪回首，如今我已不同往日了。昨日之日不可留，不可留的呀。如今我何其圆满，家庭、事业、孩子，人家一提就会羡慕。"丈夫有公职，体面，你又那么能挣，孩子听话，好运气全跑到你一家子里去了。"

他们不知道，有些事，如人饮水，冷暖自知。人生如戏，全靠演技。成年人的世界，尽是无可奈何。无可奈何花落去，似曾相识燕却不会再归来。走得远了，都找不着家了，不会再归来。只有归去，没有来兮。都是背影。

生而为人，多少遗憾。

那时在高高的写字楼上，我常凭窗下望。人不是一个个黑点，还是能看出来比较清晰的轮廓的，人们忙碌着，奔赴各自的前程。天仿佛跟我更接近一些，望出去，满天空却都是不能言说的心事。可我内心是深深地排斥这样的脆弱与矫情的，于是只好重新踱至办公桌前，看看还有些什么事情需要紧急去处理，或者未雨绸缪。叫来一个看起来蠢笨的员工，看着他惊魂未定的样子，也许会骂一顿。才知道，啊，原来我还活着。我活得挺好的，比他们都强。

后有一天，梅君叫我一起去看梅志勇。那时梅志勇几岁了？都已经忘记了，只知道他早过了该成家的年龄。别的人同他一般大，孩子都会打酱油了，他的孩子还不知踪影，女朋友换了一茬又一茬，没有一个合眼缘。

做生意老到的人，该是务实的，这种事情上，他倒务上了虚。遇见的皆说没有感觉。什么叫感觉呢？感觉是自己欺骗自己的机制，是基因需要复制粘贴了给的虚假信号，是荷尔蒙发展到一定程度需要挥霍掉的引子。人就那么回事儿，你还不明白吗？

我们恨铁不成钢。这三人行，你看看，只剩下你。你看我们多好，家庭圆满，儿女绕膝，事业有成。就剩下你，再有钱，终归是使人觉得遗憾。

去的路上准备好了说辞，到了，全没派上用场。开了门，是一层打通的房子，如今叫大平层了，那时没有这个概念。宽大的落地窗，挂着白纱帐子，纱帐垂下来，随着风舞蹈，恣意地诉说着什么。梅志勇着白上衣，灰色的到膝短裤，坐地中间，他对面，米高的佛慈悲地注视着他。周围还有大大小小的佛像，全部无言凝望室中人。他眼神中充满了不解。这一幕带着些许无解的玄妙，使我停止朝前的步伐，顿觉肃穆。我停下，又试探着朝他走过去，梅志勇仿佛入定，没有回头。我抬头看佛，你们给他答案了吗？你们的慈悲在哪里呢？如此地折磨他。

佛却回答我，是他自己折磨自己。

我很愤怒，愤怒于佛祖并不直接给他答案，而要他在这里苦苦参详。

我蹲下来，他没看我。他怎么了呢？我想起我们一起盯着五爱街的路人，他看女人，我看男人，把那些人看得手忙脚乱，有时竟不会走路了；想起我们把烟盒子掏得空了，扔出去，等人捡；想起做面膜，我们给他也糊上，他乖乖地躺着，我和梅君相视大笑；还有一次，梅君说，我弟化妆一定好看，你看他嘴唇多好看，我们非要给他画口红……

我把手伸出去，他是瘦了，脸上露出青色的胡茬儿，带着沧桑了。

"别回忆过去，"我在心里对他说，"所有快乐都是虚假的，禁不起时间的考验。乐过了，一定会有痛。瞧，你现在是不是就痛了？"

但脱口而出却是："你咋的了？"

我一问，他一挑眼皮，看我一眼，泪就下来了。我心一缩，伸手搂住了他的头，抱在怀里。那是这辈子唯一一次。我用下巴贴着他的头发，一遍又一遍轻轻地摩挲着。

"你怎么了？怎么了？"

他的手拦上来，横腰圈住我，像孩子一般号啕大哭。我抬起头，对面是一幅文武百尊的像，挂在墙上，他们无语凝视，脸上看不出任何悲喜。

如果，我是说如果，如果真有世外桃源，多少人趋之若鹜。闲云野鹤，那是神仙啊梅志勇，可我们是人，俗人。"沧海笑，滔滔两岸潮……"我们都没有那样潇洒。

6

再后也不知中了什么邪，老是想要替他找个女人。似乎有一个女人，有一个孩子，成一个家，他所有的心魔、所有的郁闷都会烟消云散。我和梅君乐此不疲地物色，后来这名额落在我哥医院一个护士身上，护士叫王莹，他们也见过。

我跟梅君商量，安排见一面。

但梅志勇不同意，说不行。

"你处处。没处就说不行？感情都是处出来的。"

"处出来的感情又能怎么样呢？"

我跟丈夫也是处过的。想到这里，说话就没什么底气，但还是要硬着头皮朝下说。

梅志勇先有些厌烦了，我讨厌他那种厌烦，也撂下脸子，竟是一场不欢而散的谈话。

隔几日，梅志勇来我家，跑得气喘吁吁。是他？我有些恍惚，他是许久也没来过我家了。但确实是他。多少年了呢？我在心里悄悄地计算。

孩子在，丈夫不在。

女儿认得他，跟他打招呼："叔叔好。"

他听了，一愣，再扭回头看我。

"进来呀，愣什么？"

他沉默地进来，脱了鞋。但没有换鞋，光着脚，穿一双灰色的线袜。彼此在客厅的沙发上落了座。

"去写作业。"

女儿去了。

"你就是太挑，人家有什么不好？查案子也要查一查，你可倒好，全没过程，跟谁能有戏？"

他答非所问。

"记不记得你跟我说过一句话？"

"什么话？"

女儿过来，问我一道题。我说："妈妈有客人，等会儿。"

"什么话？"

他没说话。他确实是客。丈夫回来了，他们彼此点了个头，算是打招呼。坐一会儿，找话题。实在是找不到太多，于是没过多久，他起身告辞了。

在门口，他回过头来，看着我。

"叔叔再见。"女儿说。

"噢，再见，再见。"

他转身下了楼。

我看见楼下他的身影。我站在阳台，望下去。丈夫问我："晚上吃什么？"

吃什么？我倒有一些茫然。没有他呢？我会什么样？我的家庭会是现在这个样子吗？我的事业会是什么样？

他是我的贵人。谢谢他。怎么个谢呢？不是给他介绍对象了吗？成了，算是还了他。算是吗？应该能算。到时候去他家里做客，可以说：没有我，你有这样幸福美满的小家庭？没有我，你有这么漂亮贤惠的媳妇儿？没有我，你有这么聪明可爱的大儿子？

打平了。

是不是？

打平了。

我拉开冰箱，从里面拿出一个西红柿。那时我会做两个拿手的菜，一个是西红柿炒蛋，一个是蒸鸡蛋羹。也做其他的，韭菜炒鸡蛋，蒜苗炒鸡蛋，各种炒鸡蛋。切好了西红柿，才发现，原来没有鸡蛋了。

于是做了一个汤，里面放了紫菜、虾米，还放了土豆片、火腿片，一定好吃。瓷的圆汤碗上冒着团团的蒸汽，丈夫、孩子在餐桌边上整齐地坐着。三餐与四季，岁月静好，这是人生。这是人生啊。最好的人生。不可能有更好的了，我们都心知肚明。我知道，丈夫也知道。我抬头看一看他，不知从什么时候开始，他发福了。

低头喝一口汤，却发现竟忘了放盐。

因早前我已经跟王莹通了气，小姑娘还在期待着，所以我只好硬着头皮逼梅志勇去相亲。可他也是个犟种，我央求他看在我的面子上去看一眼都不成。于是定有争吵。他脸上的不耐烦越来越明显，令我觉得他十分讨厌我。他是讨厌了我了。意识到这一点，使我有一些开心，也有一些失望。

"好，如果你坚持，我们以后不要再来往了。"

他原本坐着，听了，呆住，愣一会儿，然后抬起头来，陌生地看我。

他偃旗息鼓了吗？这种错愕是不是我当时所期待的？

"你是说，如果我不同意，这是这辈子我们最后一次见面？"

我倒没有这样想过，他这话说得，倒让我没来由打了一个寒噤，顿生不祥的预感，随即竟鬼使神差般想起一个成语——一语成谶。事后我知道那叫预感，但当时几乎马上本能地反驳了自己：不会，怎么会？除非……不会不会，我不会，他也不会。就是一句狠话而已。

我拿起包，他站起来试图拦住我。"起开！"他没动。"起开！"我声音高了一点儿。

他朝旁边挪一挪，我走过他身边时，他扯住我衣服，一个角，很小。

"你给我下过两个命令。第一次你让我'带你走'。这一次你让我'起开'。我——我起开不起开呢？如果我起开了——"

他顿住，这个"如果我起开了"以后，不知道他还要再说些什么。

威胁我吗？谁也不能威胁我。我拿出姿态来，以示自己的坚定，甩开他，朝外走去。我没有回头，因为我知道他没有收回目光。

这是一场博弈，我要逼他就范。如果他不就范，我们就能够决裂得顺理成章。于是我言出必行，严格地遵守了自己的诺言。本事得很。不像我最为落拓的时候，那时所有的誓言哪怕刚说出口，都可以被我一口吞掉。

梅志勇事后十分郑重地给我发了短信，告诉我，我在他那里拥有予取予求的特权。"你要我什么都行，除了这事儿。你知道，我不是一个轻许诺言的人。"

我知道。

其实是梅志勇不知道，我那时，已经不再需要他了。他的诺言对我来讲，有时已经是一种压力甚至是一种破坏力。我早已不是那个落魄到走投无路、险些被扫地出门、生意又接二连三失败的可怜女人了。我不需要再管他要什么。换句话说，他不能再为我提供什么了。

我是那样势利的吧？其实我也不知道。

那以后我果然不再见梅志勇，梅志勇又是一个极度自尊的人，所以他也不会主动来找我。

同样的情形于我们之间发生过，那时我刚离开五爱街，有一段时间我没有回去。后来回去善后，他不知道从哪里得来的消息，坐扶梯上来看我。他是跑过来的，说借过借过，拨开挡着他的人群。来到我面前时，他已经跑出汗来了，热切地看着我，说："你回来了。"

我淡淡地看他一眼，回了一个字："啊。"

他说："你怎么总也不回来？"

我说："忙。"

他说："噢。"

就不知道再说些什么了。

我收拾完，见他还立在我档口前。我说："你不下去？这个点儿多忙啊？"

他说："啊啊啊，是。"

他挠挠头，转了身，但是身体又旋回来，没有走。

"一会儿我送送你。"他说。

我笑了："用你送什么？"

如今再想那段过往，我可以承认，从离开五爱街那一刻起，其实我就想好了要跟他划清界限。

这是一个令我自己也感觉十分微妙和疑惑的决定。开始我以为我是想脱离五爱街暴发户的标签；后来我以为我是真的忙；再后来，我觉得他们跟我可能已经不是一个圈子里的人了；再后，我觉得我是薄情而自私的，梅志勇对我来说可能已经完全不具备利用价值，我是精明而市侩的。直到他彻底离开以后，我才发现，其实选择远离他，是因为我自己内心非常清楚，他对我来讲十分重要，而我是畏惧这种重要的。

就像我们在他大而无当的佛堂里抱在一起时，那个拥抱，一度，其实我是舍不得撒开手的。那种肢体间的直接接触，令我生出一种熟悉的、安全的、仿佛等待了很多年的感觉。最后推开他时，我对自己产生了深深的困惑。

如今再想，其实人生也好，男女也罢，何必只有一种可能？人是有着千种万种的可能性的。但那时不懂，真不懂，先就被吓得屁滚尿流了。

7

梅志勇离开五爱街，生意交由姐姐、姐夫打理。他是不辞而别的，但梅君告诉了我他的动向。

他先访了一位出家师傅，后又远赴台湾。

当他回到沈阳，两个月的时间已经过去。回来后他先去了沙岭父母家，住了一晚，第二天晨起上行，于二环上遭遇车祸。肇事车辆是辆大型车，将他的越野骑在底下。他身体尚算完整，只整个人憋得乌青，没有瞑目。

得到消息那天天很晴，我不肯相信。"你开什么玩笑？"我跟对方变了脸。"不会的！"我说，"你一定搞错了。"

一夜过去，第二天清晨起床，如常。以后的每一天，其实都如常。我甚至没有去凭吊他。我不想凭吊他。他比我还小两岁呢。照理说，我死他还没死。

后来某天，跟女儿在家。她说，妈妈你怎么这么多白头发？我去照镜子，发现几乎一半的头发都白了，扎起来不觉得，一放开，上面雪一样。拔下一根，拿在手里，发丝如雪般通体白透，由根至梢。

就这样老了吗，我？

我看着镜子中的自己问。

这时有人敲门，我走过去打开门，丈夫站在门外。他又没带钥匙，进来后脱了鞋就低头到处找拖鞋，问："我鞋呢？我鞋呢？"

也就在那一刻，我突然间就原谅了他。转过身去，这么多年的耿耿于怀，终于算是放下了。

找了一本佛经，念。结尾是有回向的，弟子某某某愿将此诵经功德，回向亡友梅志勇，希望他——

停顿下来。那下面是有固定的祷词的："离苦得乐。"

恍惚间看见从前的自己，倔强而悲伤地挺直脊背，向着一脸惊愕的梅志勇。

再往下看，是四个字："早登极乐。"

极乐是一个什么乐？

再埋下头，是句偈。

"诵经功德殊胜行，无边胜福皆回向。普愿沉溺诸有情，速往无量光佛刹。"

开始是想念三年就得，后来，竟然是三年又三年。他帮我时我曾想过，这人，我是永远不会忘记他的，一定是要报答他的，要为他赴汤蹈火一回的。

为他赴汤蹈火一回，终成为一句空话。

当时下的决心，也曾经相当坚定。

"永远不会忘记他。"

现在，还没有到永远。永远有多远呢？我自己也不知道。

当年底，父亲殁。父亲出殡那天下起来雨，我见姐姐的婆婆手里拿了件衣服，给自己的儿媳送过去。那一刻，我想起梅志勇来，也是心细如尘的一个人。好在终于有理由大恸一场，也终于有理由大病一场。父亲坟前的那场号啕，哭父亲，其实也是在哭他。

想，梅志勇啊梅志勇，其实是"此恨绵绵无绝期"的了。如果有机会再见到你，应该只能是来生了。来生——想想今生都没过好，还谈什么来生呢？

不过又不甘心。但有来生，简简单单，一定要一起好好走一程，闲云野鹤，共赴山水。

其实，那何尝不是我所向往的人生？

只是今生今世，是不能够了。

多少恨，昨夜梦魂中。

这一路，你要走好。

如果能等，等一等。

如果不能等，那就不要再等了。

写完志勇的故事，我听了一首歌，是用手机听的，《我是你的格桑花》：

　　　　还没等到高山上的雪融化

　　　　我就等不及要出发

　　　　在你离开前我要去采一束

　　　　最先盛开的格桑花

　　　　不能陪你去到海角天涯

　　　　就让花儿替我陪着你吧

　　　　如果太阳下山我还没回来

　　　　你走吧不用再等我啦……

我去染过一次头，结果起满头皮的包。后来就不再染了，芳华不再，实在也没什么好去掩饰的。

从此后没化过妆。

我曾经耿耿于怀欠下他的用什么去还，怎样才算跟他打个平手。

后来想想，其实走到一半我就明白过来了，这个账主子，可能这辈子我没机会再还清欠他的，也永远不可能跟他打平手。

能再见与不能再见都不能再打平手了。

算算，我们这一别又是经年，我从没有去坟前看过他。不知他可怪我薄情寡义、忘恩负义、狼心狗肺、猪狗不如？埋怨、诅咒、仇恨、报复，感觉怎么样都不为过的！

不惑之年，到底还是懂了一点事儿，终于明白，当初是我自己先着了相了。

黄泉路远，不能去撵他。

谨以此文为祭吧。

祭知己梅君志勇。

致谢

关于本书，首先要感谢我生命中的几位贵人，是他们引领着我走上了写作这条路。排名不分先后：网易人间平台的沈燕妮老师、许智博老师、罗诗如老师、索文老师（《胖子美食家》的作者）。我半路出家，他们教给我很多，也担待我很多，宽容、理解我很多，并十分为我着想。我能感受到，他们是真心地爱护着我，像爱护一棵幼苗一样。

关于本书的出版成印，我十分感谢出版方新经典，感谢杨晓燕老师以及编辑丽苗老师、秦薇老师。在本书的编辑过程中，她们付出了大量的时间、精力与耐心，不厌其烦地与我沟通，提供给我许多专业性的宝贵意见，并给予我充分的自由发挥的空间。

辛苦诸位了！

另外很想将本书献给我的两位已经去世的亲人——外公赵信国以及父亲刘玉辉。

外公黄埔军校出身，家底也厚，求学时就要带一个厨子、一名跟班贴身伺候。他一生戎马，历经风雨，寿终正寝后哀荣极

317

盛，省府来人吊唁，当场挥毫泼墨，即兴为老人家写挽联。

老人生前与唯一的女婿不睦，但单对我这个三外孙女偏爱有加，跟谁都说看好这丫头，将来必定会成气候。不想我并不争气，人过四十，仍旧一无所成。

老人生前给我很多教诲，唾面自干的故事，千里修书只为墙的故事，我几岁时他就给我讲。那时我脾气不太好，气一生火一样旺，我妈常因我倔而打我。老头儿就在旁护着，事情过后给我讲道理，说："记得呀，干木头，嘎嘣脆，人一撅，'啪'就折了。但是将木头浸在水里头，湿了，火点不着，人撅不折。"

我记得当时还反驳了一句，说，拿锯一拉不也就折了？木头到底还是木头。

外公听了一愣，继而哈哈大笑。他颔下有须，白花花的，一小绺，是山羊胡子，一笑就一颤又一颤，小时候我总用一柄专门的小梳子替他梳。我清楚记得当时的情景，在当院，阳光耀眼，照一地白亮。外公微闭双目，坐着一动不动，我一下一下梳，脑门晒出汗来，还是极认真，简直一丝不苟。

父亲也是个军人，骑马打靶是好手，尤擅打活动靶。东北话，是条汉子。

两位对我影响至深，却都离开我很早。这成为我人生一大憾事。但我也由此明白，无论亲人、爱人、朋友，仿佛最终都要走散。

在走散之前，人要懂珍惜。

我的亲人们都很爱护我,我的大姐一双巧手,厨艺一绝,常唠叨我按时吃饭,老给我邮寄吃食。二姐略微鲁莽,我写这篇致谢时,她在我家,问我在干什么,我说我写了个书。她说,发作了?我笑说,发作了。我的妹妹很乖巧,没事儿时老想打我的秋风,但一有事情,她又总是第一个冲上来。我们的妈妈已经有一些糊涂了,我二姐在给她打电话时说,妈,你知道吗,你三闺女发作了。

我很爱她们,虽然她们并不完美。

感谢、感恩、感念我这半生所有的遇见!

谢谢大家!

图书在版编目（CIP）数据

五爱街往事 / 三胖子著 . —— 北京：新星出版社，2023.10
ISBN 978-7-5133-5266-6

Ⅰ . ①五… Ⅱ . ①三… Ⅲ . ①纪实文学 – 中国 – 当代 Ⅳ . ① I25

中国国家版本馆 CIP 数据核字 (2023) 第 119731 号

五爱街往事

三胖子 著

责任编辑	汪 欣	**特约编辑**	赵丽苗　秦 薇
营销编辑	蒋枚君　潘佳佳	**装帧设计**	李照祥
责任印制	李珊珊　史广宜	**内文制作**	张 典　贾一帆

出 版 人　马汝军

出　版　新星出版社
　　　　　　（北京市西城区车公庄大街丙 3 号楼 8001　100044）

发　行　新经典发行有限公司
　　　　　　电话（010）68423599　　邮箱 editor@readinglife.com

网　址　www.newstarpress.com

法律顾问　北京市岳成律师事务所

印　刷　山东韵杰文化科技有限公司

开　本　850mm×1168mm　1/32

印　张　10.5

字　数　190 千字

版　次　2023 年 10 月第 1 版　　2023 年 10 月第 1 次印刷

书　号　ISBN 978-7-5133-5266-6

定　价　59.00 元